Surprise au St. Mary's Hospital

*

Une New-Yorkaise en Islande

LUCY RYDER

Surprise au St. Mary's Hospital

BLANCHE

HARLEQUIN

Collection : Blanche

Titre original :
PREGNANT BY THE PLAYBOY SURGEON

Ce roman a déjà été publié en 2019

HARPERCOLLINS FRANCE
83-85, boulevard Vincent-Auriol, 75646 PARIS CEDEX 13
Service Lectrices — Tél. : 01 45 82 47 47 - www.harlequin.fr
ISBN 978-2-2805-0116-3 — ISSN 0223-5056

Composé et édité par HarperCollins France.
Imprimé en décembre 2023 par CPI Black Print (Barcelone)
en utilisant 100% d'électricité renouvelable.
Dépôt légal : janvier 2024.

FSC
www.fsc.org
MIXTE
Papier issu de sources responsables
FSC® C159065

Pour limiter l'empreinte environnementale de ses livres, HarperCollins France s'engage à n'utiliser que du papier fabriqué à partir de bois provenant de forêts gérées durablement et de manière responsable.

1

Dani Stevens hâta le pas vers l'entrée du personnel, à l'autre extrémité du parking du St. Mary's Hospital.

Elle avait le pénible sentiment qu'elle était victime d'un mauvais sort. Cette journée était maudite, tout se liguait contre elle ! Elle s'était réveillée avec la pluie – ce qui est assez courant à Vancouver, d'accord – pour découvrir que sa douche ne fonctionnait pas et que les tuyaux d'eau faisaient un bruit inquiétant. Ce qui voulait dire qu'elle devrait se passer de douche jusqu'à ce qu'elle trouve un plombier. Comme si ça ne suffisait pas, elle s'était aperçue qu'elle n'avait plus de café, car elle avait oublié de s'arrêter au supermarché pour refaire ses provisions de produits de base tels que café, beurre de cacahuète, chips au fromage et après-shampooing. Ce qui voulait dire qu'elle était privée de sa dose de caféine, mais aussi qu'elle mourait de faim et que ses cheveux seraient ingérables toute la journée.

Elle avait ensuite trouvé devant sa porte un cadeau détestable – un oiseau à demi dévoré et sans tête – que lui avait laissé Axel, le chat de sa voisine Hilda Frauenbach.

Beurk !

Et, comme sa voiture était *encore* au garage, elle avait dû se rendre à pied à l'hôpital sous la pluie battante.

Et cette série maudite n'était pas près de s'achever car, si on n'était pas le 13 du mois, on était bien vendredi. Le vendredi soir, le service des urgences donnait une assez bonne idée de ce que pouvait être l'enfer. Beaucoup de gens fêtaient la fin de la semaine de travail par une consommation excessive d'alcool qui leur faisait perdre tout bon sens.

Tandis qu'elle essayait de lutter contre cette impression que sa vie était un vrai désastre, elle sentit quelque chose vibrer contre sa hanche. Marquant une pause, elle sortit son téléphone de son sac.

Sans doute était-ce son garagiste, qui allait lui fournir une excuse bidon pour lui expliquer que sa voiture n'était pas encore réparée !

Mais, lorsqu'elle regarda l'écran, elle vit qu'il s'agissait d'un message sur Facebook l'invitant à découvrir ce que Richard Ashton-Hall faisait à Cabo Mexico.

Elle prit un malin plaisir à effacer le message, tout en s'adressant d'un ton ferme à l'appareil.

— Non, merci, je *ne veux pas* savoir ce que fabrique maintenant ce type tordu.

Et, franchement, elle avait encore moins envie de savoir avec qui. Elle espérait seulement que la femme en question savait dans quoi elle s'embarquait. Elle, elle ne l'avait pas su...

Elle frissonna en songeant à son mariage révolu.

Mais ce chapitre de sa vie était clos, Dieu merci. Elle souhaitait simplement que les gens cessent de lui rappeler combien elle s'était montrée stupide, ou qu'ils arrêtent de lui dire que sa vie aurait été fabuleuse si elle était restée mariée à ce sale type trop gâté qui n'était qu'un menteur. Elle préférait mille fois vivre le restant de ses jours sur une maison flottante qui tombait en morceaux et dont la plomberie était défaillante, à se nourrir de beurre de cacahuète et de chips au fromage, que retourner dans le nœud de vipères que constituait l'entourage de Richard Ashton-Hall. Elle aimait encore mieux recevoir les cadeaux douteux d'Axel que d'avoir affaire à ces jeunes aristocrates fortunés et à leurs sinistres amis.

Notant qu'il y avait un message vocal venant de son garagiste, elle l'ouvrit et fit la grimace en l'écoutant.

— Hé, *honey*, c'est au sujet de votre voiture. Vous êtes sûre que vous ne voulez pas me laisser contacter un ami qui pourrait vous débarrasser de cette ruine et vous proposer une bonne affaire ?

Je suis sûr qu'on pourrait trouver un arrangement pour ce qui est du paiement...

La voix du garagiste avait pris un ton plein d'insinuations, qui lui donna la chair de poule. Cela lui rappelait les hommes du club élitiste auquel son ex-mari avait appartenu.

— Par ailleurs, il y a tout un tas de fils très usés que j'ai du mal à identifier, et tout ça est plus rouillé qu'un vieux remorqueur. Appelez-moi. À n'importe quel moment.

Contrariée, elle le rappela et tomba sur le répondeur, car la semaine de travail était déjà terminée. Pas de chance.

— Ici Danielle Stevens, dit-elle d'un ton ferme. C'est non pour la bonne affaire comme pour la rencontre avec votre ami...

Elle était sûre que cet homme était en contact avec des truands et elle n'avait pas l'intention d'acheter une voiture volée. Certes, elle voulait dépenser le moins possible, mais pas au point d'acquérir un véhicule illégalement.

— Contentez-vous de réparer ma voiture, lança-t-elle en guise de conclusion, avant d'ajouter « s'il vous plaît », car sa mère lui avait appris que ce genre de personnages avait le don de s'offusquer si l'on se montrait impoli avec eux.

Elle raccrocha et respira profondément.

Elle devait être zen, lâcher prise... Bon, peut-être qu'elle devait plutôt faire face à la situation. Ça, elle avait l'habitude.

Elle allait donc se retrouver une fois encore sans voiture ce week-end. Ce n'était pas très grave. Cela l'obligerait simplement à rentrer à pied à la marina après le travail. Elle l'avait déjà fait et y avait survécu. D'ailleurs, elle marchait beaucoup quand elle était étudiante et elle se sentait encore jeune - si toutefois on peut considérer qu'on est jeune à trente ans. Une marche de deux kilomètres ne pouvait que lui faire du bien, d'autant plus qu'elle avait remarqué que ses jeans la serraient depuis peu. Elle allait pratiquer un peu de sport, comme elle s'était promis de le faire, et elle n'aurait pas à renoncer au beurre de cacahuète ni aux chips au fromage.

Bougonnant contre la gent masculine, et en particulier contre les garagistes, les propriétaires et les ex-maris, elle dépassa une rangée de voitures et s'avança sur la chaussée au moment où surgissait un SUV, qui donna un coup de klaxon et l'éclaboussa au passage d'un mélange de boue, de pluie et de Dieu sait quoi d'autre.

Elle recula avec un petit cri et trébucha sur le sol inégal du parking. Elle heurta le pare-chocs qui se trouvait derrière elle, fit quelques moulinets désespérés avec les bras et s'affala comme une masse. Dans la chute, son téléphone lui échappa, ainsi que son sac dont le contenu se répandit sur l'asphalte.

Dépitée de se retrouver étalée par terre, elle ferma les yeux, le temps de se demander ce qu'elle avait bien pu faire pour mériter une journée pareille. Lorsqu'elle souleva de nouveau les paupières, elle vit à trente centimètres de son visage deux yeux vert mousse qui la fixaient.

Waouh ! D'où sortait-il, celui-là ?

Malgré son hostilité envers toute la race masculine, elle fut fascinée par la beauté virile de l'inconnu.

Ces cheveux noirs, ces hautes pommettes et cette bouche ferme encadrée de barbe naissante appartenaient à un mâle dominant et sûr de lui. Un bref instant, elle eut l'envie folle de toucher cette bouche et ces joues mal rasées… Mais elle se retint, tout en ressentant des picotements dans les doigts comme si elle avait cédé à la tentation.

Il lui fallut un petit moment pour se rendre compte que l'inconnu lui parlait.

— Est-ce que ça va ?

En entendant cette voix grave aux intonations chaudes et sensuelles, elle éprouva au plus profond d'elle-même une sensation oubliée depuis près de trois ans.

Aussitôt, la panique s'empara d'elle.

Ah non ! Pas question d'être troublée par un mâle, quel qu'il soit. Elle en avait fini avec les hommes. Fini. Terminé !

— Vous êtes-vous cogné la tête, mademoiselle ?

Prenant conscience qu'elle le fixait du regard comme une idiote, elle ouvrit la bouche pour dire qu'elle allait bien, ce qui était son mantra habituel. Mais elle fut mortifiée d'entendre sortir de sa bouche une sorte de grincement. On aurait dit que son souffle avait subi les mêmes dégâts que les quelques cellules cérébrales qui lui restaient.

Perdant tout espoir de retrouver sa dignité, elle repoussa les mèches de cheveux trempés qui lui retombaient sur les yeux et s'assit, se mordant la lèvre pour ne pas gémir tant sa hanche et son coude lui faisaient mal.

Avant qu'elle ait eu le temps de se relever, l'homme lui posa la main sur l'épaule - probablement pour l'empêcher de se jeter sur lui comme il devait en avoir l'habitude.

Avec les autres femmes, pas avec elle. Elle savait à quoi s'en tenir sur les types de son espèce.

— Restez tranquille quelques instants, ordonna-t-il.

Elle avait reçu des ordres tout le temps qu'avait duré son mariage et elle n'en supportait à présent plus aucun de personne, sinon de ses employeurs. Par ailleurs, elle était assise dans une flaque d'eau glaciale qui avait trempé son jean et son chandail.

— Heu... Non, je ne crois pas, murmura-t-elle en se remettant sur ses pieds.

La douleur la fit grimacer, mais le plus douloureux était de se sentir atteinte dans sa fierté.

Elle se rendit compte alors que l'inconnu avait ramassé son sac à main et était occupé à en rassembler le contenu éparpillé sur le sol. Il aurait dû paraître ridicule avec cet accessoire féminin à la main, mais en réalité cela ne faisait qu'accentuer, si c'était possible, son côté viril.

Comme il ramassait la boîte de tampons, elle émit un petit grognement embarrassé - elle n'aurait pas su dire pourquoi. Ce n'était pas comme si la boîte avait explosé et que les tampons s'étaient répandus dans tout Vancouver.

Vinrent ensuite des lunettes de soleil, puis le dernier roman de Janet Evanovich, qu'elle avait acheté deux jours auparavant.

L'inconnu marqua une pause et retourna le livre afin de lire la quatrième de couverture où figurait le résumé de l'histoire.

Elle tenta de lui arracher l'ouvrage, mais il le garda hors de sa portée le temps de finir sa lecture.

— Deux mecs sexy ? demanda-t-il avec curiosité, comme si c'était elle l'héroïne du roman, partagée entre un flic canon et un chasseur de primes encore plus canon.

Levant les yeux au ciel, elle saisit le livre et reprit son sac. Lorsqu'elle s'aperçut qu'elle n'y retrouvait ni son téléphone ni son portefeuille qui contenait les vingt derniers dollars qu'elle détenait en espèces, elle fut prise de panique. Elle regarda autour d'elle et avisa son portefeuille en cuir passablement usé dans les mains de son sauveteur, qui était en train d'examiner le badge qu'on lui avait donné à l'hôpital, sur lequel figurait une photo où elle avait l'air complètement psychotique.

Il semblait trouver cela très amusant.

Poussant ce qui ressemblait à un cri de détresse, elle lui arracha des mains le badge, qu'elle enfouit au fond de son sac. Elle choisit d'ignorer le sourire narquois qu'il affichait.

Elle aurait tellement voulu avoir ce talent quand elle était mariée à Richard ! Le talent d'exprimer toute une gamme d'émotions allant de l'incrédulité à la condescendance.

En cet instant, l'inconnu affichait un air amusé qui menaçait de dérégler chez elle toute capacité de raisonnement.

Du coin de l'œil, elle repéra son téléphone qui avait glissé sous une voiture. Elle se mit à quatre pattes pour le récupérer et, lorsqu'elle se retourna, elle surprit le regard de l'inconnu fixé sur ses fesses.

Devant son air outré, il la gratifia d'un sourire éclatant tout en continuant de la passer en revue, posant les yeux sur son chandail sale et trempé, puis s'attardant sur sa bouche avant de croiser son regard.

Quelle horreur ! pensa-t-elle en sentant ses seins pointer sous son sweat. Apparemment, son corps n'était pas complètement éteint, après tout.

— Je fais une pause en ce qui concerne tout porteur du chromosome Y, lâcha-t-elle.

Elle se sentit rougir et eut envie de ramper sous la voiture en entendant l'inconnu éclater de rire.

Oh ! Seigneur ! Pourquoi disait-elle autant de sottises ?

— C'est bon à savoir, lâcha-t-il d'une voix traînante. Mais ce n'est pas ce que dit la date de péremption.

Hein ? Regardant entre ses doigts, elle s'aperçut qu'il tenait un petit sachet qui ressemblait à… À un préservatif ?

Elle écarquilla les yeux, luttant contre l'envie de rire.

Il y avait si longtemps qu'elle n'avait pas eu besoin de ce genre de truc qu'elle ne saurait sans doute même plus quoi en faire aujourd'hui.

— Heu… Je… Non, ce n'est pas du tout à moi.

Elle retint un gémissement lorsqu'il se pencha vers elle pour la regarder droit dans les yeux.

Seigneur ! Il était encore plus canon, vu de près !

— Vous êtes sûre que ça va ? Vous avez fait une sacrée chute.

— Je vais très bien, vraiment.

Elle aurait aimé que ce soit vrai, mais surtout, ce qu'elle aurait voulu, c'est disparaître. Pourquoi avait-il fallu qu'il y ait un témoin à cet incident embarrassant, et que ce témoin soit l'homme le plus sexy de tout l'hémisphère Nord ?

— Et ça ? demanda-t-il en brandissant le préservatif. Peut-être en aurez-vous besoin ?

— Non ! dit-elle en secouant la tête. Je fais une pause, vous vous rappelez ?

Il esquissa un demi-sourire tout en lui ramenant derrière l'oreille une mèche de cheveux humide.

— Si vous le dites.

Ce geste était si inattendu qu'elle resta figée sur place. Le contact des doigts de l'inconnu l'avait totalement désarmée.

Elle ne pouvait pas se rappeler la dernière fois où un homme l'avait touchée. Ni la dernière fois où elle avait eu envie qu'un homme la touche. Et là, c'était le cas. Elle en avait follement envie.

Elle se passa la langue sur les lèvres avec nervosité.

— Juste par curiosité… Est-ce que ça veut dire que vous préférez les femmes ? susurra l'inconnu.

Il semblait intrigué, comme s'il l'imaginait en train d'embrasser une autre femme, alors qu'elle s'imaginait en train de l'embrasser, lui.

— Quoi ? Mais non ! s'écria-t-elle en reculant. Non pas que je trouve à y redire, mais non, je ne suis pas...

Elle leva les yeux au ciel et poussa un soupir exaspéré.

— Vous êtes... Vous êtes... un drôle de type !

— Désolé, murmura-t-il. Mais je suis content.

— Content ?

— Que vous ne soyez pas de l'autre bord.

Partant d'un rire plaintif, elle pointa un doigt dans sa direction.

— Je vous en prie, taisez-vous ! Et oubliez tout ce que j'ai dit, parce que... Oh ! génial.

Elle venait d'apercevoir près de l'entrée de l'hôpital deux de ses collègues qui faisaient de grands gestes en montrant leur montre pour lui dire de se dépêcher.

— Je dois y aller, dit-elle.

Elle allait s'avancer sur la chaussée lorsqu'elle se sentit projetée contre une large poitrine, chaude, dure – très dure – au moment même où une autre voiture arrivait, éclaboussant tout sur son passage.

— Faites attention, lui souffla l'inconnu à l'oreille.

Pour la seconde fois en dix minutes, elle se mit à trembler de tout son corps.

Oui, c'était un bon conseil, se dit-elle, les genoux tremblotants. Elle ferait bien de le suivre.

Cela lui donna l'élan nécessaire pour murmurer de vagues excuses et se diriger d'un pas un peu chancelant vers l'entrée du personnel. Cependant, elle ne put s'empêcher de regarder par-dessus son épaule.

L'inconnu l'observait, un petit sourire perplexe dessiné sur sa bouche incroyablement sexy, comme s'il n'arrivait pas à croire ce qu'il venait de vivre.

— Merci, cria-t-elle.

— Avec plaisir, répondit-il en souriant.

Elle marqua une pause, se demandant pourquoi elle n'arrivait pas à s'en aller alors qu'elle aurait dû courir. Elle avait l'impression de tourner le dos à quelque chose de bon. Quelque chose d'excitant et de... terrifiant.

Durant une seconde, leurs regards se retinrent, et il finit par rire.

— Vous êtes sûre que vous ne voulez pas reconsidérer votre décision d'embargo ? demanda-t-il d'une voix enrouée.

— Non, répondit-elle d'un ton ferme en secouant la tête. Il n'en est pas du tout question.

Menteuse.

— Tant pis pour moi, dit-il en sortant ses clés de sa poche. Mais peut-être qu'on se reverra ?

Le plaisir qu'elle éprouvait à l'écouter parler était certainement dû au fait qu'elle s'était cogné la tête en tombant, se dit-elle en s'éloignant. Il fallait qu'elle reprenne ses esprits. Tout cela ne signifiait rien pour lui. Les hommes adorent flirter. C'est pour eux un passe-temps, comme boire une bière, roter et mentir. Elle avait assez de problèmes sans être obsédée par cet inconnu, aussi sexy soit-il. Pour l'instant, elle ferait mieux de se faire du souci pour son retard au travail et pour le spectacle lamentable qu'elle offrait : on aurait dit qu'elle arrondissait ses fins de mois en disputant des matchs de catch dans la boue.

Dylan St. James avait le sourire aux lèvres en regagnant sa jeep.

La ravissante jeune femme qu'il venait de quitter – le Dr Danielle Stevens, disait le badge – avait réussi quelque chose que personne n'était parvenu à faire depuis très longtemps. Elle lui avait changé les idées et l'avait fait sourire et même rire, ce qui tenait du miracle étant donné tout ce qui lui était arrivé les derniers temps.

Après avoir perdu en l'espace de deux mois son grand-père, qui s'était longtemps battu contre un cancer de l'œsophage, et son ami le plus cher, victime d'un accident d'escalade, il avait accepté une mission temporaire sur un navire-hôpital en Afrique de l'Ouest, pensant que le changement l'aiderait à surmonter sa peine. Il s'était plongé dans ce qu'il aimait le plus : aider les gens – spécialement les enfants – à mener une vie relativement normale, en mettant à leur service ses compétences de chirurgien spécialisé en reconstruction orthopédique. Aider ceux qui n'avaient habituellement pas accès aux soins médicaux dernier cri.

Il avait rencontré des gens géniaux et connu une aventure avec une coordinatrice embarquée sur le même navire-hôpital. Cette relation était plutôt fondée sur une question de proximité que sur des sentiments profonds, du moins de sa part à lui. Il avait pensé qu'il s'agissait d'une amitié qui s'accompagnait de temps en temps de rapports sexuels agréables, rien de plus... Jusqu'au jour où Simone lui avait fait une révélation fracassante : elle était enceinte.

Cela avait été un gros choc pour lui. D'autant plus qu'ils avaient rarement couché ensemble les derniers temps et qu'il n'avait jamais eu de rapports non protégés. Jamais. Enfin, il s'était dit qu'il ferait face à ses responsabilités, sans aller jusqu'à épouser quelqu'un pour qui il n'éprouvait pas de sentiments sérieux. Mais il avait découvert que Simone avait d'autres idées en tête.

Un soir qu'il en avait fini avec ses opérations plus tôt que prévu et qu'il s'était rendu à la cantine pour dîner, il avait surpris sans le vouloir une conversation entre Simone et une infirmière australienne. Elles parlaient de lui, ou plutôt de la fortune de sa famille. Simone se vantait d'avoir pris dans ses filets un riche médecin canadien – la seule raison qui l'avait poussée à travailler pour des pays oubliés de Dieu, sur un navire qui n'avait même pas de piscine, avait-elle précisé.

Comme si c'était cela qui comptait sur un navire-hôpital !

Il avait été sur le point de manifester sa présence, lorsqu'il avait entendu quelque chose d'encore plus révélateur : Simone venait d'avouer que le bébé qu'elle essayait de faire passer comme étant celui de ce riche médecin était en fait celui d'un de leurs collègues. Un collègue *marié*.

Dire qu'elle avait reçu un choc lorsque, levant les yeux, elle avait vu qu'il était là, c'était sans doute très en dessous de la vérité. Il y avait eu des larmes, des supplications, des menaces et des crises d'hystérie, mais il savait désormais à quoi s'en tenir. Il avait achevé son contrat et était rentré chez lui.

Simone n'était pas la première femme à se jeter à son cou après avoir appris que sa famille possédait la plus grosse compagnie de construction navale de la côte du Pacifique. Et elle ne serait sans doute pas la dernière. Il n'avait qu'à se montrer plus prudent, voilà tout. Par ailleurs, il n'avait pas envie d'épouser quelqu'un avec qui il ne se voyait pas vieillir. Non pas qu'il soit opposé au mariage. Pas du tout. Mais il n'avait pas trouvé la femme qui le désirerait, *lui*, plus que ce que lui apporterait l'argent de la famille. Il n'avait pas trouvé la femme avec qui nouer le genre de relation que ses parents et ses grands-parents avaient construite.

Parfois il se demandait s'il y parviendrait un jour.

Arrivé à sa jeep, il ouvrit la portière et se glissa derrière le volant. Au moment de mettre le contact, il se rendit compte qu'il avait toujours le préservatif à la main. Le jetant dans la console de rangement, il rit en songeant à l'air embarrassé de la jeune femme et à son insistance pour préciser que cet objet n'était pas à elle.

Mais il y avait chez elle beaucoup de contradictions. Il revoyait ses grands yeux gris au moment où elle avait déclaré qu'elle entendait faire une pause en ce qui concernait tout porteur du chromosome Y. Cet aveu avait déclenché en lui des émotions diverses qu'il n'était pas prêt à ressentir.

Il mit le moteur en marche et se dirigea vers la sortie du parking avec le sentiment de se sentir beaucoup mieux que lorsqu'il s'était garé là quelques heures auparavant.

Le point positif, c'était évidemment qu'il allait retrouver son poste de consultant à St. Mary's. Et, si la perspective de revoir une certaine petite femme médecin particulièrement sexy l'amenait à sourire, il fallait sans doute mettre cela sur le compte de son long voyage, de trois jours de manque de sommeil et de huit mois de célibat.

2

Dylan avait replongé dans la routine de l'hôpital comme s'il ne s'était absenté qu'une semaine. Son partenaire, Steve Randall, ravi de le voir de retour, avait fait le vide dans son agenda et était parti pour le Pacifique Sud, le laissant assurer toutes les opérations qui ne pouvaient pas être reportées.

Il aurait aimé se dire qu'il était trop occupé pour penser à la mignonne petite brune qu'il avait rencontrée sur le parking, mais il devait admettre qu'il était aussi sensible que n'importe qui au charme d'une jolie paire d'yeux gris et d'un sourire désarmant.

Mais, bon sang, il avait trente-cinq ans, il était chirurgien, il collectionnait les conquêtes féminines depuis vingt ans, et jamais – pas une seule fois – il ne s'était laissé distraire par une femme pendant qu'il opérait.

Jusqu'à ce qu'il fasse la connaissance de cette irrésistible brunette qui s'était étalée par terre sous ses yeux.

Le Dr Stevens avait non seulement envahi ses rêves, mais aussi perturbé le calme dont il faisait preuve d'habitude au bloc opératoire. Cela devait cesser. Se montrer distrait pouvait coûter cher dans sa profession. Avec Steve qui était parti à Bora Bora, il n'avait pas le temps de déjeuner, et encore moins celui de penser à une femme décidée de toute façon à se tenir à l'écart des hommes.

Il se demandait ce qui avait bien pu se passer pour la convaincre d'adopter une telle attitude. Il éprouvait une envie folle de retrouver le type qui l'avait rendue aussi méfiante et de lui donner une bonne correction. Mais il avait deux sœurs et il était prêt à infliger le même traitement à quiconque se conduirait mal avec elles…

Oui, l'instinct protecteur que cette jeune femme avait réveillé chez lui était certainement celui d'un frère. Ce n'était pas dû au fait que son ego avait été malmené lors de cette rencontre. Par ailleurs, il ne savait rien d'elle, sinon qu'elle travaillait à St. Mary's. Or, l'hôpital était immense, il ne savait pas où elle exerçait et il n'avait ni le temps ni le désir de se lancer à la recherche d'une femme qui n'était pas intéressée.

Après tout, c'était aussi bien qu'elle l'ait éconduit, car, de son côté, il souhaitait juste passer un moment agréable avec de jolies femmes qui partageaient son point de vue et faisaient comme lui le choix d'aventures sans lendemain. Visiblement, ce n'était pas le cas de la petite brunette. Mieux valait donc l'oublier et se concentrer sur sa tâche.

Le jeudi soir, après un enchaînement de rendez-vous et deux jours passés à opérer, Dylan saisit son blouson de cuir et traversa la salle d'attente plongée dans le noir.

Il était 20 heures passées. Il avait prévu de retrouver deux amis avec qui il faisait du kayak. Ils s'étaient donné rendez-vous dans un bar près de la marina. Il ne les avait pas encore revus depuis son retour et avait hâte d'être de nouveau sur l'eau.

Comme il allait refermer la porte derrière lui, son téléphone portable sonna. Il sourit en voyant que l'appel venait de sa mère. — Bonjour, maman, que se passe-t-il ?

Le rire léger de sa mère, si familier, lui parvint à travers l'écouteur.

— Rien de grave, mon chéri. J'appelle juste pour savoir comment mon fils préféré occupe sa première semaine après son retour, et aussi l'inviter à dîner.

— Maman, je suis ton *seul* fils.

— Mon préféré quand même, dit-elle sur le ton de la plaisanterie. Mais ne le dis pas à tes sœurs.

Il se mit à rire, car il avait entendu sa mère dire la même chose à ses sœurs.

— J'adorerais venir dîner, maman, mais je suis de garde. Cela me prendrait trop de temps de revenir de Vancouver Ouest s'il y avait une urgence.

— C'est tout le génie de mon plan, mon chéri, dit Vivian St. James d'un ton qui montrait qu'elle était très contente d'elle. Nous allons dîner au Regis avec les Henderson. Tu te souviens de Fred et de Daphne, n'est-ce pas ?

En percevant une certaine excitation dans la voix de sa mère, il se tint sur ses gardes et il fit la grimace lorsque la suite confirma ses soupçons.

— Eh bien, leur fille Abigail revient d'Europe, et nous allons tous avoir un merveilleux dîner…

Ah, c'était donc cela.

— Maman, coupa-t-il gentiment. Arrête.

Il y eut un court silence.

— Que j'arrête quoi, mon chéri ?

Il soupira.

— Tu essayes encore de me caser.

— Ne sois pas stupide !

Elle émit un petit rire gêné, et il sut qu'il avait vu juste. Sa mère ne cessait de lui organiser des rencontres dans l'espoir qu'il se marie. Elle voulait avoir des petits-enfants avant de mourir – ce qui était ridicule puisqu'elle n'avait même pas soixante ans.

— Et, même si c'était vrai, jeune homme – et je ne dis pas que c'est le cas –, tu as besoin de sortir et de rencontrer des gens. Des femmes.

— J'en rencontre tous les jours, maman. Par ailleurs, *j'ai* rencontré quelqu'un, ajouta-t-il.

Aussitôt, il eut envie de se donner des gifles pour avoir donné à sa mère de faux espoirs. Vivian ne le lâcherait pas tant qu'il ne lui aurait pas présenté la jeune femme en question. Il adorait sa mère mais, si elle pensait que l'un de ses enfants avait besoin d'elle pour être remis sur le bon chemin, elle était prête à y consacrer toute son énergie.

— Vraiment ?

Oh non ! Sa mère semblait si heureuse à l'idée qu'il ait de nouveau une relation amoureuse. Elle trouvait tous ses enfants formidables et ne pouvait s'empêcher de se montrer indiscrète avec eux.

— C'est merveilleux, mon chéri. Où l'as-tu rencontrée, et quand puis-je faire sa connaissance ?

Du calme, pensa-t-il, à la fois amusé et exaspéré, il n'allait pas se faire avoir comme ça.

— Qui te dit qu'il s'agit d'une femme ?

Il y eut un moment de silence sidéré. Il imaginait très bien la tête que sa mère devait faire.

— Dylan Thomas St. James ! lâcha-t-elle.

Puis elle se mit à rire.

— Il n'y a aucun mal à être homosexuel, mais je sais que tu essayes de me faire marcher. Alors, dis-moi, quand pourrai-je la rencontrer ?

Par chance, le téléphone de Dylan lui signala un nouvel appel, le dispensant de répondre. Sauvé par le bip.

— Juste une seconde, maman. Je viens de recevoir un autre appel. Je dois le prendre.

Ce qu'il fit.

— St. James.

— Ici Rona Sheppard, des urgences. Êtes-vous encore dans l'hôpital ?

— Oui. Qu'y a-t-il ?

— Un enfant victime d'une blessure traumatique au bras vient d'arriver. Les constantes vitales ne sont pas stables.

— J'arrive.

Il ôta son blouson de cuir et enfila sa blouse de travail. Au moment de mettre son téléphone dans sa poche, il se souvint de sa mère.

— Désolé, maman, mais je ne dînerai pas avec vous ce soir.

Il ne précisa pas que, de toute façon, il avait prévu de se rendre chez Harry's à la marina. Il évitait ainsi d'entendre le refrain qu'il connaissait bien concernant le genre de femme qui traînait dans les bars pour sportifs.

— Oh ! dommage, soupira Vivian. J'ai été si heureuse quand j'ai su que tu revenais à Vancouver.

Elle ne dit pas qu'elle était déçue de voir qu'il ne rencontrerait pas la fille de ses amis, mais il le devinait.

— S'agit-il de quelque chose de grave ? s'enquit-elle.

— Je ne sais pas encore, mais le patient est un enfant.

— Oh ! mon chéri ! Je sais que tu détestes ce genre de cas. Appelle-moi quand tu pourras.

Sans attendre l'arrivée de l'ascenseur, il prit l'escalier pour se rendre aux urgences. Les blessures traumatiques étaient toujours mauvaises. Et, chez un enfant, il fallait intervenir encore plus rapidement.

Lorsqu'il poussa les portes battantes et s'engagea dans le couloir, il entendit des ordres lancés d'un ton rapide par une voix féminine qu'il reconnut aussitôt. Le plus surprenant, c'était de voir que, au milieu du chaos, la personne qui donnait les ordres était la petite brune du parking.

Le médecin traitant.

La voir gérer cette situation d'urgence avec tant de compétence le déconcerta. Il en resta figé sur place.

L'enfant ne semblait pas avoir plus de six ou sept ans. Il avait l'air si petit et si fragile, allongé sur le lit, que Dylan en eut le cœur serré.

La vue du pansement imbibé de sang qui enveloppait le moignon du bras du petit patient lui rappela ce qu'il avait vécu en Afrique de l'Ouest au cours des deux années précédentes. Il avait passé son temps à restaurer des membres détruits par des explosions ou par un feu d'artillerie, ou coupés par des rebelles armés de machettes.

Les jeunes victimes étaient les plus difficiles à traiter, car souvent il ne restait plus rien à rattacher, ou bien la nécrose et l'infection s'étaient déjà installées.

Perdu dans ses horribles souvenirs, il entendit à peine la question posée à la cantonade par le médecin traitant.

— Quel est l'orthopédiste de garde ? Quelqu'un l'a-t-il appelé ?

— Rona a dit que le Dr St. James était en train d'arriver.

Il vit la petite brune froncer les sourcils tandis qu'elle s'équipait de son stéthoscope.

— N'est-ce pas le nouveau type devant lequel tout le monde se pâme ? demanda-t-elle d'un air absent.

Sans attendre la réponse, elle s'adressa à la seconde infirmière tout en auscultant la poitrine du petit garçon.

— Paula, nous allons avoir besoin de plus de sang avant d'envoyer cet enfant au bloc opératoire. Mettez en place une autre poche de sang et assurez-vous que nous en avons suffisamment en réserve. Espérons que le nouveau beau gosse n'est pas simplement joli garçon. Ce petit bonhomme-là n'a vraiment pas besoin de grandir avec un bras en moins.

Dylan s'avança dans la salle au moment où la jeune femme se tournait vers le moniteur de contrôle.

— Mais enfin, où est-il ? s'exclama-t-elle en accrochant son stéthoscope autour du cou. Amy, rappelle-le. Nous...

— C'est inutile, je suis là, coupa-t-il en s'approchant du petit patient.

Il appuya les doigts sur l'artère humérale au-dessus de la blessure.

Le pouls était lent et irrégulier, à peine perceptible.

Il sut qu'elle l'avait reconnu, car elle se figea sur place, les yeux écarquillés. Visiblement, elle était sous le choc.

— Quel genre de blessure avons-nous, docteur... euh... Stevens, c'est bien cela ? dit-il d'un ton calme.

— Je... Je..., bégaya-t-elle.

Il n'aurait su dire s'il était content ou vexé de la voir aussi perturbée par sa présence.

L'infirmière blonde avait dû aussi remarquer cette réaction, car elle plissa les yeux, et son regard alla de l'un à l'autre, comme si elle sentait la brusque tension qui s'était établie dans la pièce.

— Dani ? dit l'infirmière. Est-ce que ça va ?

La question parut sortir Danielle de sa stupeur.

— Cet enfant... Heu... Il... Son bras est sectionné à deux centimètres et demi au-dessus de l'épicondyle gauche.

— Je le vois bien, dit-il. Les ambulanciers ont-ils dit comment c'était arrivé ?

Elle rougit, fit la grimace et respira un grand coup. En un clin d'œil, elle retrouva son calme et son sang-froid.

— Apparemment, la vitre d'une fenêtre est tombée sur lui.

— La blessure est-elle écrasée ?

— Non, elle est très nette. J'ai dû clamper l'artère humérale pour faire monter sa tension artérielle, mais je ne sais pas exactement combien de temps encore il peut attendre d'être opéré.

Dylan regarda la glacière posée sur un chariot.

— Dans quel état est le bras ?

— Je n'ai pu encore le regarder, mais l'ambulancier a dit qu'il était intact.

Il souleva le pansement de compression taché de sang et vit qu'un clamp avait été fixé à l'extrémité de l'artère. Après un rapide examen des bords brisés de l'os, il fit un petit signe de tête et se dirigea vers la porte.

— Faites des radios des deux sections et amenez-le au bloc opératoire dès qu'il sera prêt. Nous l'y attendons.

En chemin, il composa un numéro de téléphone.

— Kate, c'est Dylan. Dans combien de temps pouvez-vous être en salle d'opération ?

— Dans vingt ou trente minutes. Pourquoi ?

— J'ai besoin de vos talents de couturière pour une réimplantation.

— Je ne suis pas de garde, Dylan, rappela-t-elle avec un petit rire.

— Je sais. Mais, quand un gamin perd son bras, vous êtes ma meilleure conseillère vasculaire. J'ai besoin de vous dans mon équipe.

— Un gamin ? Je vous en prie, ne me dites pas que c'est une blessure écrasée.

— Non, dit-il en appuyant sur le bouton d'appel de l'ascenseur. Une vitre a sectionné son bras à deux centimètres et demi au-dessus du coude. Il y a des dégâts, bien sûr, mais ce devrait être une coupure nette.

Il l'entendit soupirer.

— Très bien. Commencez sans moi. J'arrive.

Pendant qu'il attendait l'ascenseur, il bipa le chirurgien

vasculaire de garde, ainsi qu'un spécialiste de chirurgie plastique. Lorsque l'ascenseur arriva, il monta dans la cabine, pensant déjà à la procédure qu'il allait suivre, et non à la femme qu'il avait laissée aux urgences.

Il aurait le temps plus tard de réfléchir à la réaction qu'il avait eue en la revoyant – à ce coup reçu en pleine poitrine lorsque ce regard gris avait croisé le sien.

Elle avait paru stupéfaite, déconcertée, comme si elle ne s'était pas attendue à le revoir. Et aussi plutôt consternée.

Lui aussi avait été abasourdi, plonger dans ces yeux gris fumée lui avait donné l'impression de tomber en chute libre. Qu'est-ce qui s'était passé ?

Il ne pouvait pas avoir été troublé par le seul fait de l'avoir de nouveau en face de lui. Ça aurait été une réaction de fou. Or, il n'y avait aucun fou dans son arbre généalogique...

Non, se dit-il pour se rassurer, il avait simplement été surpris de la trouver en train de donner des ordres, sans la moindre trace de la charmante maladresse dont elle avait fait preuve lors de leur première rencontre. Et, oui, il avait été surpris de l'avoir retrouvée avant d'avoir essayé de la chercher.

Lorsque les portes de l'ascenseur s'ouvrirent, Dani et l'infirmière sortirent le chariot de la cabine et le poussèrent jusqu'au bloc opératoire. Amy était restée aux urgences pour s'occuper de la mère de leur petit patient, qui était arrivée, folle d'angoisse, au moment où elles prenaient l'ascenseur avec l'enfant.

Lorsque Christine Nolan, qui était enceinte, avait vu son petit garçon gisant, inerte, sur le chariot, elle avait failli s'évanouir. Dani avait dit à Amy de lui administrer un calmant avant qu'elles aient deux patients sur les bras.

Dès qu'elles arrivèrent au bloc, une infirmière se précipita vers la glacière.

— Salle numéro quatre, lança-t-elle d'un ton pressé. Ils vous attendent.

En entrant dans la salle, Dani vit que l'équipe chirurgicale était en train d'étudier les radiographies prises dix minutes plus tôt.

Comme s'il avait senti sa présence, Dylan St. James se retourna. Il avait déjà revêtu sa tenue de chirurgien et dominait de sa haute stature toutes les autres personnes présentes. Le Dr Beau-Gosse avait l'air d'être le maître de son univers.

Et d'être prêt à bouleverser le sien.

Elle rougit de honte en se rappelant leurs deux dernières rencontres. Que devait-il penser d'elle ? se demanda-t-elle. Lors de la première rencontre, il l'avait vue maladroite et disant tout ce qui lui passait par la tête. Et, la seconde fois, elle s'était figée sur place en entendant sa voix si chaude. Lorsqu'elle avait croisé son regard et plongé dans ses yeux vert mousse bordés de longs cils noirs, elle avait perdu tous ses moyens. Et, quand il l'avait questionnée sur la blessure du patient, elle avait fait une réponse idiote que même un étudiant en deuxième année de médecine n'aurait pas osé donner.

Et voilà qu'elle recommençait. Elle se tenait là, immobile, comme une adolescente qui se trouve face au plus beau garçon du lycée. Il fallait qu'elle s'en aille le plus rapidement possible.

Elle avait presque franchi la porte lorsqu'il la rappela de sa voix grave et sensuelle.

— Docteur Stevens ?

Elle se retourna lentement pour se donner le temps de se ressaisir.

Elle avait trente ans et était un excellent médecin, se rappela-t-elle. Elle espérait qu'il ne percevait pas dans quel chaos intérieur elle se débattait, mais elle était terrifiée, sachant qu'elle n'avait jamais été très douée pour cacher ses émotions.

— Oui ?

Il la dévisagea et, pendant un bref instant, elle pensa, horrifiée, qu'il allait mentionner leurs précédentes rencontres. Mais il n'en fit rien.

Elle s'en voulut de réagir ainsi et de montrer un tel embarras devant ses collègues.

Il leva la main. Surprise, elle recula et heurta le mur, les yeux écarquillés. Elle se sentit affreusement gênée lorsqu'elle comprit qu'il se frottait simplement la mâchoire.

Ses réactions étaient complètement disproportionnées !

Elle regarda rapidement autour d'elle, se demandant si quelqu'un l'avait vue battre si maladroitement en retraite, prise de panique. Constatant que personne ne lui avait prêté attention, elle éprouva un tel soulagement qu'elle sentit ses jambes devenir toutes molles.

Dylan la regarda, l'air inquiet.

— Est-ce que ça va ?

— Oui, bien sûr, répondit-elle en réussissant à parler d'un ton calme. C'est juste que je suis pressée... Je dois retourner aux urgences.

Il marqua une courte pause, puis hocha la tête.

— Y a-t-il des choses que je devrais savoir sur ce garçon ? demanda-t-il. La présence d'allergies, son état de santé, les médicaments qu'il pourrait prendre ?

— Euh... Non, dit-elle en s'éclaircissant la voix. Il s'appelle Timothy Nolan, il a sept ans. Sa mère dit que c'est un petit garçon normal, actif, qui adore le hockey sur glace et les dinosaures.

Un sourire éclaira le visage du chirurgien.

Se sentant une faiblesse dans les genoux, elle se redressa.

Il fallait qu'elle arrête de le regarder sourire. Les beaux gosses qui vous bombardaient de sourires éclatants n'étaient pas fiables.

— Eh bien, nous allons tout faire pour qu'il puisse un jour refaire du hockey.

Elle fut soulagée de voir qu'il ne faisait aucune allusion au moment d'absence qu'elle venait d'avoir.

Se concentrer sur le patient et non sur ses nœuds à l'estomac et ses genoux qui flageolaient.

— Vous pouvez faire une réimplantation ?

— Les radios semblent bonnes.

— Alors, Timmy sera de nouveau normal ?

— Je vais faire de mon mieux, même si je ne peux pas accomplir de miracle, répondit-il en poussant un soupir.

— Ce n'est pas ce que j'ai entendu dire, lança-t-elle presque brutalement.

Le voyant hausser un sourcil, elle rougit.

Mais elle n'allait pas se laisser intimider. Contrairement à ce qui s'était passé seize ans plus tôt au lycée, lorsqu'un autre beau gosse du genre mauvais garçon avait surpris le regard fasciné qu'elle lui lançait. Arborant un sourire nonchalant, il s'était appuyé contre le vestiaire où elle rangeait ses affaires et l'avait dévisagée d'un air entendu.

— Tu penses être à la hauteur, ma petite ?

Il avait éclaté de rire en la voyant s'enfuir à toutes jambes.

En cet instant, elle ressentait exactement la même chose, mais elle réussit à se contrôler. Elle soutint son regard comme si elle lui jetait un défi.

Il parut surpris. Pas plus qu'elle.

— Nous ferons de notre mieux, répéta-t-il.

Elle hocha la tête. Maintenant, elle allait pouvoir se retirer, l'air aimable et calme…

Mais, alors qu'elle s'apprêtait à sortir, il la rappela.

— Docteur Stevens ?

Il attendit qu'elle le regarde.

— Ne croyez pas tout ce que vous entendez dire.

Faisait-il allusion aux rumeurs qui couraient sur lui au sein de l'hôpital, selon lesquelles il couchait avec plus de femmes qu'il n'y avait de jours dans le mois ? Non seulement elle était sûre que ces rumeurs étaient largement exagérées, mais par ailleurs elle n'avait ressenti aucune onde négative émanant de lui.

Peut-être, mais elle n'en avait pas ressenti non plus venant de Richard. Du moins, pas avant le mariage. Et qu'est-ce que cela avait donné ?

Comme elle ne répondait pas, le Dr St. James soupira. On eût dit qu'il avait envie d'ajouter quelque chose. Mais l'anesthésiste l'appela.

— Je dois y aller, dit-il.

Elle éprouvait une certaine déception qu'il n'ait pas…

Quoi ? Qu'il ne l'ait pas poussée contre le mur pour la peloter et l'embrasser ?

Du calme. Ils étaient au bloc opératoire. Elle ferait bien de cesser de regarder sa bouche et de se rappeler qu'elle avait pris un congé sabbatique en ce qui concernait les hommes.

Elle fit demi-tour, bien décidée à quitter les lieux, drapée dans sa dignité, mais, de nouveau, il l'interpella.

— Oh ! et puis, docteur Stevens...

Elle s'arrêta net, bien qu'elle ait de plus en plus envie de s'enfuir. Il attendit qu'elle se retourne pour terminer sa phrase.

— Je ne suis pas simplement un joli garçon.

Gênée qu'il ait entendu les propos qu'elle avait tenus aux urgences, elle redressa les épaules et se tint bien droite, mettant sa fierté à se montrer calme et professionnelle – ou du moins à faire semblant malgré le pouvoir hypnotique de ses yeux verts.

— Je ne pouvais pas le savoir.

Il continua de la fixer un instant, puis il hocha la tête et lui tourna le dos.

Une fois dans l'ascenseur, loin de ce regard qui semblait la transpercer, elle s'affaissa contre la paroi. Pressant son ventre d'une main, elle poussa une sorte de gémissement et se cogna la tête deux fois contre la cabine, comme pour faire entrer un peu de bon sens dans son crâne.

Oh ! mon Dieu ! Elle n'arrivait pas à le croire. Le type qu'elle avait envoyé promener, celui à qui, ensuite, elle avait beaucoup trop pensé... était un chirurgien qui travaillait dans l'hôpital. Et ce n'était pas tout. Il était aussi le Dr Beau-Gosse devant qui toutes les employées – les femmes mariées comme les célibataires – bavaient d'admiration.

C'était suffisant pour l'inciter à se tenir sur ses gardes.

Elle n'était pas intéressée, se dit-elle avec fermeté. Elle avait failli ne pas survivre à une relation toxique avec un homme beau, riche et sexy. Elle n'avait pas l'intention de craquer pour un autre du même genre. Pas question.

Mais elle devait reconnaître qu'elle avait rêvé de lui. Elle avait eu ce type de rêve qu'une fille ne partage avec personne, pas même avec sa meilleure amie. Le type de rêve qui fait rougir rien que d'y penser. Or, elle n'avait pas fait de rêves sexy depuis son adolescence, l'époque où elle était une gamine timide et gauche rêvant aux garçons qui passaient pour des tombeurs.

Elle aurait encore préféré se faire écraser par un autobus que de laisser soupçonner à cet homme qu'elle était prête à succomber à son charme comme toutes les autres.

Lorsqu'elle sortit de l'ascenseur, au lieu d'aller directement aux urgences, elle se rendit aux toilettes pour se passer de l'eau sur le visage.

En voyant dans la glace ses joues écarlates et ses yeux brillants, elle secoua la tête, dépitée.

Pas question de laisser ses pensées dériver vers de beaux chirurgiens sexy aux yeux verts, se morigéna-t-elle. Du moins, pas tant que ça l'empêcherait de se comporter en adulte et en vraie professionnelle. Celui-ci attirait les femmes plus encore que ne le faisait Richard Ashton-Hall III. Jamais elle ne se remettrait dans la position d'avoir à se battre pour essayer de retenir l'attention d'un homme. C'était trop humiliant de découvrir que, malgré tous les efforts qu'on peut faire, on n'est jamais à la hauteur.

Elle n'était qu'un article défectueux, pas vrai ? Et, comme Richard avait eu la cruauté de le lui dire, aucun homme n'aurait envie d'un article défectueux. Si elle n'était pas capable de faire ce qui était la mission de toute femme sur Terre – donner un héritier à son partenaire –, elle ne servait à rien.

3

Malgré la frustration engendrée par le nombre de cas à traiter et les longues et épuisantes heures de travail, Dani adorait le service des urgences. Elle adorait le défi que représente la médecine d'urgence : sauver des vies et s'attaquer à des symptômes déroutants avant que les patients soient pris en charge par le spécialiste adéquat.

Avoir affaire tout le temps à de nouveaux cas avait quelque chose d'excitant, mais parfois elle aurait aimé savoir ce que devenaient les gens dont elle s'était occupée et elle regrettait de ne pas avoir avec eux le genre de relation qui se développe entre un patient et le personnel soignant. Et, lorsqu'un cas comme celui du petit Timothy Nolan se présentait, elle éprouvait l'impérieux besoin de savoir ce qui se passait ensuite.

Aussi, lorsqu'elle apprit que l'enfant était enfin sorti du bloc opératoire, elle profita du calme habituel qui régnait aux urgences le jeudi soir pour se rendre en ascenseur au dixième étage. Elle voulait vérifier par elle-même que ce qu'elle avait fait pour lui avait permis de sauver son bras.

C'était pour elle un souci permanent. Elle se demandait toujours si elle en avait fait assez, si elle avait fait les bons choix... Même si ce n'était parfois pas suffisant.

Mais Timmy avait bénéficié des soins du meilleur des chirurgiens, à en croire la rumeur qui courait à l'hôpital.

Ce qui se disait était-il vrai ou cela ne reflétait-il que l'opinion des femmes en pâmoison devant lui ?

Il était 2 h 30 du matin lorsqu'elle se dirigea vers l'unité de soins intensifs pédiatriques.

En entendant les faibles gémissements d'un petit patient, qui trouaient le silence du service, elle songea aux parents de cet enfant et à l'épreuve qu'ils enduraient. Consciente qu'elle ne connaîtrait jamais elle-même les peines et les joies d'une mère, elle éprouva du chagrin, mais elle s'empressa d'enfouir ces tristes pensées au fond d'elle-même.

Elle n'en souffrirait pas si elle n'y pensait plus. Et elle était devenue experte dans l'art d'ignorer ce qu'elle ne pouvait pas changer.

Il y avait autre chose qu'elle s'interdisait : penser à… *lui*. Mais, alors qu'elle venait de passer devant le bureau des infirmières, elle le vit qui se tenait devant la vitre donnant sur une petite chambre particulière du service.

Il était encore vêtu de l'uniforme noir des chirurgiens. Avec sa haute silhouette, sa large carrure et sa barbe naissante, il aurait offert une image intimidante, n'étaient ses cheveux hirsutes, comme s'il y avait passé les doigts toute la nuit.

En le voyant, elle faillit faire demi-tour avant qu'il l'aperçoive, puis elle retrouva son bon sens.

C'était normal qu'elle vienne vérifier l'état d'un patient qu'elle avait reçu aux urgences. Par ailleurs, maintenant qu'elle l'avait vu, une fois l'effet de surprise passé, elle se sentait mieux. Et même…

Il tourna la tête brusquement, et elle ressentit la force de son regard qui la transperça comme un rayon laser. Un instant, le visage du chirurgien resta fermé, affichant une expression on ne peut plus sombre.

Oh ! Seigneur ! Quelque chose a-t-il mal tourné ?

Puis il cligna des yeux, et son regard s'éclaira.

Elle s'avança vers lui.

— Vous avez l'air fatigué.

Il haussa un sourcil.

— Ah oui ?

— Fatigué mais satisfait, précisa-t-elle en souriant.

Fière d'être restée calme et professionnelle, elle se tourna pour regarder par la vitre.

Un couple dont les visages exprimaient un amour désespéré se tenait près du lit de Timmy. Elle regarda le bras gauche du petit garçon, bandé de l'épaule au poignet. Les petits doigts paraissaient gonflés, mais leur couleur rose la rassura. Soulagée, elle se détendit.

— Cela s'est bien passé ?

Dylan enfouit les mains dans les poches de son pantalon et se balança sur les talons.

— Oui, murmura-t-il.

Du coin de l'œil, elle vit qu'il se tournait vers elle pour la regarder.

— Alors, il pourra un jour refaire du hockey sur glace ? demanda-t-elle en continuant de fixer son attention sur le trio familial.

Il eut un petit rire désabusé, comme s'il doutait de lui-même. Ce qui était bizarre, compte tenu de la propension des chirurgiens – particulièrement ceux dotés d'un physique exceptionnel – à se prendre pour Dieu.

— Vous en demandez beaucoup, non ?

— Voulez-vous dire que les rumeurs qui vous concernent sont fausses et que vous n'êtes qu'un joli garçon ?

Il lui lança un regard exaspéré.

— Ne vous ai-je pas dit qu'il ne faut pas écouter les commérages, docteur Stevens ?

Il la prit par le bras et l'entraîna vers la sortie.

— Et, à titre d'information, sachez que les hommes ne sont pas... jolis.

Il avait raison, pensa-t-elle en regardant sa mâchoire carrée, ses traits marqués et son large front. Il était trop costaud, trop viril, pour qu'on lui applique ce terme. Mais c'était sans aucun doute un très bel homme. Le genre d'homme qui fait craquer toutes les femmes.

Il avait l'air si contrarié qu'elle aurait pu en sourire si elle n'avait été surprise par sa façon de se comporter avec elle. La tenant toujours par le bras, il l'avait fait sortir de l'unité des soins intensifs pédiatriques et l'entraînait vers les ascenseurs.

Elle s'arrêta brusquement.

— Que faites-vous ?

— Je vous emmène dîner, répondit-il avec autorité.

Elle le regarda, soupçonneuse.

— Dîner ?

La porte s'ouvrit derrière eux, laissant apparaître deux infirmières qui louchèrent, intriguées, sur les longs doigts de Dylan, qui enserraient son bras. Gênée, elle s'écarta de lui. Elle n'avait pas envie de susciter de ragots à propos d'elle et du Dr Beau-Gosse.

Il la lâcha et adressa un petit signe de tête aux deux infirmières.

— Oui, un dîner... Vous savez, ce repas qu'on prend quand la journée est finie.

— Mais il est 3 heures du matin !

Il afficha un large sourire.

— Oui, et je meurs de faim. Alors, qu'en dites-vous ? Je connais un endroit génial, au rez-de-chaussée de l'aile Ouest, où ils servent des sandwichs à la dinde et du café chaud à toute heure du jour et de la nuit. L'ambiance n'y est pas terrible à cette heure tardive, mais au moins c'est calme.

C'était bien là le problème : ce café était réputé pour son caractère intime, bien loin de l'animation qui régnait dans la cafétéria de l'aile Est. Elle allait se retrouver seule avec lui dans un box à l'éclairage tamisé ! Cela ressemblerait à un rendez-vous galant, justement ce qu'elle fuyait depuis son divorce.

— Je suis en service, dit-elle. Je suis juste venue voir comment Timmy allait, avant de retourner travailler.

Dylan pressa le bouton d'appel de l'ascenseur et s'appuya contre le mur en l'observant.

— Il va mieux qu'on ne pouvait l'espérer, répondit-il. Seul l'avenir dira ce qu'il en est... Mais ça, ajouta-t-il, vous le savez déjà.

Elle hocha la tête, essayant de ne pas montrer sa nervosité.

— Alors, comment ça va, aux urgences ? reprit-il.

Il y avait dans son regard de l'amusement, comme s'il était parfaitement conscient de l'effet qu'il lui faisait.

— C'est la folie, répondit-elle en rougissant légèrement. Voilà pourquoi je dois me dépêcher d'y retourner.

Il haussa un sourcil avec l'air de quelqu'un qui savait parfaitement qu'elle avait menti, l'air de plus en plus amusé.

— C'est complètement mort, en bas, pas vrai ?

Prise en flagrant délit de mensonge, elle se frotta le nez, prête à mentir de nouveau. Heureusement, l'ascenseur arriva, et elle entra dans la cabine. Dylan l'imita et appuya sur le bouton du rez-de-chaussée avant de s'adosser à la paroi. Elle évitait de croiser son regard, ce qui le fit rire. N'y tenant plus, elle lui jeta un regard en biais.

Elle soupira.

— Comment le savez-vous ? demanda-t-elle.

— Je me rappelle mes permanences aux urgences, et puis vous êtes là. Si c'était la folie en bas, vous auriez attendu la fin de votre garde pour venir vérifier que je sais ce que je fais.

Ne trouvant rien à redire, elle leva les yeux au ciel.

— Je fais une pause.

— Une pause qui concerne les chromosomes Y ou les urgences ?

Il accompagna sa question d'un sourire diabolique, qui la déstabilisa d'autant plus qu'elle ne sut pas quoi répondre.

Dylan lui emboîta le pas lorsqu'elle sortit de l'ascenseur qui venait de les déposer au rez-de-chaussée.

— Il s'agit juste de prendre un café et des sandwichs avec un collègue, dit-il. Par ailleurs, vous aimerez sans doute savoir comment s'est passée l'opération.

Dylan retint un sourire.

Danielle Stevens le regardait du coin de l'œil. Elle avait l'air suspicieuse. S'il avait voulu l'empêcher de partir, il n'aurait pas pu imaginer un meilleur argument.

Elle fronça les sourcils.

— Vous voulez discuter avec moi du cas de votre patient ?

— C'est aussi le vôtre, rappela-t-il d'un ton chaleureux.

Pourquoi lui plaisait-elle autant ? Elle n'était pas vraiment son type de femme. Elle n'était pas belle selon les canons de la beauté classique, ni sophistiquée. Mais il y avait chez elle quelque chose de tellement attirant qu'il ne pouvait s'empêcher de la dévorer des yeux.

Elle avait rassemblé la masse de ses cheveux brun foncé sur le haut de la tête, dans un chignon désinvolte qui laissait échapper des mèches bouclées. Ses ongles étaient courts, mais ses mains fines et élégantes. Elles semblaient faites pour mettre en valeur les plus belles bagues mais ne portaient aucun bijou. Elle ne portait pas non plus de maquillage, mis à part une touche de mascara sur ses longs cils soyeux.

Effleurant du regard la bouche pulpeuse qui n'avait nul besoin de rouge, il se demanda si ses lèvres étaient aussi douces qu'elles en avaient l'air.

Elle secoua la tête.

— Il n'est plus mon patient puisque j'ai signé sa décharge.

Et elle le fixa, l'air méfiant, comme si elle s'attendait à le voir se transformer en une brute colérique.

Les femmes avec qui il sortait habituellement étaient sophistiquées et sûres d'elle. Elles connaissaient la règle du jeu. Elles le regardaient comme s'il était pour elles le meilleur moyen de se faire offrir un bracelet Tiffany. En revanche, le Dr Stevens semblait s'attendre à le voir se mettre en rogne. Visiblement, elle ne connaissait pas la règle du jeu. Si elle se trouvait face à l'une de ces babioles scintillantes, sans doute s'enfuirait-elle de peur de se faire mordre.

Il mourait d'envie de s'emparer de cette bouche si douce. Juste pour la goûter... Mais il savait qu'il se mentait : il voulait davantage, goûter ne lui suffirait pas.

Danielle Stevens l'intriguait. Elle lui paraissait d'une grande efficacité, mais aussi fragile. Elle était à la fois dure et gentille, douce et rude. Et, sous l'odeur de désinfectant qui régnait dans l'hôpital, il sentait son parfum à elle, une odeur fraîche qui lui évoquait l'image de la forêt par une chaude journée d'été. Une odeur fraîche et mystérieuse qui lui donnait envie d'enfouir le visage dans son cou et de s'emplir les poumons de son parfum.

Il en était le premier surpris, car il ne se rappelait pas avoir jamais éprouvé le désir de respirer le cou d'une femme. Du moins, pas avec une telle intensité.

Au moment où il poussait la porte du café, le téléphone de Danielle sonna. Il vit passer sur son visage une expression mitigée tandis qu'elle consultait l'écran.

Si elle avait froncé les sourcils en voyant de qui venait l'appel, elle avait aussi l'air soulagée.

— Je dois y aller, dit-elle. À une autre fois ?

Et, sans attendre sa réponse, elle tourna les talons et s'en alla précipitamment.

C'était la seconde fois qu'un appel téléphonique venait contrecarrer ses plans ce soir. S'il s'en était bien tiré la première fois, à présent il se sentait frustré. Et pourquoi Danielle avait-elle l'air si contente de pouvoir s'échapper ? C'était la seconde fois en moins d'une semaine qu'elle le laissait en plan...

Se rendant compte qu'il était en train de regarder le balancement de ses hanches tandis qu'elle s'éloignait, il se frotta les yeux et respira un grand coup.

Il devait se rendre à l'évidence, il craquait pour cette adorable brune dotée d'une certaine maladresse et de grands yeux gris emplis de tristesse.

Damned, pensa-t-il en riant tout bas. Il était perdu !

Dani franchit la porte réservée au personnel et découvrit la ville baignée de lumière à cette heure matinale.

La nuit avait été plus agitée que d'habitude, même pour un vendredi soir, peut-être à cause de la pleine lune, d'après sa collègue Roma. En plus du contingent habituel d'ivrognes victimes de leur stupidité, le cas le plus délicat à traiter avait été celui d'une dame d'âge moyen présentant une série de symptômes bizarres. Après une série de tests, il s'était avéré qu'elle avait été victime d'une overdose en goûtant aux biscuits à la marijuana de son neveu. Ses troubles n'étaient donc pas dus à une tumeur au cerveau ni à un problème cardiaque, ce qui avait été un soulagement.

Se souvenant de ce que Roma avait dit au sujet de la pleine lune, elle leva les yeux vers le ciel.

Ou bien celle-ci s'était trompée, ou bien la lune avait plongé derrière les montagnes.

Theo Anderson, l'interne aux urgences, descendait l'escalier derrière elle en compagnie d'Amy.

Comme elle, il inspecta le ciel.

— Que regardez-vous ? Un oiseau ? Un avion ? Un écureuil volant ?

— Peut-être Superman ? suggéra Amy.

— Pas à Vancouver. Mais je peux être votre héros, si vous voulez, rétorqua Theo en passant un bras autour des épaules de Dani.

Elle se mit à rire tout en le repoussant.

— Pas la peine, dit-elle en réprimant un bâillement.

Elle rêvait d'un café chaud, d'une douche chaude et de son lit, pas d'un homme sexy. Ah non, sûrement pas ! Ce genre de type n'était bon qu'à créer des problèmes.

— Je n'ai pas besoin de héros, ajouta-t-elle.

Elle n'avait pas besoin qu'on vole à son secours. Enfin, la plupart du temps. En tout cas, elle n'avait pas besoin d'être secourue par quelqu'un qui lui rappelle qu'elle avait le sang chaud.

Du coin de l'œil, elle vit qu'Amy l'observait en fronçant les sourcils, l'air inquiet.

— Est-ce que tu sais que tous les hommes ne sont pas comme ton ex ?

Dani n'avait pas envie d'évoquer le passé alors que la journée s'annonçait si belle. Elle regarda Theo, qui faisait un tour de magie à l'intention de Wendy, une infirmière pédiatrique qui travaillait de nuit.

— Je sais, murmura-t-elle. Il y en a qui sont comme Theo.

Amy leva les yeux au ciel.

— D'accord, dit-elle, je vois pourquoi tu n'as pas d'homme dans ta vie. Mais tu ne peux pas te cacher éternellement, Dani. Ce n'est pas sain.

— Je ne me cache pas. C'est juste que je n'en ai rencontré aucun qui me plaise, voilà tout.

Aussitôt, l'image d'un chirurgien de haute taille, avec des yeux verts au regard brûlant, une bouche sexy et de grandes mains chaudes s'imposa à elle, lui donnant un frisson.

Le genre de frisson qui pousse une femme à se remettre du gloss sur les lèvres et à vérifier sa coiffure.

Heureusement, elle n'était pas comme ça. Du moins habituellement.

— Lorsque l'homme idéal apparaîtra, reprit-elle, je me lancerai, c'est promis.

Oui, comme elle l'avait fait la semaine dernière et l'autre nuit ! s'insurgea une petite voix intérieure.

— Tu pensais que Richard était l'homme idéal, fit observer Amy.

Dani haussa les épaules. Elle aurait voulu protester, mais elle ne disposait d'aucun argument.

À l'époque, elle était inexpérimentée. Richard lui avait accordé de l'attention, et elle s'était senti flattée qu'un homme aussi beau et populaire s'intéresse à elle.

Sans doute était-ce la raison pour laquelle elle était tombée aussi vite amoureuse.

— Tu devrais peut-être chercher autre chose que l'homme idéal ? suggéra Amy. Tu pourrais t'amuser un peu, pour changer.

Avant même qu'elle ait eu le temps de répondre, Theo les interpella.

— Nous allons chez Harry's ce soir. Est-ce que vous venez, toutes les deux ?

Dani secoua la tête.

— Non, j'ai déjà un truc.

— Un truc ? interrogea Amy. Quel genre de truc ?

Oui, quel genre de truc ?

Elle haussa les épaules, trop fatiguée pour trouver une excuse crédible.

Amy plissa les yeux et pointa vers elle un doigt accusateur.

— Et voilà ! Cela illustre parfaitement ce dont je parle. Tu ne sais pas t'amuser. Tu es allergique à toute distraction.

Dani regarda fixement son amie.

Elle se sentait presque insultée. C'était donc ainsi que les gens la voyaient ?

— Mais si, j'aime m'amuser, protesta-t-elle. Je sors tout le temps avec vous tous. Et n'est-ce pas le mois dernier que tu as dû m'empêcher de danser sur la table au Gateway ?

— C'étaient Wendy et Theo, répondit sèchement Amy.

Puis son ton se radoucit.

— Dani, depuis quand n'as-tu pas eu un *vrai* rendez-vous, je veux dire, avec un type qui t'attire ?

Elle haussa les épaules.

L'idée de boire un café et de manger des sandwichs avec un collègue dans un café aux lumières tamisées suffisait à la déstabiliser. Elle ne voulait même pas imaginer comment elle réagirait si elle avait un *vrai* rendez-vous !

Bon, d'accord, elle savait ce qui se passerait. Elle serait prise de panique et s'enfuirait comme l'ado qu'elle était à quatorze ans. C'était tellement embarrassant de voir qu'elle se laissait encore effrayer par les types sexy.

Amy l'observait toujours en plissant les yeux.

— Alors, tu pourrais peut-être m'expliquer ce qui s'est passé exactement l'autre soir avec le Dr Beau-Gosse ?

Dani sentit son estomac se nouer, mais elle fit un effort pour masquer sa gêne.

— Je ne sais pas de quoi tu parles, dit-elle, l'air absent, en cherchant ses lunettes de soleil dans son sac. Je m'attendais à voir apparaître Steve Randall, et je... J'ai été surprise. C'est tout.

— Ah bon...

Le ton d'Amy était si sceptique que Dani leva les yeux et fronça les sourcils.

— Que veux-tu dire ? demanda-t-elle.

Amy parut hésiter quelques instants, puis elle soupira.

— J'ai entendu dire que l'on vous avait vus l'autre soir, le Dr Sexy et toi, très proches l'un de l'autre devant l'unité des soins intensifs pédiatriques.

— Quoi ? bredouilla Dani en devenant toute rouge. C'est...

C'est ridicule. Nous parlions de Timmy Nolan, et... Je ne le connais même pas !

Amy haussa les sourcils.

— Alors, pourquoi rougis-tu ?

— Mais non, je ne rougis pas du tout ! protesta Dani en devenant de plus en plus écarlate. Mais ça m'ennuie de voir que les gens n'ont rien de mieux à faire que de se livrer à des commérages.

— Ça t'ennuie qu'un beau type sexy pose les mains sur toi et regarde ta bouche ? Oh oui, je vois combien ça t'ennuie.

Elle ouvrit de grands yeux tandis qu'un frisson lui parcourait la colonne vertébrale.

Il avait regardé sa bouche ?

— Tu devrais voir la tête que tu fais ! s'exclama Amy en éclatant de rire. Il est clair que tu craques pour ce tombeur.

Dani lui lança un regard meurtrier et, martelant le sol d'un pas nerveux, elle traversa le parking en direction de sa voiture.

Elle n'allait pas se donner la peine de répondre, car elle ne craquait pour personne, et sûrement pas pour ce tombeur...

Elle s'arrêta net et poussa un grognement.

De toute manière, qui s'exprimait de cette façon ?

4

Dani se gara à deux blocs de la marina afin de pouvoir faire un tour au supermarché avant de rentrer chez elle. Bien qu'elle ait eu l'intention de s'y rendre directement, elle ne résista pas à la tentation d'entrer d'abord dans son café favori. En respirant les arômes puissants qui emplissaient l'endroit, elle se crut au paradis.

Owen Lawrence, le propriétaire, leva les yeux en l'entendant pousser un gémissement devant la vitrine contenant les pâtisseries toutes fraîches.

— Besoin d'un peu de sucreries, mon chou ?

S'arrachant à la contemplation des rangées de gâteaux, elle se mit à rire.

— Salut, Owen. Euh, non... C'est juste que la nuit a été très longue.

Seigneur ! Avait-elle vraiment gémi devant ces gâteaux ?

Peut-être qu'Amy avait raison. Peut-être devrait-elle se soucier d'avoir une vie personnelle. La sienne était un vrai désert depuis des années.

— Une nuit de folie ? s'enquit Owen.

Elle étouffa un bâillement.

— Vous n'avez pas idée de ce qui se passe aux urgences les vendredis soir.

En attendant son tour d'être servie, elle regarda autour d'elle.

Un couple âgé était assis à une table, se tenant la main et échangeant des sourires, heureux d'être ensemble.

Elle ne put s'empêcher de sourire aussi, avec un petit pincement au cœur. Non pas de jalousie. C'était juste que... Eh bien, elle aimerait bien connaître la même chose qu'eux quand elle aurait leur âge.

En fait, elle aurait aimé le vivre dès maintenant.

Elle avait essayé, mais ça n'avait pas marché, et cette douloureuse expérience lui avait infligé bien plus que des cicatrices affectives. Des cicatrices qui la faisaient souffrir, aujourd'hui, quand elle voyait à une autre table un jeune couple qui riait en jouant avec leur bébé assis dans une poussette.

Elle en avait aussi gardé des cicatrices physiques, et, à cause d'elles, le rêve d'avoir un jour une belle petite famille à elle n'était qu'une chimère.

Bon, il y avait des choses bien pires au monde que l'impossibilité de devenir mère. Et, pour commencer, être mariée à un homme qui se croit permis de partir dans des pays exotiques en compagnie de top models, d'actrices, d'amies... En fait, de toutes sortes de femmes à l'exception de celle qu'il a épousée.

Elle s'en voulait aujourd'hui de s'être laissé dominer aussi facilement. Richard était un très bel homme, il s'était montré romantique et attentionné... Jusqu'au jour où ils s'étaient mariés. Après, il était devenu très exigeant, critiquant tout ce qu'elle disait, la façon dont elle se comportait, s'habillait. Puis il s'était mis à lui faire des remarques cruelles, et cette maltraitance affective s'était transformée au bout de un an en colères dévastatrices qui se traduisaient souvent par des violences physiques.

Elle avait alors vécu dans un climat de tension permanente. Même s'il ne l'avait jamais frappée jusqu'à ce dernier week-end soi-disant « d'affaires » – celui qui avait marqué la fin de ce mariage cauchemardesque et provoqué son accident –, il usait de sa force physique pour l'intimider. Il la bousculait, l'attrapait avec ses grandes mains puissantes et la projetait contre les meubles et tout ce qui se trouvait dans la pièce pour, disait-il, lui mettre du plomb dans la tête.

Elle frissonna.

Plus *jamais* elle ne revivrait un moment pareil. Peut-être avait-elle encore des progrès à faire, mais plus jamais elle ne laisserait un homme la malmener parce qu'elle n'avait pas assez confiance en elle. Elle était plus âgée maintenant, et plus prudente. Elle ne se laisserait plus avoir par un visage aux traits séduisants et un beau sourire. Elle savait qu'elle n'était pas armée pour se mesurer à un prince Pas-si-charmant-que-ça.

Ni à un tombeur sexy doté d'yeux verts au regard brûlant.

Elle paya son café et un énorme beignet à la crème nappé de chocolat, puis se dirigea vers la sortie. Impatiente de dévorer son petit déjeuner, elle mordit dans le gâteau avant même de mettre un pied sur le trottoir. Elle était si concentrée sur le plaisir de manger son beignet qu'elle ne fit pas attention à ce qui se passait autour d'elle, et un gamin perché sur son skateboard manqua de la renverser.

— Attention, m'dame ! cria-t-il en continuant sa course en zigzag.

— *Toi*, fais attention ! lança-t-elle tandis qu'il s'éloignait.

Elle s'aperçut alors que le petit déjeuner qu'elle avait entamé était maintenant répandu pour partie sur le trottoir et pour partie sur le devant de sa veste.

— Oh non ! Il ne manquait plus que cela.

Avec la serviette en papier, elle essuya de son mieux la tache en se désolant de la perte de son café, puis elle jeta le gobelet vide et le reste du beignet dans la poubelle la plus proche.

Après tout, c'était peut-être mieux ainsi, car elle n'avait vraiment pas besoin d'avaler toutes ces calories supplémentaires.

Elle se détournait pour se diriger vers le supermarché, quand elle se cogna contre un mur de muscles.

Elle laissa échapper un petit cri et partit en arrière. Heureusement, deux grandes mains la saisirent aux épaules, l'empêchant de connaître le même destin que son petit déjeuner.

— Eh là, restez avec nous ! avertit une voix grave.

— Docteur St. James ? Que... Que faites-vous ici ?

Il la regarda attentivement, s'attardant sur sa bouche, puis sur les taches de café et de chocolat qui maculaient le devant de sa tenue.

— Depuis le temps qu'on se rencontre dans ce genre de situation, vous devriez probablement m'appeler Dylan, dit-il en riant. Apparemment, je fais la même chose que vous, ajouta-t-il en regardant le café d'où elle sortait.

Il considéra le tissu taché.

— Mais moi, reprit-il, je n'ai pas l'intention de porter mon café sur moi.

— Je ne regardais pas devant moi, et un gamin...

Elle vit son regard amusé et pinça les lèvres.

— Oui, je vois, murmura-t-il.

Elle battit des paupières, désespérée.

La proximité de ce grand corps costaud l'empêchait soudain de respirer. Son trouble devait être visible. Elle mit quelques secondes à s'apercevoir que le regard de Dylan avait changé. Il n'était plus rieur mais brûlant.

La panique la saisit.

Oh ! Seigneur... Elle ne pouvait rester là, à le fixer bouche bée. Pourquoi fallait-il que cet homme lui fasse perdre tous ses moyens ? Elle n'était plus l'adolescente timide d'autrefois ! Il fallait que cela cesse. *Maintenant.*

— ... petit déjeuner ?

Elle se rendit compte alors que Dylan était en train de lui parler. Elle n'avait rien entendu parce qu'elle regardait fixement son cou bronzé en se demandant ce qu'elle ressentirait si elle y pressait les lèvres.

— Heu... Excusez-moi ?

Il esquissa un sourire qui se refléta dans ses yeux verts.

Elle le contemplait, fascinée, lorsqu'elle eut un vertige soudain et sentit ses genoux fléchir.

Tout comme ces femmes qui se pâmaient devant...

Elle fut alors poussée sur une chaise et se retrouva la tête entre les jambes. Les petits points qui dansaient devant ses yeux s'effacèrent progressivement, et elle prit conscience que Dylan était accroupi à côté d'elle, la retenant pour l'empêcher de glisser sur le sol.

— Je n'avais encore jamais vu quelqu'un tomber à mes pieds, dit-il en riant. Mais je ne suis pas sûr que ce soit très flatteur.

Elle émit un petit rire étranglé, les poumons envahis par son odeur chaude et virile.

Il était tout près d'elle. Beaucoup trop près. Elle tenta de se lever, mais il la tint plus serrée encore.

— Du calme, murmura-t-il en lui massant doucement la nuque et le dos entre les omoplates. Vous vous êtes évanouie.

Évanouie ?

Elle secoua la tête et ouvrit la bouche pour dire que ce n'était pas vrai, mais une délicieuse chaleur avait commencé à l'envahir. Elle devait bouger, sinon elle risquait de tomber de sa chaise.

Il lui leva le menton et la regarda attentivement, l'air soucieux.

— Vos joues ont repris un peu de couleur, dit-il en lui caressant les pommettes.

Prise de panique, elle tenta de s'écarter de lui.

— Ne vous crispez pas, lança-t-il d'un ton agacé.

— Je... Je vais bien, bégaya-t-elle.

Elle essaya de le repousser. Il résista un moment avant de retirer sa main, mais il ne recula pas.

— Depuis quand n'avez-vous rien mangé ?

Elle cligna des paupières.

— Quoi ?

Elle avait des pensées érotiques, et lui, il pensait à... la nourriture ? Il y avait là de quoi rire.

— Depuis quand n'avez-vous rien mangé ? répéta-t-il.

— Je, heu... Hier...

Elle voulut se lever, mais il l'en empêcha.

— Je ne me rappelle pas exactement. Il y avait beaucoup de travail aux urgences. Mais, bon sang, quand allez-vous bouger de là ? grogna-t-elle, gênée par les regards curieux qu'on leur lançait. Vous êtes si près de moi que je n'arrive pas à respirer... Et les gens nous regardent, ajouta-t-elle en baissant le ton.

— Laissez-les nous regarder, répondit-il avec impatience en se redressant. Restez là pendant que je vais vous chercher quelque chose.

Comme elle s'apprêtait à protester et tentait de quitter sa chaise, il lui mit la main sur l'épaule pour l'obliger à rester assise et posa un doigt sur les lèvres pour la faire taire.

— Restez là, murmura-t-il. S'il vous plaît.

Apparemment, elle n'était pas aussi vaccinée qu'elle le pensait – ou qu'elle aurait voulu l'être. Elle n'arrivait pas à ignorer cet homme qui la regardait comme si elle l'exaspérait et l'attirait à la fois.

— D'accord.

Les yeux de Dylan brillèrent d'un éclat soudain tandis qu'il lui ramenait doucement en arrière une boucle échappée de son chignon. Lorsqu'elle sentit ses doigts lui effleurer le cou, une foule de sensations l'envahit. Les nerfs à vif, elle posa une main tremblante sur son estomac vide.

Oui, peut-être avait-elle faim. Peut-être avait-elle simplement besoin de manger.

Oui, bien sûr, lui souffla sa petite voix intérieure en ricanant. Elle avait faim d'une scandaleuse partie de...

Non, absolument pas ! Elle préférait encore être au régime sec. Elle n'avait pas l'intention de craquer pour qui que ce soit. Et surtout pas pour un type qui affichait en permanence son côté sexy avec ses épaules larges, son torse musclé, sa taille étroite et ses longues jambes moulées dans son jean.

Se sermonnant tout bas sur les dangers qu'il y avait à se laisser entraîner dans l'orbite d'un mâle dominateur, elle repoussa sa chaise, bien décidée à s'échapper. Mais, avant qu'elle ait pu se lever, l'odeur sucrée d'un beignet et l'arôme d'un café chaud vinrent lui chatouiller les narines.

— Vous alliez quelque part ?

Elle leva les yeux et vit le Dr St. James – Dylan – s'asseoir sur la chaise en face d'elle.

Il posa sur la table un grand gobelet de café qu'il poussa vers elle.

— Buvez, ordonna-t-il. Et expliquez-moi pourquoi vous vous apprêtiez à me fausser compagnie encore une fois. Vous allez finir par me donner des complexes !

Elle maudit son teint clair qui avait dû la rendre écarlate.

Dylan semblait déconcerté par son comportement, peut-être même blessé… Mais non ! Vu qu'il avait en permanence autour de lui des dizaines de femmes qui faisaient tout pour attirer son attention, l'idée était risible.

— Non, je ne partais pas, dit-elle. Je… Je voulais aller vous aider, acheva-t-elle maladroitement. Et, quant aux complexes, la seule chose « complexe » chez un homme, c'est son ADN. Et même *cela* a été décodé.

Il éclata de rire.

— Ah, vraiment ?

Elle jeta un regard en coin vers la boîte qu'il avait ouverte.

Elle était *remplie* de beignets ! Seigneur, cela représentait des millions de calories.

Bien sûr, pour lui, cela ne posait aucun problème. Sa silhouette était parfaite. Il n'avait aucun problème pour rentrer dans son jean. De toute façon, c'était le genre d'homme qui reste toujours magnifique, quoi qu'il ait sur le dos… Ou même sans rien.

À cette pensée, elle s'empressa de détourner les yeux avant qu'il devine qu'elle se l'était imaginé totalement nu.

Lorsqu'elle céda à l'envie de lui jeter un nouveau coup d'œil, elle constata que Dylan était encore en train de l'observer. Il se pencha vers la boîte et, par son regard et son sourire ravageur, la mit au défi de céder à la tentation.

Elle n'avait jamais été capable de renoncer à un défi. Regardant fixement ses yeux vert mousse, elle se sentit tentée. *Vraiment* tentée. Et elle avait le sentiment que ce défi allait bien au-delà des beignets…

Mais elle n'était pas prête à se lancer dans une intrigue amoureuse. Et elle avait l'impression qu'elle ne serait *jamais* prête à sortir avec un homme comme lui, trop viril, trop sexy, trop mâle alpha… En fait, trop tout.

Détournant les yeux de la boîte de beignets, elle lui lança un regard noir.

— Je pratique l'abstinence, vous vous souvenez ?

Haussant une épaule, comme si la résistance dont elle faisait preuve lui était indifférente, il choisit dans la boîte un beignet au chocolat recouvert d'un glacis de ganache. Puis il la regarda fixement.

— Je croyais que cela concernait uniquement ce qui possédait un chromosome Y, jeta-t-il avant de croquer à pleines dents dans le gâteau.

Elle se passa la langue sur la lèvre inférieure, s'imaginant lécher le glaçage qui maculait celle de Dylan.

Elle avait dû émettre un petit bruit, car les yeux du chirurgien prirent une teinte plus foncée, et son regard s'attarda sur ses lèvres.

— Non, rétorqua-t-elle d'un ton pincé. Je fais abstinence de *tout* ce qui est mauvais pour moi.

Il rit et poussa la boîte vers elle.

— Allez, juste un petit beignet. Vous avez besoin de sucre, et...

Il marqua une pause et prit un ton faussement innocent.

— N'est-ce pas votre devoir, en tant que médecin, de penser à mes artères et de m'arracher des mains un ou deux de ces gâteaux ?

Ne pas regarder ses mains !

Mais elle les regarda et elle frémit en se rappelant que ces grandes mains aux longs doigts avaient fait disparaître sa tension lorsque Dylan lui avait massé la nuque et le dos.

— Pourquoi ? demanda-t-elle. Vous avez peur qu'ils aillent directement sur vos fesses et vous obligent à acheter un nouveau jean ?

Il eut un petit rire amusé.

— Non. Et vous non plus, vous ne devriez pas avoir peur de cela, dit-il avec un sourire diabolique, comme s'il était en train de penser à ses fesses à *elle*.

Elle fut secrètement contente d'apprendre que, selon lui, elle n'avait pas de souci à se faire de ce côté-là.

— Bon, que voulez-vous que je fasse ? demanda-t-elle en levant son gobelet pour souffler sur son café brûlant. Que je vous aide à vider cette boîte ?

— Je veux vous voir vous alimenter avant que vous vous évanouissiez de nouveau devant moi.

Comme elle lui lançait un regard noir, il se mit à rire.

— Non pas que je voie un inconvénient à vous rattraper de

nouveau pour vous empêcher de tomber, mais disons simplement que j'ai envie de vous faire changer d'avis.

— À quel sujet ?

Il afficha un grand sourire.

— Vous le savez très bien.

Elle devint écarlate.

— Je... Je suis sûre d'une chose, c'est que cela n'arrivera jamais.

Il était grand temps de changer de sujet de conversation.

— Alors, heu... Comment va Timothy ?

Dylan se renversa sur sa chaise, l'air détendu, en forme, alors qu'elle-même, à cette heure matinale, ressemblait à un pauvre animal écrasé sur la route.

— Il va remarquablement bien, dit-il. Comme vous le savez, bien sûr, puisque vous êtes passée le voir cette nuit, et de nouveau ce matin même.

Elle fronça les sourcils en découvrant qu'il gardait un œil sur elle, mais elle décida de ne pas se demander pourquoi, et un sourire lui vint quand elle pensa au petit garçon bouillant d'impatience. Difficile de croire qu'il était aux portes de la mort deux jours auparavant !

— Oui, je suis allée le voir. Il voulait savoir quand le Dr Dylan allait lui rendre visite parce que, apparemment, vous lui avez promis de faire du catch avec lui.

— C'est un gamin adorable déclara-t-il, les yeux brillants. Et vous, vous êtes en train de chercher une échappatoire.

— Que voulez-vous dire ?

Il secoua la tête et rapprocha encore d'elle la boîte de beignets.

— Allez, vous savez que vous en mourez d'envie, dit-il d'une voix sensuelle.

Comme elle ne pouvait retenir un petit cri de détresse, car, oui, elle était tentée – beaucoup trop –, il se mit à rire.

Quel sale type !

— Un petit excès de calories de temps en temps n'a jamais fait de mal à personne, ajouta-t-il.

— Peut-être, mais si on mange un beignet on en mange toujours un deuxième et, sans s'en apercevoir, on avale toute la boîte. Et il faut alors courir beaucoup plus pour limiter les dégâts sur les artères... Entre autres choses.

— Est-ce que nous parlons des beignets, là, ou bien... ?

— Oui, il s'agit bien des beignets, déclara-t-elle d'un ton ferme.

Il gloussa et, regardant le gâteau qu'il tenait à la main et dans lequel il avait à peine mordu, il l'approcha de ses lèvres à elle.

Soudain, elle eut envie de sortir de sa zone de confort, de son petit monde paisible. Juste une fois. Ensuite, elle reviendrait dans son univers habituel.

Elle se pencha et mordit dans le gâteau sucré, en faisant bien attention d'éviter le doigt de Dylan – même si ça ne lui aurait pas déplu de le mordre aussi.

La façon dont il la regardait déclencha chez elle un embrasement soudain. Leurs regards se croisèrent et restèrent rivés l'un à l'autre. Elle vit dans les yeux verts qui la fixaient un tel feu qu'elle en eut le souffle coupé.

Elle frissonna, le cœur battant à tout rompre.

Oh non ! Elle *ne devrait pas* avoir de telles réactions. Pas de nœud à l'estomac, ni de tremblement dans les genoux ni de modification du rythme cardiaque. Et, si ces symptômes alarmants persistaient, elle devrait se rendre directement aux urgences pour demander qu'on lui fasse un examen neurologique. Elle était beaucoup trop intelligente pour laisser se développer un... un truc – elle ne voulait pas appeler cela une attirance – pour Dylan St. James.

Sans vraiment réfléchir, Dylan saisit la main de Danielle, et il sut aussitôt qu'il venait de commettre une erreur tactique lorsqu'il sentit une secousse électrique dans le bras.

Elle avait dû la sentir aussi, car elle écarquilla les yeux et sursauta.

Très intéressant, pensa-t-il. Il avait déjà entendu parler de ce genre de phénomène, mais il n'avait jamais expérimenté lui-même cette brusque manifestation du désir et il n'avait jamais cru que cela existait vraiment.

Il semblait qu'il en était de même pour Danielle, à en juger par sa réaction, qui lui avait presque fait renverser le contenu de son gobelet.

Voyant son visage changer de couleur et les efforts qu'elle faisait pour se ressaisir, il voulut la mettre à l'aise.

— Danielle…, commença-t-il.

Il s'interrompit, car elle venait de poser brutalement son gobelet sur la table et reculait sa chaise.

— Je, euh… Oh ! mon Dieu, regardez l'heure qu'il est ! balbutia-t-elle.

Elle attrapa son sac et se leva, manquant de faire tomber sa chaise dans sa précipitation.

Il rattrapa la chaise avant qu'elle heurte le sol et se leva.

— Écoutez, restez. Buvez votre café, et… Et merci, bafouilla-t-elle en s'éloignant.

Il commença à la suivre, mais elle poussa un petit cri désespéré et s'enfuit, le laissant muet de surprise.

Jurant tout bas, il lui emboîta le pas de plus belle.

Que diable avait-il fait pour qu'elle soit aussi bouleversée ? Car elle *était* bouleversée, c'était évident. Une femme ne fuyait pas ainsi un homme sans raison, en manquant de tomber dans sa hâte à s'éloigner.

Il finit par la rejoindre et la prit par le bras.

— Docteur Stevens, attendez…

Elle se retourna, les yeux écarquillés, et replia les bras sur sa poitrine comme pour se protéger de lui. Elle tremblait presque tant elle était tendue.

L'envie le dévorait de l'attirer vers lui et de l'empêcher de partir, mais cela risquerait de mal finir, il le savait. De toute évidence, quelque chose ou quelqu'un avait dû profondément la blesser par le passé. Pour rien au monde il ne voulait l'inquiéter.

Il la lâcha et enfouit les mains dans ses poches.

— Hé, tout va bien, dit-il en souriant. Vous pouvez me faire confiance, je suis médecin.

Il avait espéré détendre l'atmosphère, et cela réussit. Danielle lâcha un petit rire étouffé et respira un grand coup. Il vit qu'elle s'efforçait de se ressaisir et admira son courage.

L'idée qu'un homme ait pu la maltraiter lui était insupportable. Il avait été élevé dans le respect des femmes. Un type qui use de violence physique sur une femme ou un enfant ne mérite pas d'être appelé un homme.

— Vous savez, docteur St. James, je commence à m'interroger sur les rumeurs qui courent sur votre réputation de play-boy.

— Ne vous ai-je pas dit de ne pas prêter l'oreille aux ragots, Danielle ? corrigea-t-il gentiment.

Elle sourit.

— Dani.

— Hein ?

— Dani. Avec un *i*.

Il détailla son visage à l'ovale parfait, ses grands yeux gris ourlés de cils épais, l'arc élégant des sourcils, la courbe douce des joues, le nez délicat, la bouche si expressive.

Le nom de Dani faisait trop masculin, trop androgyne, pour un visage aussi féminin.

— Danielle vous va mieux.

Elle rosit une fois de plus, comme si elle n'avait pas l'habitude de recevoir des compliments.

— Mais non, protesta-t-elle en riant. Danielle évoque l'image d'une Française élégante, sophistiquée, vêtue de soie et inondée d'un parfum hors de prix. Donc, pas du tout moi.

— Ah, je ne sais pas... Je trouve que cela pourrait bien vous convenir.

Elle regarda les vêtements qu'elle portait.

— Bon, d'accord, grogna-t-elle, rien n'est plus élégant qu'une veste couverte de taches et une vieille paire de boots. Faites attention, docteur St. James, les gens risquent de penser que vous avez perdu la main.

Plutôt perdu la tête, corrigea-t-il intérieurement.

— Passez la journée avec moi, Dani avec un *i*.

— Oui... Non... Je... *Quoi ?*

Elle le regarda bouche bée, comme s'il venait de suggérer quelque chose d'indécent, alors qu'il n'était tout simplement pas prêt à la laisser partir. Pas prêt à la voir de nouveau disparaître, le laissant se battre avec le désir dévorant de la couvrir de baisers.

Il s'approcha légèrement d'elle.

— Passez la journée avec moi, murmura-t-il. Je vous promets de vous faire goûter quelque chose qui ne tachera pas vos vêtements et ne vous fera pas grossir.

Elle leva les yeux au ciel.

— Docteur St. James, je...

Son regard se voila. Il vit qu'elle livrait un combat intérieur.

Alors qu'il pensait qu'elle allait accepter, elle secoua la tête.

— Désolée, je ne peux pas. J'ai des projets pour le week-end.

Il fut surpris de voir à quel point il était déçu.

— Ce sera pour une autre fois, alors ?

Dani parut indécise, elle se mordilla la lèvre avant de lever ses doux yeux gris vers lui.

— Heu... Oui, bien sûr, murmura-t-elle.

Elle pivota sur les talons mais, au moment de s'éloigner, elle se retourna un bref instant.

— Et merci.

Il croisa les bras sur sa poitrine, la tête penchée de côté.

— De quoi ?

Une légère rougeur envahit les pommettes de Dani.

— De m'avoir secourue une nouvelle fois.

— C'est quand vous voulez.

Elle recula de quelques pas, puis fit une pause, l'air mal à l'aise. Il eut l'impression que, même si elle se défendait bec et ongles, elle avait l'esprit aussi confus que lui, troublée qu'elle était par ce qui se jouait entre eux.

— Alors, à plus tard, lança-t-elle.

Il hocha la tête.

— Vous savez où me trouver.

Tripotant nerveusement la bandoulière de son sac, elle fit demi-tour et se cogna presque à un couple qui venait vers eux.

— Oh ! pardon, dit-elle avec un petit rire.

Il la regarda s'éloigner, l'œil rivé sur ses hanches, et resta ensuite un moment, le sourire aux lèvres, à fixer l'endroit où il l'avait vue disparaître.

Un couple âgé s'arrêta à sa hauteur, l'air inquiet.

— Est-ce que ça va, mon garçon ? demanda le vieil homme.

Il se frotta la nuque, se demandant ce qui venait de se passer. Il avait l'impression d'être assommé.

— Oui, dit-il avec un soupir. C'est... à cause d'une femme, conclut-il.

— C'est normal, affirma le septuagénaire d'un ton convaincu. Le secret, c'est de ne pas essayer de comprendre.

En guise de protestation, sa femme lui donna un coup de coude, ce qui le fit rire.

— Sinon, cela peut rendre fou, acheva le vieil homme.

Il lui adressa un clin d'œil, puis s'éloigna, riant toujours, avec sa femme qu'il tenait par la main.

Dylan le vit lever leurs mains enlacées et poser un baiser sur les doigts de la vieille dame.

Oui ! C'était cela qu'il voulait : ce que ce couple âgé avait. Comme ses parents et ses grands-parents.

Le problème, c'était de trouver la bonne personne. La femme qui le désirerait, lui, et non la fortune de sa famille. Une femme qui ne le rendrait pas fou en lui envoyant des messages contradictoires. Une femme dont le langage corporel ne dirait pas une chose tandis que l'expression de ses yeux restait indéchiffrable.

Il se passa la main sur le visage et fouilla dans sa poche pour prendre les clés de sa jeep.

À son avis, il était déjà fou. Fou d'une adorable petite femme aux yeux gris et au sourire sexy. Mais le plus fou dans tout ça, c'était que lui, Dylan St. James, le crack de la chirurgie et l'héritier de la fortune des St. James, se sentait comme un ado qui tombe amoureux pour la première fois.

5

Ce matin-là, Dani fut réveillée par les cris des mouettes. Maugréant de voir commencer ainsi, de si bonne heure, son premier week-end de libre depuis un mois, elle mit la tête sous l'oreiller, bien décidée à se rendormir.

Cependant, cinq minutes plus tard, elle jeta l'oreiller sur le côté et se retourna pour contempler le plafond. Elle ne pourrait jamais retrouver le sommeil avec ce vacarme sur son pont.

Bon, d'accord, ce n'était pas vraiment *son* pont mais, comme elle payait tous les mois les frais de mouillage, elle considérait que ce pont était le sien, du moins temporairement. Son propriétaire, le frère d'un de ses amis, vivait actuellement dans un superbe appartement du centre-ville de Vancouver parce que sa petite amie du moment avait en horreur le manque de confort de la marina et le voisinage des maisons flottantes.

Lorsque Dani était venue s'installer ici, elle n'avait pas vraiment le choix. Et Cole lui laissait la libre disposition des lieux dans la mesure où elle payait le droit mensuel d'amarrage, ce qui était nettement moins cher que la location d'un appartement en ville. À présent, elle n'imaginait pas vivre ailleurs.

En outre, elle devait encore rembourser un lourd crédit étudiant et elle avait mis fin à son mariage sans rien garder. Pas un vêtement, pas un bijou, mis à part sa bague de fiançailles et son alliance. Elle les avait vendues pour pouvoir s'acheter une voiture et rembourser quelques dettes. Elle ne voulait rien de ce qui aurait pu lui rappeler combien elle avait été crédule et stupide.

Son avocat lui avait dit qu'elle avait droit à un arrangement financier, mais elle avait refusé. Il lui suffisait de s'être libérée de ce nid de vipères.

Chassant ces souvenirs de sa mémoire, elle s'assit au bord du lit, se demandant ce qui pouvait bien se passer dehors. Repoussant ses cheveux, qui lui tombaient sur les yeux, elle traversa la pièce.

Les rayons du soleil matinal passaient à travers les portes-fenêtres qui s'ouvraient sur le pont supérieur. Une douzaine de mouettes tournoyaient bruyamment en l'air, et beaucoup d'autres étaient perchées sur la rambarde, semblables à des spectateurs assistant à un match de hockey.

Quand elle ouvrit la porte, toutes les mouettes s'envolèrent, trouant le silence du petit matin de leurs cris aigus.

Elle longea la balustrade et ne fut guère surprise de voir le chat de sa voisine, immobile comme une statue, en train de guetter quelque chose.

Axel avait l'habitude de considérer ce pont comme son terrain de chasse personnel et il y laissait souvent les restes de ses repas. Il allait même jusqu'à lui faire des cadeaux qu'il abandonnait devant les portes-fenêtres et, si elle avait eu l'imprudence de laisser une fenêtre ouverte, il apportait son offrande au pied de son lit. Un jour, il avait déposé dans sa chaussure un lézard qu'il avait massacré. Sans doute pensait-il qu'elle était mauvaise chasseuse et qu'il devait lui fournir de quoi manger.

— Axel, ouste !

Le chat noir l'ignora, ses yeux verts braqués sur une mouette. Il attendait probablement que l'oiseau s'approche un peu plus de lui pour, le moment venu, lui sauter dessus.

Elle tapa dans ses mains, mais la mouette ne bougea pas. S'avançant alors vers le chat, elle aperçut une boule de plumes duveteuses.

— Ah, non, Axel ! cria-t-elle en courant sur le pont.

Elle s'accroupit et poussa doucement le chat sur le côté. Il vint se frotter contre son bras, dans un geste d'affection qui semblait dire : « regarde ce que je t'ai apporté ».

— Je croyais t'avoir dit de ne plus me faire de cadeaux,

murmura-t-elle. Tu vas finir par exploser si tu continues de manger autant. Qu'est-ce que je suis censée faire de…

Elle s'arrêta soudain de respirer.

— Non, non, *non* ! Tu m'as apporté un bébé mouette ! Comment *peux*-tu ?

Le chat remua les oreilles, trop occupé à faire sa toilette pour se soucier d'elle.

— Très bien, ignore-moi, lâcha-t-elle. En fait, tu es comme tous les autres mâles que j'ai connus.

Elle entendit alors derrière elle un rire qui la cloua sur place, et cela pour trois raisons. La première, c'était que le rire venait d'une péniche voisine qui était censée être inhabitée. La deuxième : elle était vêtue d'un T-shirt trop grand et d'un slip. La troisième : ce rire ressemblait beaucoup à celui de…

Saisie soudain d'une douleur fulgurante due au fait qu'elle venait de marcher sur une planche abîmée, elle perdit l'équilibre. Elle eut juste le temps d'apercevoir les pieds nus d'un homme, de longues jambes enfermées dans un jean délavé, un torse aussi bronzé que musclé, et des biceps puissants, avant de basculer en arrière dans l'eau glacée.

Pendant quelques instants, elle paniqua, mais elle refit surface, toussant et crachant tout ce qu'elle pouvait. Elle voulut respirer l'air frais du matin mais s'enfonça de nouveau dans l'eau en ayant cependant cette fois la présence d'esprit de fermer la bouche.

Lorsqu'elle remonta à la surface, elle vit que les longues jambes enfermées dans un jean se trouvaient à présent… sur son pont.

— Est-ce que ça va ? demanda l'homme en s'accroupissant. Vous voulez un coup de main ?

Le ton amusé de cette belle voix grave la fit frissonner. En même temps, elle était plongée jusqu'au cou dans l'eau glaciale de la baie…

— Que faites-vous ici ? lança-t-elle, prise de panique.

D'un signe de tête, Dylan désigna le bateau voisin qu'elle croyait inoccupé. Celui qu'elle était censée surveiller du coin de l'œil parce que le propriétaire se trouvait quelque part en Afrique.

Les portes coulissantes étaient ouvertes, et le mobilier du pont était sorti. Un kayak était rangé sur le côté, avec une pagaie et des rames. Des serviettes de bain étaient posées sur des chaises longues, ainsi qu'un maillot de bain et un T-shirt blanc.

Quand tout cela était-il apparu ?

— Vous... Vous vivez *là* ?

Dylan mit un certain temps à répondre.

— Cela vous pose-t-il un problème, docteur Stevens ?

Elle n'en revenait pas. Comment ne s'était-elle jamais aperçue de sa présence jusqu'alors ?

— Vous êtes l'ami de Cole ? Celui qui vivait depuis deux ans en Afrique ?

Devant son air consterné, Dylan haussa un sourcil et se redressa.

— Pourquoi ne vous ai-je jamais vu ? demanda-t-elle en faisant du surplace dans l'eau, oubliant complètement qu'elle était frigorifiée. Je veux dire, nous sommes amarrés au même quai, ma chambre donne sur votre pont, et...

Pourquoi n'avait-elle pas su qu'il était son voisin ? Elle aurait dû sentir quelque chose, non ?

— Je ne savais pas que le propriétaire de cette maison flottante était revenu, ajouta-t-elle. Pourtant, je surveille un peu ce qui s'y passe.

Il afficha un air qui disait clairement qu'elle n'avait pas très bien fait son travail puisqu'elle n'avait pas vu que quelqu'un vivait là depuis quelques semaines.

— Nous n'avons pas les mêmes horaires, vous et moi, dit-il d'un ton amusé. Vous travaillez la nuit et moi le jour. Quand je quitte l'hôpital, vous êtes déjà au travail, et lorsque vous rentrez chez vous je suis déjà parti.

Dylan avait sûrement trouvé la bonne explication. De plus, elle avait été de garde les quatre derniers week-ends et avait été rarement chez elle. Mais cela ne voulait pas dire qu'elle se réjouissait de l'avoir comme voisin. L'éviter à l'hôpital lui avait été relativement facile, mais il en irait autrement en l'ayant pratiquement devant sa porte.

Les bras croisés sur sa large poitrine, les jambes écartées, planté sur ses pieds comme s'il se trouvait sur le pont d'un navire en pleine mer, Dylan St. James ressemblait à un pirate des temps modernes.

Elle ne se rendit compte qu'elle le buvait des yeux que lorsqu'elle le vit pencher la tête de côté pour l'observer, le regard rieur.

Elle se sentit si gênée qu'elle songea un instant à disparaître au fond de l'eau, mais elle se résolut finalement à franchir à la nage la courte distance qui la séparait du pont et de s'accrocher aux planches.

Avant qu'elle ait eu le temps de se hisser à bord, deux mains puissantes l'attrapèrent par les poignets et la sortirent de l'eau. La surprise la fit trébucher contre Dylan, et pour ne pas perdre l'équilibre elle s'accrocha à ce corps chaud et bronzé, puis elle battit en retraite en s'efforçant de prendre un air digne.

Zut, elle devait ressembler à un chat mouillé.

— Taisez-vous, grommela-t-elle en secouant ses cheveux trempés. Je *sais* que j'ai tout l'air d'un rat mort par noyade.

Elle comprit, à son regard amusé, qu'il se retenait de sourire. Puis il la détailla de haut en bas.

— Pas exactement, lâcha-t-il en affichant cette fois un sourire ravageur.

Elle se rendit alors compte que, avec son T-shirt trempé plaqué sur la poitrine, elle se retrouvait quasiment nue.

— Oh ! mon Dieu ! Cessez de me regarder !

Il haussa un sourcil.

— Bébé..., commença-t-il d'une voix enrouée.

Il y eut un silence torride, puis il secoua la tête et avala sa salive.

— Je suis un homme, pas un saint, murmura-t-il dans un souffle.

Elle réagit comme si elle venait de respirer une énorme bouffée de phéromones. Elle avait la tête en feu, le cœur qui battait à tout rompre, les oreilles bourdonnantes et le sentiment d'avoir reçu une décharge de cent mille volts.

— C'est *votre* faute, dit-elle.

Les genoux tremblants, elle voulut faire un pas en avant mais cria de douleur en posant le pied sur le plancher.

Elle se retrouva aussitôt attirée contre une large et solide poitrine.

— Qu'y a-t-il ? Seigneur, mais vous êtes glacée ! s'exclama Dylan en la soutenant d'un bras qui avait la fermeté de l'acier.

— C'est ce qui arrive quand... quand on nage avant le lever du soleil, bégaya-t-elle en se demandant pourquoi son pied la faisait tellement souffrir.

Elle essaya de s'écarter de Dylan, mais il la tenait solidement, et elle le vit tendre le cou comme s'il tentait de voir ses fesses.

— Que faites-vous ? protesta-t-elle en gigotant pour lui échapper. Je vous interdis de regarder mon postérieur !

— Cessez de vous tortiller, ou bien je vais voir bien autre chose qu'un slip rose tout mouillé.

Elle se figea sur place, les yeux exorbités, se rappelant qu'elle était à peine vêtue.

Il se pencha et glissa la main le long de la jambe de Dani jusqu'à la cheville.

— Soulevez votre pied, dit-il.

— Quoi ? Non, je... Aïe !

Elle voulut se tourner pour voir ce qu'il faisait.

— Ah, mais j'ai mal !

Dylan se redressa et la souleva dans ses bras avant qu'elle ait eu le temps de protester.

— Que faites-vous ? Reposez-moi par terre !

Sans l'écouter, il traversa à grandes enjambées le pont, se dirigeant vers sa maison flottante à *lui*.

— Hé ! protesta-t-elle. Où... ?

Comme il ne ralentissait pas, elle se mit à crier.

— *Non !*

Elle écarquilla les yeux quand elle comprit qu'il allait franchir d'un bond la distance qui séparait les deux ponts.

— Êtes-vous *fou* ?

Elle se cramponna à lui et enfouit le visage dans son cou lorsqu'il sauta et atterrit sur le plancher de sa maison flottante.

Le voyant rire de son exploit, elle lui donna un coup de poing. Il continua de la porter dans ses bras, traversa le séjour et se dirigea vers l'escalier.

— Pour l'amour du ciel, Dylan, posez-moi *par terre* !

— Détendez-vous, dit-il, je promets de ne pas vous séquestrer à moins que vous ne me suppliiez de le faire. Je dois examiner ce pied.

Il la posa sur le comptoir de la salle de bains et, attrapant un drap de bain qui avait tiédi sur une rampe chauffante, il l'en couvrit.

Resserrant l'épais drap de bain autour d'elle, elle baissa les yeux et fut surprise de voir du sang sur le carrelage. La trace traversait la pièce jusqu'à la porte et était visible même au-delà.

— Je suis désolée, dit-elle en faisant la grimace. Je nettoierai tout cela plus tard.

Il la regarda comme si elle avait dit une ineptie et reporta son attention sur son pied.

— Vous vous êtes coupée, murmura-t-il.

Il lui saisit la cheville de ses longs doigts pour examiner la plaie, déclenchant chez elle un frisson qui lui traversa toute la jambe. Comme il levait les yeux vers elle, elle se prit à espérer qu'il attribuerait ce frisson à la douleur et non à…

— Il y a quelque chose à l'intérieur, murmura-t-il. Il va falloir que j'enlève cela. Sur une échelle de 1 à 10, quelle note donneriez-vous à la douleur que vous ressentez ?

Elle se mordit la lèvre pour ne pas gémir. Ce n'était pas de la douleur qu'elle ressentait. Enfin, pas uniquement. Avoir Dylan si près d'elle lui faisait presque oublier qu'elle avait renoncé aux hommes.

— Je dirais… environ 4 sur 10.

Il parcourut du regard ses jambes nues, puis il se redressa brusquement et, attrapant une autre serviette-éponge, il la lui jeta presque au visage.

Choquée par la brutalité de son geste, elle ouvrit de grands yeux.

— Quoi ? demanda-t-elle.

— *Quoi ?* répondit-il d'un ton irrité.

Il tendit la main pour s'emparer de nouveau de son pied.

Agacée, elle s'écarta et plissa les yeux, rêvant de lui envoyer un bon coup de pied pour le punir de se comporter en mâle insupportable.

— Quoi ? demanda-t-elle de nouveau.

Il posa sur elle un regard indéchiffrable. Après un silence interminable, il esquissa un sourire qui la fit chavirer.

— Je suis un peu distrait, murmura-t-il.

Elle crispa les doigts sur la serviette.

— Par... Par quoi ?

Il la fixa longuement, puis fit un pas en arrière et se passa la main sur le visage.

— Rien du tout, dit-il. Revenons à votre pied. Souffrez-vous d'une allergie quelconque ?

Elle secoua la tête et se contorsionna pour regarder sa blessure. Elle voulut la toucher, mais aussitôt une douleur fulgurante la saisit.

— Arrêtez, ordonna-t-il en se rapprochant.

Elle se figea, le souffle court, s'attendaient à ce qu'il vienne plus près encore. Mais, au moment où elle crut qu'il allait l'embrasser, il ouvrit la porte du petit placard qui se trouvait derrière elle.

— Je peux me soigner toute seule.

— Vous ne savez pas ce qu'il y a à l'intérieur de la plaie.

— J'ai l'habitude, protesta-t-elle.

Elle se sentait à la fois déçue et excitée. Elle n'aurait qu'à tourner la tête pour poser les lèvres sur sa peau bronzée si tentante.

Leurs regards se croisèrent. Celui de Dylan avait une intensité particulière. On aurait dit qu'il cherchait quelque chose. Une réponse. À quoi ?

Dans la salle de bains, le temps semblait suspendu.

Elle sentit son cœur s'affoler. Elle avait la chair de poule. Non pas parce qu'elle avait peur comme elle l'avait d'abord cru, mais parce que, soudain, il lui semblait qu'elle avait attendu cet instant durant toute sa vie.

Elle se noyait dans ces yeux verts qui avaient pris une teinte plus sombre. Elle se sentait comme aspirée, entraînée dans une spirale qui menaçait de l'emmener en terre inconnue, pleine de dangers.

Un gémissement sourd sortit de sa gorge, et elle se détourna, notant que Dylan était plus lent à réagir. Il avait l'air d'avoir reçu un coup sur la tête.

Oh ! mon Dieu ! Elle savait parfaitement quel effet cela faisait.

— Heureusement, aujourd'hui vous n'avez pas à le faire, lâcha-t-il dans un grognement en refermant bruyamment la porte du placard.

Ce brusque changement d'attitude la désorienta.

— Je... Je n'ai pas à faire quoi ?

— Vous soigner toute seule.

Il recula, mettant entre elle et lui une bonne distance, et quitta la salle de bains.

Elle regarda fixement la porte, se demandant ce qui avait bien pu se passer.

En fait, elle connaissait la réponse, et ça ne la rassurait pas. Ils avaient vécu un moment où ils s'étaient senti irrésistiblement attirés l'un vers l'autre. Un moment qui la laissait sans force, l'esprit chaviré.

Heureusement, le départ soudain de Dylan l'aida à remettre de l'ordre dans ses idées. Elle put de nouveau respirer normalement et calmer les battements de son cœur.

Peut-être devrait-elle en profiter pour s'éclipser. Parce qu'elle avait de bonnes raisons de fuir les hommes. De *très* bonnes raisons. Voyons...

Des raisons dont elle avait soudain du mal à se souvenir parce que, plus elle fréquentait Dylan, plus il lui était difficile de réfléchir. C'était bien là le problème. Il lui faisait oublier qu'elle n'était pas faite pour avoir des relations amoureuses parce qu'elle n'était pas capable de répondre aux attentes d'un homme au lit.

Elle s'était déjà montrée vulnérable une fois, et cela s'était terminé presque en tragédie. Mais elle avait réussi à survivre, à se construire une vie.

Elle était plus forte à présent, mais elle ne pensait pas pouvoir survivre à un autre coup dur. Surtout s'il venait de Dylan St. James, parce que... Parce que c'était le premier homme qui l'attirait depuis des années.

Ce qui voulait dire qu'elle devait s'en aller. *Maintenant.*

À peine eut-elle pris sa décision et sauté du comptoir – en grimaçant de douleur lorsque son pied blessé toucha le sol – que

Dylan réapparut, tenant d'une main une tasse de café fumant et de l'autre une trousse médicale d'urgence.

— Vous allez où ? demanda-t-il en arquant les sourcils.

Rougissante, elle haussa les épaules et grimpa de nouveau sur le comptoir. Elle prit la tasse de café qu'il lui tendait, essayant d'afficher un air innocent.

Dylan secoua la tête, s'accroupit et fouilla dans sa trousse.

Ses mains puissantes et pourtant fines ne cessaient de la fasciner. Son regard remonta sur ses épaules. Elle admira le jeu de ses muscles sous la peau bronzée, avec une envie folle de les toucher. Le corps de Dylan lui paraissait une véritable œuvre d'art. Chaude, vivante, forte, douce...

S'enveloppant plus étroitement dans la serviette de bain, elle fronça les sourcils.

Cet homme était diabolique, il éveillait chez elle des pensées qu'elle croyait disparues à jamais. Il lui donnait envie de le toucher alors que, quinze jours auparavant, cette idée aurait suffi à lui faire prendre la fuite.

— Est-ce que ça va ? murmura-t-il, penché sur son pied.

Elle hocha la tête machinalement, essayant d'ignorer la foule de sensations qui l'envahissaient. Mais, dépassée par la force de ce qu'elle ressentait, elle fut parcourue d'un long frisson et se mit à respirer bruyamment.

Dylan leva les yeux vers elle.

Oh ! mon Dieu, pourvu qu'il pense que c'était dû à la douleur et non... Oh ! mon Dieu, non, pas cela !

6

Plongeant le regard dans les yeux gris bordés de longs cils épais de Dani, Dylan oublia tout le reste. Leur expression presque sauvage lui remémorait les rêves qu'il avait combattus durant toute la semaine. Ces rêves dont il se réveillait trempé de sueur, le cœur battant, tremblant de désir inassouvi.

Irrité qu'elle ait l'audace d'envahir ses rêves alors qu'elle se montrait tellement déterminée à l'éviter, il s'était noyé dans le travail en s'interdisant de penser à elle. Et puis ce matin, alors qu'il pensait avoir réussi à la chasser de son esprit, il avait aperçu sur le pont voisin du sien cette fille vêtue d'un T-shirt trop grand pour elle qui laissait voir ses jolies jambes jusqu'à mi-cuisse. Occupé à les admirer, il n'avait pas immédiatement reconnu la femme qui l'obsédait. Mais, en entendant sa voix, il avait découvert, incrédule, que sa voisine n'était autre que Dani.

Lorsqu'elle s'était retournée, la surprise lui avait fait perdre l'équilibre, et elle était tombée à l'eau. Pendant quelques instants, il avait craint qu'elle ne sache pas nager, mais elle avait refait surface et elle avait paru si adorablement fâchée qu'il n'avait pu s'empêcher de rire.

Puis son rire s'était évanoui lorsqu'il l'avait sortie de l'eau, devant son corps superbe dont le T-shirt mouillé révélait à présent toutes les courbes. Elle lui avait ordonné de cesser de le regarder, mais il n'avait pas pu. Quel homme l'aurait pu ?

— Dylan ?

Il leva les yeux vers elle au moment où elle se passait la langue sur les lèvres.

Dani n'était ici que parce qu'il l'avait pratiquement kidnappée. *Du calme*, se dit-il en reportant son attention sur la blessure qu'il était en train de nettoyer à l'alcool.

— Nous allons devoir gérer cela, dit-il d'un ton presque désinvolte en desserrant légèrement les doigts.

Il l'entendit avaler sa salive. Elle était nerveuse comme lui, à cause de cette tension sexuelle qu'il y avait entre eux.

— Je, heu… Je croyais que c'était ce que nous étions en train de faire, non ? dit-elle.

— Je parle de cette chose qui se passe entre nous, Dani.

Elle fronça légèrement les sourcils.

— Cette chose ? répéta-t-elle avec prudence.

— À défaut d'un mot plus approprié, fit-il d'une voix traînante.

Il prépara une seringue et pratiqua une anesthésie locale. Puis, après s'être soigneusement lavé et séché les mains, il saisit une pince à épiler et commença à travailler. Il murmura quelques mots d'excuse lorsqu'il vit Dani tressaillir, mais il eut du mal à ne pas éclater de rire quand elle montra son impatience.

— Tout est parti, n'est-ce pas ? demanda-t-elle.

— J'y *travaille*.

— Et combien d'échardes enlevez-vous par jour, docteur Charcutier ?

— Assez pour savoir ce que je fais, docteur Impertinente, répliqua-t-il en riant. Je retire régulièrement des esquilles d'os de chairs déchiquetées.

Elle émit un petit bruit sceptique qui venait du fond de la gorge, et il lutta contre une forte envie de l'embrasser.

Cette femme était un concentré de contradictions, ce qui le fascinait, l'exaspérait et l'amusait à la fois. Elle était tour à tour réservée et calme, énergique et efficace, méfiante et insaisissable. Et il y avait aussi la femme maladroite et facilement désarçonnée qu'il trouvait incroyablement attirante.

En dépit du renoncement aux hommes qu'elle affichait, il avait suffisamment d'expérience pour savoir quand une femme le désirait. Ou bien Dani ne se fiait pas à ses sentiments, ou bien elle les refoulait. Et, même s'il était humiliant pour lui de découvrir que la femme qui l'attirait ne voulait pas de lui, il saurait se montrer patient. Du moins, il l'espérait.

Après avoir ôté tous les éclats de bois, il nettoya et désinfecta la blessure avant de sortir le kit de suture. Malgré les protestations de Dani qui disait ne pas en avoir besoin, il recousit la plaie et posa dessus un pansement imperméable. Après quoi, il débarrassa Dani de sa serviette, puis, l'enlevant de la table de toilette, il l'emmena dans la douche pour la réchauffer.

Alors que l'eau tiède commençait à ruisseler sur elle, elle poussa un cri scandalisé.

— Que... Que faites-vous ? bégaya-t-elle en se ruant vers la porte de la cabine.

Il la retint en la prenant par la taille et sourit devant l'expression indignée de son visage.

— Détendez-vous, l'eau chaude va arriver. C'est l'affaire de quelques secondes.

Elle nicha le visage dans son cou, essayant de l'utiliser comme bouclier pour se protéger de l'eau.

— Comment se détendre dans une douche où l'eau est à moins de vingt-cinq degrés ? gémit-elle.

Du coup, il était trempé. Un bref instant, il se dit qu'il ferait mieux de s'éloigner. Il savait qu'il aurait dû s'en aller, mais cela lui était impossible. Mais il n'avait jamais eu autant besoin de toucher une femme, de la goûter et de la sentir contre lui. Il rêvait depuis si longtemps de la serrer dans ses bras !

Sans plus réfléchir, il entra lui-même dans la cabine et attira Dani contre lui sous l'eau à présent chaude.

Quand il sentit ses lèvres sur sa peau, il fut au paradis, mais l'instant d'après il poussa un cri de douleur.

Elle l'avait mordu !

Le caractère érotique de cette douleur lui fit perdre tout contrôle. Il la poussa contre la paroi de la cabine, glissa une de ses jambes entre les siennes et s'empara de sa bouche pour lui donner un baiser aussi torride que la vapeur qui commençait à emplir la cabine.

Dani le laissa goûter l'intérieur de sa bouche, et le délicat parfum qui éclata sous sa langue ne fit qu'attiser son désir.

Elle émettait de petits gémissements et s'accrochait à ses épaules mais, si elle ne le repoussait pas, elle ne cherchait pas non plus à se serrer contre lui. C'était comme si elle restait stupéfaite devant la fièvre et la voracité de son baiser.

Lui-même en était surpris, car il ne s'était jamais rué ainsi sur une femme. Il s'efforça de contrôler la faim qui l'habitait. Les parfums subtils de cette bouche, la texture de cette peau, tout cela valait la peine qu'il maîtrise le désir qui s'était emparé de lui.

Il glissa la bouche sur celle de Dani dans un frôlement léger, puis se mit à lui grignoter doucement les lèvres, provoquant chez elle un gémissement sourd. Perdant alors la tête, il la pressa contre lui, s'enivrant du contact de ses courbes si douces, si sexy, auxquelles il ne pouvait résister.

Il en avait des frissons. Jusque-là, aucune femme n'avait jamais déclenché chez lui une telle réaction.

Incapable de la lâcher, il recula de quelques centimètres et, lui posant la main sur la nuque, lui leva le menton pour la regarder au fond des yeux.

— Dis-le-moi, grogna-t-il.

Dani cligna des yeux, comme si elle émergeait d'une transe. Elle semblait aussi abasourdie et excitée que lui. Et elle était si belle qu'il en eut le cœur serré.

— Que... Quoi ? demanda-t-elle d'une voix cassée, les lèvres tremblantes.

— Dis-moi de partir, Dani, et je le ferai. Dis-le, je m'en irai.

Elle le regardait fixement, comme si elle ne savait pas exactement ce qu'il lui demandait.

— Je... Heu...

Puis elle abaissa les yeux vers sa bouche et se serra contre lui comme si quelque chose l'y poussait malgré elle.

Prenant conscience qu'elle lui enfonçait les ongles dans la peau, elle murmura de vagues excuses, puis elle lui caressa la poitrine, laissant passer le bout de la langue entre ses lèvres comme s'il était un dessert qu'elle rêvait d'engloutir.

C'était la première fois qu'elle le touchait de façon délibérée, et il ferma les yeux un instant, priant pour rester maître de lui. La vue de ces mains délicates sur sa peau bronzée lui mettait la tête à l'envers plus sûrement que s'il était tombé dans un escalier.

Cela lui faisait aussi mesurer combien elle paraissait petite et fragile, comparée à lui. Et combien elle lui correspondait parfaitement.

Jamais il n'avait manifesté un instinct de conquérant avec les femmes, ni sexuellement ni physiquement, préférant les cajoler et les charmer que les brusquer. Malgré ce qu'il ressentait maintenant, il s'obligea à attendre et à observer.

Il voulait laisser Dani prendre l'initiative de ce qui allait suivre. Faire en sorte qu'elle ne ressente aucune pression de sa part. Il devinait qu'elle avait besoin de sentir qu'elle avait le choix, qu'elle gardait le contrôle. Même si, pour l'un comme pour l'autre, l'impression de garder le contrôle n'était qu'une illusion.

Le visage en feu, elle leva le visage vers le sien et posa sur lui un regard sombre, agité et incroyablement séduisant.

— Reste, murmura-t-elle. Je veux que tu restes.

Ces mots lui firent l'effet d'un coup de fouet. Il poussa un grognement et, passant les doigts dans les cheveux mouillés de Dani, il l'embrassa avec ardeur.

Il était perdu.

Avant que Dani ait réalisé la portée de la décision qu'elle venait de prendre, Dylan l'embrassait déjà avec une fièvre qui l'électrisa. Jamais baiser ne lui avait fait cet effet-là.

Elle sentait contre son ventre la preuve incontestable que Dylan était aussi excité qu'elle. Ce qui accroissait son propre désir. Elle le voulait. Elle voulait ce moment de folie qu'il lui offrait et qui mettrait fin à quatre années d'abstinence.

Plaquée contre le mur, elle soupirait de plaisir sous les baisers et les caresses de Dylan. Il la caressait savamment, comme s'il savait exactement comment lui faire perdre la tête. Elle gémit, consciente que son corps réclamait davantage, mais il prenait son temps. Ignorant sa frustration, il refusait toute précipitation et passait d'une zone érogène à l'autre, déclenchant en elle des sensations qui la laissaient sans force.

— Dani... Dis-moi que c'est ce que tu veux, demanda-t-il d'une voix sourde.

Oh ! oui ! Ne t'arrête pas !

Elle ouvrit la bouche, mais aucun son n'en sortit. Le dos cambré, elle se pressa contre lui.

Il lui mordilla doucement le cou.

— Dans deux secondes, je vais te déshabiller, gronda-t-il. Et je lécherai chaque centimètre de ton corps, je dis bien *chaque* centimètre. Et ensuite, je t'emmènerai dans mon lit et je te ferai oublier ton embargo sur les hommes. Tu grimperas au septième ciel avec moi.

Elle frémit.

— Je... Je... Ne t'arrête pas !

Avec un petit rire, Dylan lui ôta son T-shirt mouillé et se mit à lui téter fiévreusement un sein après l'autre.

Ce qu'elle ressentit alors fut si violent qu'elle pensa avoir eu un orgasme.

Mais non, c'était impossible. Elle n'avait jamais... Elle ne pouvait...

Oh ! Seigneur !

Prise de vertige, elle s'agrippa à lui, seule présence solide dans une réalité qui basculait sous ses pieds.

— Que tu es douce, murmura-t-il avant de s'agenouiller.

Du bout de la langue, il traça un chemin qui passait entre ses seins, puis au milieu de son ventre, où il s'attarda pour taquiner son nombril, avant de descendre plus bas, vers l'élastique de son minislip.

Quand, les yeux brillants comme des émeraudes, il leva la tête pour la contempler, elle fut traversée d'un nouveau spasme de jouissance.

Elle se demanda vaguement si elle se remettrait jamais de ce qu'elle était en train de vivre. Puis elle rejeta la tête en arrière, collée à la paroi carrelée, et se rendit.

Agenouillé au pied de Dani, Dylan était fasciné par l'érotisme qu'elle dégageait sans en avoir conscience. Le corps cambré, la tête rejetée en arrière, le visage illuminé par un plaisir intense, elle était d'une beauté éclatante. Et incroyablement excitée.

Il eut soudain l'intuition que, en dépit de sa sensualité naturelle, c'était la première fois qu'elle ressentait du plaisir.

Avec lui.

Ses mains se mirent à trembler, et il s'obligea à ralentir. Il voulait lui donner davantage. Il voulait l'amener à brûler de désir. L'entendre crier.

Il fit rouler le petit slip rose sur les hanches de Dani, puis le fit glisser le long de ses jambes avant de l'en débarrasser. Il lui souleva alors une jambe qu'il posa sur son épaule, et, empoignant ses fesses, il posa les lèvres à l'endroit exact où elle était chaude, humide et en demande.

Au contact de la bouche de Dylan, Dani poussa un petit cri étranglé.

Sa bouche... Oh ! Seigneur ! Sa bouche, qui la caressait, la léchait, la grignotait, au point qu'elle eut peur de s'embraser.

— Dylan, je... Je vais... Oh !

L'explosion de plaisir qui l'envahit l'aurait fait chavirer si Dylan ne s'était redressé et ne l'avait serrée contre lui.

Elle se laissa aller dans ses bras.

Cela avait été... Elle ne trouvait pas de mots pour le décrire.

Lorsqu'elle recouvra finalement ses esprits, elle se balança langoureusement, se frottant contre Dylan. Car, si incroyable que ce soit, elle voulait davantage. Elle voulait tout.

Redressant la tête, elle surprit le sourire triomphant et sexy de Dylan. Un sourire qui lui disait, mieux que des mots, qu'il l'avait regardée s'abandonner au plaisir.

Cette satisfaction masculine lui donna l'envie de le provoquer. Elle tendit la main vers la braguette de son jean et empoigna le renflement qu'elle sentit durcir sous ses doigts.

La réaction de Dylan et le brusque changement survenu dans sa respiration l'enivrèrent.

— Pas ici, grogna-t-il.

— Mais... Je n'ai encore jamais fait l'amour sous la douche, dit-elle en tournant les robinets.

Il rit et lui prit la main pour poser un baiser sur la paume.

— Quel nom donnes-tu à ce qui vient de se passer ?

Envahie d'une chaleur nouvelle, elle caressa son menton qu'assombrissait une barbe naissante.

— Mais tu...

— Je peux attendre, coupa Dylan en fouillant dans les poches de son jean, les mains tremblantes.

— Mais...

— Pas de préservatif, dit-il, le souffle court, en se débarrassant de son jean.

Elle ne put faire autrement que de le regarder fixement.

Il était magnifique. Avec l'eau qui coulait à flots sur sa peau, il ressemblait à un guerrier, solide et redoutable.

Elle ne put s'empêcher de le toucher encore.

Il respira avec peine et, lorsque leurs regards brûlants se croisèrent, le message était clair : l'effort qu'il faisait pour rester maître de lui ne tenait qu'à un fil, et elle se livrait à un jeu dangereux.

L'excitation la fit vibrer tandis qu'elle resserrait les doigts autour de sa prise.

Le regard de Dylan s'assombrit. Titubant, il poussa un juron. S'appuyant contre la paroi, il ferma les yeux, le souffle court. Il finit par repousser sa main et l'obligea à lui tourner le dos. Elle se retrouva face au mur, les mains appuyées sur les carreaux.

— Bientôt, lui murmura-t-il dans le cou. Je veux te pénétrer profondément quand je viendrai.

À ces mots, elle se mit à trembler à la fois d'excitation et de terreur, se doutant qu'elle ne serait pas à la hauteur, mais tout ce qu'elle sentit, ce furent les doigts de Dylan sur sa tête.

Il commença à lui laver les cheveux en la massant doucement, puis il continua l'opération sur tout son corps, la faisant soupirer de plaisir, ou crier lorsqu'il s'attardait sur des zones particulièrement sensibles.

Lorsqu'elle ne fut plus qu'une forme vacillante de désir inassouvi, il la sortit de la douche, l'enveloppa d'un grand drap de bain et l'emporta dans ses bras.

Délicieusement excitée, elle s'accrocha à son cou et s'offrit le plaisir de lui mordiller l'épaule.

Qu'y avait-il chez lui qui lui donnait envie de le mordre ?

Il la déposa doucement sur le lit avant de s'allonger sur elle, une de ses jambes musclées et velues entre ses cuisses.

Le dos cambré, se balançant voluptueusement, elle ronronna de plaisir.

Le beau visage de Dylan se trouvait tout près du sien, et son regard exprimait autant la passion que la possession.

— Maintenant..., murmura-t-il.

Il se pencha pour lui mordiller le menton, puis la ligne entre le cou et l'épaule, avant de passer la langue le long de sa clavicule.

— Maintenant, reprit-il. Je veux te goûter partout.

Ses lèvres s'emparèrent d'un de ses seins, la faisant de nouveau sombrer dans un plaisir indescriptible.

Pourquoi déjà avait-elle pensé que céder à son envie était une mauvaise idée ? Ce qu'elle vivait était merveilleux, et si incroyablement intense.

Mais, au moment où elle allait céder à la force sensuelle de Dylan, son cœur fit une embardée, et elle se raidit.

La direction qu'ils prenaient menait forcément à la déception. Elle devait lui dire... Elle devait l'arrêter.

7

Dylan adorait les doux gémissements de plaisir que poussait Dani. Jamais auparavant il n'avait écouté les soupirs d'une femme quand il la touchait. Il adorait aussi la voir trembler et fondre sous ses caresses.

Soudain, il la sentit se raidir.

— Dylan ! dit-elle d'une voix étranglée. Je... Je ne veux pas que tu sois déçu.

Interloqué, il la dévisagea.

Elle se mordit la lèvre, évitant son regard et se tortillant sous lui comme pour déguerpir d'une seconde à l'autre.

— Mais de quoi parles-tu ?

— Je suis désolée. Je ne suis pas douée pour... pour cela. Je suis désolée, répéta-t-elle d'une voix tremblante.

Le moment était crucial. Il devinait que s'il commettait une erreur dans les secondes suivantes, Dani se replierait sur elle-même, et ils n'auraient jamais de seconde chance.

Il n'avait aucune envie que vienne se glisser entre eux le spectre de ce type qui avait amené Dani à douter d'elle-même et à se méfier des hommes. Mais, s'il ne se montrait pas patient, tout risquait d'être fini avant même d'avoir commencé. Or, malgré les peurs de Dani, il voulait que quelque chose se passe entre eux. Et il ne voyait pas pourquoi elle le décevrait alors qu'elle était si réceptive à ses caresses.

Il se pencha et l'embrassa doucement sur les lèvres.

— Tu ne peux pas me décevoir, bébé. Crois-moi.

Et il continua de couvrir son visage de baisers, finissant par le bout du nez. En croisant son regard, il sut qu'elle avait du mal à lui faire confiance. Elle gardait ses émotions enfermées à double tour. Il n'arriverait pas facilement à en trouver la clé. Le type qui l'avait blessée avait fait de gros dégâts.

Il lui caressa tendrement les cheveux.

— Je ne te ferai jamais de mal, Dani. Je ne pourrais pas. Pas à toi.

Elle se mordit la lèvre. Elle était tentée mais indécise, même s'il paraissait évident qu'elle mourait d'envie de le croire. Elle ne faisait pas confiance à son propre jugement. Ni à son corps.

Il devait lui prouver qu'il disait vrai.

— Tu as juste à te détendre, laisse-moi te montrer comme c'est bon.

— Je ne peux pas t'offrir davantage, murmura-t-elle en lui caressant la joue.

— Si tu essayes, je sais que tu ne me décevras pas.

Sachant qu'il n'avait qu'une chance unique de la convaincre, il décida de la séduire. Malgré sa propre impatience, il commença par la couvrir de baisers, jusqu'au moment où elle se mit à gémir et à se balancer sous ses caresses avec une ardeur qu'il n'avait encore jamais rencontrée.

Et dire qu'elle pensait n'être pas à la hauteur...

Il continua de la combler de sensations jusqu'à ce qu'elle le supplie de la prendre. Lorsque, après avoir mis un préservatif, il la pénétra, il eut l'impression d'être chez lui.

Elle était étroite, incroyablement étroite, et il dut résister à l'envie de la pénétrer plus profondément.

— Détends-toi...

Il se retira doucement, puis la reprit, s'avançant plus avant.

Si Dani cherchait à mettre sous clé ses émotions, elles se lisaient clairement sur son visage. Il était fasciné d'assister à ce combat entre l'inconfort, le désir, l'excitation et une impatience sensuelle grandissante.

Elle ne cessait de bouger sous lui tandis que, les doigts fébriles, il balayait de son front quelques mèches de cheveux humides.

— Est-ce que ça va ? demanda-t-il.

Seigneur, jamais une femme ne l'avait fait trembler ainsi !

— Oui, dit-elle, le souffle court. Oh ! mon Dieu, c'est si *booon* !

Les yeux rivés sur les siens, il lui saisit les mains et entrelaça leurs doigts.

— Regarde-moi, bébé, dit-il dans un souffle. Et accroche-toi, je vais bousculer ton monde.

« Je vais bousculer ton monde. »

Dani cilla malgré elle.

Allait-elle survivre à cet assaut ?

Dylan s'enfonça en elle si profondément qu'elle se crut presque capable de ne pas le décevoir. De lui donner ce dont il avait besoin. D'être la femme qu'elle voulait tellement être pour lui. Lui, le premier homme depuis longtemps à lui permettre de se sentir femme. Le premier grâce à qui elle arrivait à croire que cette extraordinaire sensation était possible.

Mais cela n'arriverait pas. L'expérience lui avait appris que, arrivés à ce stade, les hommes perdaient le contrôle, alors qu'elle-même était encore loin de l'extase. Dylan n'avait pas voulu l'écouter. Tout ce qu'elle pouvait faire, c'était d'essayer de lui donner le plus de plaisir possible, en espérant qu'il ne remarque pas son incapacité à toucher au but.

Dylan ne la quittait pas des yeux. La façon dont il la regardait était encore plus intime que le fait de s'abandonner dans ses bras. Elle avait envie de fermer les yeux et de se perdre dans ses sensations physiques. Peut-être alors pourrait-elle...

— Reste avec moi, grogna-t-il.

Elle rouvrit les yeux et vit l'intensité de son regard tandis qu'il lui faisait l'amour longuement, profondément.

— Je t'en prie, murmura-t-elle, s'accrochant à lui.

Elle ne savait pas si elle lui demandait d'arrêter ou de prendre son plaisir à lui parce qu'*elle* ne pouvait pas atteindre l'extase. Pas comme cela.

Ignorant sa supplique, Dylan continua de l'observer et de s'activer pour l'amener à atteindre ce point ultime qu'elle imaginait inaccessible.

Tout son corps vibrait, empli d'une chaleur qui montait en elle, se répandant partout. Avait-elle jamais connu quelque chose d'aussi bon…

Soudain, elle se cambra et cria le nom de Dylan. Il avait jailli de ses lèvres en même temps qu'elle se laissait envahir par un plaisir indescriptible.

Il la rejoignit bientôt. Avec un grognement sourd, il s'écroula sur elle, enfouit le visage dans son cou et l'étreignit de toutes ses forces.

Collée à lui, le corps en feu, tout ce qu'elle pouvait faire, c'était ressentir. Incapable de réfléchir à ce qui venait de lui arriver, elle se laissa aller à l'ivresse de sensations délicieuses.

Ce qu'elle ressentait était fantastique. Tellement fantastique qu'elle aurait voulu que cela dure encore et encore.

Lorsque les battements de son cœur retrouvèrent un rythme normal, elle réalisa qu'elle était enroulée autour de Dylan comme si elle avait peur de le voir disparaître. Depuis combien de temps étaient-ils restés ainsi dans les bras l'un de l'autre, ne faisant qu'un ? Elle n'aurait su dire.

Gênée, elle se hâta de se dégager.

Perdu dans l'atmosphère brumeuse qui suit une performance sexuelle intense, Dylan sentit que Dani essayait de le repousser.

Aussitôt, il resserra son étreinte.

Il ne voulait pas bouger. Il voulait qu'ils restent ainsi, imbriqués l'un dans l'autre, pour faire durer davantage cette sensation incroyable. Comment avait-elle pu croire qu'elle le décevrait ?

Il la regarda et se réjouit de voir qu'elle avait les joues toutes roses. Comme elle cherchait à détourner les yeux, il sourit.

Dani rougit davantage.

— Arrête, murmura-t-elle en tentant de nouveau de le repousser.

— Comment ça, que j'arrête ?

Il éclata de rire et, glissant une main sous le dos de Dani, il la pressa contre lui, l'empêchant de se libérer.

Ce fut lorsqu'ils roulèrent ensemble sur le lit qu'il s'aperçut que le préservatif avait craqué.

Il eut la sensation de recevoir un seau d'eau glacée en pleine face.

Avec une grande prudence, il s'écarta de Dani et quitta le lit pour gagner la salle de bains.

Il jura tout bas en se débarrassant du préservatif et s'agrippa au bord du lavabo pour ne pas perdre l'équilibre, assommé par ce qui lui arrivait.

En vingt ans, c'était la première fois qu'il devait affronter l'éventualité d'une grossesse non désirée chez une de ses conquêtes.

Il jeta un coup d'œil au miroir et frissonna. Il avait une mine épouvantable. En fait, il avait l'air d'un homme qui vient de connaître la relation sexuelle la plus intense de sa vie.

Après avoir lâché un nouveau juron, il attrapa le jean qui se trouvait sur le dessus du panier à linge et l'enfila avec des gestes saccadés en se disant que, si *cela* arrivait, il devrait faire face.

Comme il se passait de l'eau froide sur le visage, il perçut un mouvement derrière lui et se retourna.

Dani se tenait debout près de la porte donnant sur le pont, enveloppée dans un drap, figée sur place comme une biche aux abois. Son visage livide portait une expression de détresse. Quelque chose qui l'avertit de se montrer très prudent au cours des minutes qui allaient suivre.

Elle semblait sur le point de... De quoi ? S'enfuir, se montrer violente, se mettre en colère ?

La voir si paniquée le rendait malade. Une femme ne se mettait pas dans cet état sans raison.

Il s'avança vers elle... et s'immobilisa lorsque, les yeux écarquillés, elle battit en retraite.

— Je te l'avais dit, je ne suis pas douée pour... pour cela.

Elle avala sa salive. Son visage devint tout rouge, puis pâle comme un linge, et de nouveau cramoisi.

— J'ai essayé de te le dire, mais...

— Je ne suis pas déçu, Dani, coupa-t-il, horrifié qu'elle puisse le penser.

Mais, visiblement, elle ne le croyait pas. Elle paraissait prête à décamper s'il faisait le moindre mouvement.

— Tu as joui autant que moi, ajouta-t-il.

Elle parut se détendre un peu mais garda les yeux rivés sur lui, comme si elle s'attendait à ce qu'il l'attaque.

À quoi tout cela rimait-il ?

Il se passa nerveusement les doigts dans les cheveux, furieux contre lui-même. Ce n'était pas le moment de perdre son sang-froid.

— Dis-moi que tu prends la pilule.

Elle fronça les sourcils.

— Quoi ?

— Je parle de méthode contraceptive. Le préservatif a craqué.

Elle le regarda un moment, l'air de ne pas comprendre. Puis, brusquement, elle parut saisir le sens de ce qu'il venait de dire.

— Ah !

Elle ne semblait ni ravie ni bouleversée par la nouvelle.

— Prends-tu la pilule ? répéta-t-il en s'appuyant au chambranle de la porte.

— Non.

Elle avait parlé si bas qu'il avait presque eu du mal à entendre ce qu'elle disait.

— Tu pourrais donc tomber enceinte ?

Le regard de Dani se voila. Elle tourna les talons, prête à ouvrir la porte donnant sur le pont.

— Non, je ne pourrais pas, murmura-t-elle.

Il l'avait rejointe et se tenait juste derrière elle, prêt à l'empêcher de s'en aller.

— Comment peux-tu en être si sûre ?

— Parce que c'est impossible, répondit-elle avec un rire nerveux.

— Que veux-tu dire ?

Un long silence s'installa. Il la vit crisper la mâchoire, puis elle lui fit face.

— Je veux dire que je suis atteinte du syndrome d'Asherman. Je devine que cela doit vous soulager, docteur St. James.

Son ton était teinté d'amertume.

Il baissa les yeux vers son ventre où il avait vu de fines cicatrices lorsqu'ils avaient fait l'amour.

— Le syndrome d'Asherman ?

— J'ai eu un accident, il y a des années de cela. Un accident assez grave.

Elle s'exprimait de façon neutre, comme s'ils discutaient du cas d'une patiente, mais Dylan vit ses doigts se crisper sur le drap dont elle s'était enveloppée. On aurait dit qu'elle voulait se protéger de lui.

— Il y a eu, heu... beaucoup de cicatrices internes, et... Le gynécologue m'a dit que j'avais très peu de chances de pouvoir être mère un jour.

Elle fit quelques pas et lui adressa un regard ironique par-dessus l'épaule.

— Tu vois, il n'y aura pas de seconde fois. Les hommes veulent certaines choses que je ne peux leur donner.

Il franchit la distance qui les séparait et la prit dans ses bras.

— Tu n'as aucune idée de ce que je veux, Dani, dit-il d'une voix grave en déposant un baiser sur son épaule nue. Je serais un idiot fini si je ne voulais pas revivre ce qui vient de se passer.

Elle ne le repoussa pas, mais elle lui tournait toujours le dos, et son corps était raide, tendu comme un arc.

— Ce n'était qu'une histoire de sexe, Dylan.

La façon désinvolte dont elle parlait de la plus magnifique expérience sexuelle qu'il ait connue était vexante.

— Mais tout à fait fantastique, souligna-t-il.

Il eut la satisfaction de la voir frissonner en se remémorant ce qu'ils avaient partagé.

Il la désirait déjà comme un fou. Mais, s'il brûlait d'envie de lui faire de nouveau l'amour, il voulait plus que tout qu'elle lui fasse confiance. Il voulait la voir se détendre, éclater de rire, s'ouvrir à lui quand ses démons la tenaient éveillée la nuit.

Il resserra son étreinte, respirant son parfum naturel qu'il trouvait si attirant.

Il sentit qu'elle se relaxait lentement, même si elle n'essayait pas de le toucher. Rassuré, il l'embrassa au creux de l'épaule et passa la langue sur sa peau.

Avec un long frisson, elle pencha la tête, lui laissant ainsi plus de place pour l'embrasser. Il enfouit le visage dans ses boucles brunes, tout en lui caressant les bras pour les réchauffer.

Elle finit par pousser un soupir et, se tournant vers lui, elle traça une ligne de feu sur ses pectoraux en y posant les lèvres.

Il frémit. Le contact de cette bouche attisait son désir. Il voulait goûter toutes les zones les plus secrètes de ce corps ravissant et contempler le fond de l'âme de Dani au moment où ses défenses se briseraient en mille morceaux.

Ce n'était qu'une histoire de sexe, se répéta Dani pour la centième fois. Incroyable, fantastique, d'accord, mais seulement du sexe. Et maintenant, c'était fini. Elle allait pouvoir se remette au régime sec et se réjouir d'être seule.

Si elle se répétait cela suffisamment longtemps, peut-être finirait-elle par y croire ? Même si elle se sentait merveilleusement vivante pour la première fois depuis Dieu sait quand, cela ne voulait pas dire que Dylan souhaitait continuer l'aventure. Il vivait dans son monde, et elle dans le sien.

Mais, si cette incroyable histoire de sexe était difficile à oublier, ce qui avait suivi le serait plus encore. Dylan l'avait suppliée et cajolée pour la convaincre de passer la journée avec lui, et, sans qu'elle s'en soit rendu compte, on était maintenant lundi, il était 2 heures du matin, et elle se retrouvait aussi molle qu'une poupée de chiffon après avoir eu un autre fabuleux orgasme.

Elle ne se souvenait plus combien elle en avait eus – ce qui était déjà en soi un miracle, étant donné qu'elle s'était cru incapable d'en avoir jamais.

Dylan s'était montré merveilleux, tellement sexy et romantique, et il l'avait fait *rire*. C'était la première fois que quelqu'un la faisait rire au lit.

Elle se sentait si merveilleusement bien avec lui que cela la paniquait. Elle avait peur de commencer à croire qu'il s'agissait d'autre chose que de sexe. Car, malgré sa décision de ne pas attacher à cette aventure plus d'importance qu'elle n'en avait, elle avait fini par lui parler de sa famille, de son adolescence, de sa gaucherie et de sa timidité qui avaient amené les garçons à l'ignorer.

Lorsqu'il lui avait dit que lui ne l'aurait pas ignorée, elle s'était moquée de lui.

— Une fille comme moi est invisible aux yeux des garçons comme toi.

— Les garçons comme moi sont des idiots.

Comme elle se montrait étonnée, il lui avait raconté qu'il avait eu besoin de partir au loin après avoir perdu coup sur coup son grand-père et un ami d'enfance. Le fait de travailler à bord du *Mercy Ship* lui avait ouvert les yeux sur le sort des enfants vivant dans des pays en guerre, et il était décidé à leur venir en aide.

Comment ne pas être touchée par un homme aussi adorable ? Un homme à la fois drôle et sensible. Et d'une grande douceur.

Sans doute serait-il horrifié de l'entendre prononcer le mot *douceur* à son propos. Mais comment parler autrement d'un homme qui accordait du temps à une voisine solitaire vivant sur une maison flottante amarrée au quai d'à côté ? Un homme qui répondait aux milliers de questions que Hilda Frauenbach lui posait sur les poisons qu'on trouve en Afrique et sur l'hostilité éventuelle des Pygmées ?

Elle l'avait observé, attendant de voir le moment où le masque tomberait, où elle verrait Dylan perdre patience, mais cela n'avait pas eu lieu. Soit il cachait mieux que personne ses émotions, soit il était vraiment ce qu'il semblait être.

Comment pourrait-elle résister à un homme qui se montrait incroyablement patient et affectueux en dehors du lit, et si merveilleusement impatient au lit ? Un homme qui parlait de sa famille dans des termes qui témoignaient de l'amour profond et du respect qu'il avait pour les siens. Un homme qui ne se moquait pas des opinions qu'elle avait et qui ne cherchait pas à lui imposer les siennes. Un homme qui respectait ses réticences même s'il lui donnait envie d'oublier toute prudence.

Il lui avait parlé de la femme qui avait essayé de lui attribuer la paternité du bébé d'un autre sur le *Mercy Ship*. Lorsqu'elle avait exprimé son indignation, il avait éclaté de rire.

— J'ai de la chance, avait-il dit. Si je n'avais pas entendu Simone s'en vanter, je n'aurais pas été là l'autre jour pour te sortir de cette dangereuse flaque d'eau.

Elle avait levé les yeux au ciel, mais elle s'était senti nerveuse en l'entendant déclarer qu'il se réjouissait d'avoir été là pour l'aider, alors qu'elle, de son côté, n'aurait su dire ce qu'elle éprouvait. Elle lui avait parlé de sa rencontre avec Richard et de son mariage, mais elle ne lui avait pas confié les horribles détails de l'histoire. Elle ne le ferait jamais, car elle en avait honte.

Elle avait ressenti une certaine jalousie lorsqu'il avait évoqué le type de relation qu'avaient connue ses parents et ses grands-parents, mais elle s'était efforcée de ne pas y prêter trop attention. Elle avait préféré laisser Dylan l'entraîner dans une ronde faite de rires partagés, de regards torrides et de plaisir sexuel fabuleux.

Tandis qu'elle le sentait enroulé autour d'elle, si proche qu'il balayait de son souffle les petites mèches humides collées contre sa tempe, toutes ses terreurs lui revinrent d'un coup, lui donnant l'envie de s'enfuir en hurlant.

Elle essaya de résister à la panique. Elle attendit que Dylan la lâche et elle put alors s'éclipser sans faire de bruit, comme si tout cela n'était déjà plus qu'un souvenir.

Leur week-end ne pouvait être que cela : un moment hors du temps. Elle pratiquerait de nouveau l'abstinence, et Dylan et elle ne seraient que des voisins et des collègues. Rien de plus.

8

Dylan ne fut pas vraiment surpris lorsque, en se réveillant le lundi matin, il découvrit qu'il était seul dans son lit.

Un bref instant, il crut avoir imaginé tout ce week-end. Puis il se dit qu'il trouverait peut-être Dani à la cuisine, en train de préparer du café et des œufs brouillés.

Mais il savait déjà qu'elle n'était plus là. La maison flottante était déserte et silencieuse. Seule restait son odeur entre les draps et sur sa peau.

Il mesura alors combien sa vie était vide alors qu'il s'était cru comblé. Il avait une famille géniale qui l'adorait et une carrière brillante qui ne cessait de progresser. Sa vie professionnelle était une réussite, mais sa vie privée était nulle.

Hier, lorsque Dani avait commencé à se montrer de plus en plus distante, il aurait dû deviner qu'un gouffre se creusait entre eux, alors même qu'il essayait de se rapprocher d'elle en lui confiant des détails sur sa vie.

Peut-être était-ce cela qui l'avait effrayée ? Elle avait peur d'une relation trop intime. Avec lui ou avec tous les hommes ?

Mais pas quand il s'agissait de sexe. Une fois qu'elle avait surmonté sa crainte de le décevoir, elle s'était révélée généreuse et passionnée. Mais elle ne lui avait presque rien dit sur ses émotions, ni sur la raison pour laquelle son mariage avait pris fin.

C'était là, il en avait la conviction, que résidait la clé du mystère que constituait Dani Stevens : son ex-mari avait dû se conduire très mal avec elle.

Tandis qu'il arpentait le pont d'un pas nerveux, en proie à un réflexe de dépit masculin, sa colère se dirigea contre l'individu en question.

Bon sang ! Ce type avait fait croire à Dani qu'elle n'était pas douée au lit, qu'elle avait peu à offrir à un homme. Il avait amené cette femme sensible et généreuse à perdre toute confiance en elle et l'avait convaincue qu'elle ferait mieux de vivre seule.

Lui qui avait grandi dans une maison remplie de femmes, il ne pouvait pas comprendre ce besoin qu'ont certains hommes de maltraiter leur compagne, de la rabaisser et de saper sa confiance en elle.

Dani... Il se rappela son rire, et le plaisir qu'il avait éprouvé la première fois qu'il l'avait entendu, en sachant que c'était lui qui l'avait provoqué.

Et voilà qu'elle était partie sans un mot, et c'était comme si elle avait emporté avec elle toute la chaleur du soleil. Cela le mettait en colère, y compris contre lui-même.

Il devait bien admettre qu'il s'était laissé envoûter par elle. Et cela en un seul week-end.

Mais il n'était pas un St. James pour rien. Il n'allait pas baisser les bras. Il n'allait pas laisser le passé s'interposer entre lui et Dani. S'il désirait avoir cette femme dans son lit et dans sa vie, tout ce qu'il avait à faire, c'était de la convaincre de renoncer pour lui à son embargo sur les hommes.

Rien de plus facile...

Si seulement il pouvait l'amener à répondre à ses messages téléphoniques et à ses textos.

Dani s'était réfugiée dans la réserve contenant les stocks du service des urgences. Elle était consciente que c'était assez lâche de sa part, mais elle se sentait incapable de faire face à Dylan tant qu'elle ne parviendrait pas à dissimuler ses sentiments. Elle ne supportait pas l'idée qu'il suffirait aux gens de lui jeter un seul coup d'œil pour comprendre qu'elle avait passé un week-end torride avec le beau et séduisant chirurgien.

À cette idée, elle se sentit rougir.

Oh non ! Si le seul fait d'y penser la mettait dans un tel état, elle n'imaginait même pas quelle serait sa réaction si elle se retrouvait face à lui devant des tiers.

Jamais elle n'avait rencontré un homme capable de lui faire oublier si facilement qu'elle avait une bonne raison d'éviter toute relation amoureuse.

D'accord, il avait concentré son attention sur elle le temps d'un week-end alors que toutes les femmes lui couraient après. Quelle femme ne s'en trouverait pas flattée et légèrement enivrée ? Mais ce serait vraiment stupide de sa part d'imaginer que Dylan souhaitait autre chose qu'une simple histoire de sexe. Et elle avait déjà épuisé le quota de stupidité auquel elle avait droit pour sa vie entière. Elle ne devait pas oublier que ce n'avait été rien de plus qu'un week-end de plaisir. Autant s'épargner l'humiliation de se voir larguée quand il passerait à autre chose. Car n'était-ce pas ce que les gars comme lui faisaient toujours, passer à autre chose ?

Depuis lundi, elle s'astreignait à ignorer ses appels téléphoniques et ses textos, espérant qu'il capterait le message et laisserait tomber l'affaire.

Évidemment, son cœur et son corps restaient sourds à cette logique et la poussaient à répondre aux appels de Dylan. Heureusement, à l'hôpital, elle était souvent submergée de travail lorsqu'il se trouvait dans les environs, et le reste du temps elle se débrouillait pour l'éviter.

Même si elle se félicitait d'avoir su vivre ce week-end d'une façon aussi décomplexée, elle découvrait également qu'elle n'était pas faite pour les aventures brèves.

Elle avait si peu à offrir à un homme comme Dylan St. James que tomber amoureuse de lui serait à la fois dangereux et stupide. Si stupide qu'elle préférait se réfugier dans la réserve, essayant de se convaincre que les choses avaient repris leur cours normal… Enfin, si l'on pouvait considérer comme normal le fait que, depuis dix jours, elle sortait et rentrait chez elle le plus discrètement possible et qu'elle laissait à sa boîte vocale le soin de répondre à ses appels.

Elle n'aurait su dire combien de fois le numéro de Dylan s'était inscrit sur l'écran de son téléphone…

Mais elle avait repris sa vie d'avant, se dit-elle avec fermeté. Une vie de nonne, qui lui convenait parfaitement. *Vraiment*. Elle pouvait faire ce qu'elle voulait, sans que personne ne l'en empêche. Comme faire sa lessive, par exemple. Ou nettoyer le réfrigérateur, se préparer un masque facial, frotter la salle de bains de fond en comble… C'était la troisième fois qu'elle le faisait en moins de quinze jours.

Et elle avait passé un excellent week-end avec ses parents à Vancouver Island, en se disant qu'elle ne fuyait pas Dylan.

Non, elle n'était pas amoureuse de lui. La seule raison pour laquelle elle n'avait pas effacé ses messages, c'était qu'elle avait été trop occupée. Et, si elle les réécoutait souvent, en général la nuit, ce n'était pas pour revivre ce week-end comme le ferait une adolescente amoureuse pour la première fois.

Car elle n'était *certainement* pas amoureuse de Dylan St. James. Elle était un médecin adulte qui pouvait s'offrir une brève aventure avec un type sexy sans que ses sentiments soient concernés.

D'autant plus que son cœur avait été détruit par son mariage désastreux et qu'il n'était pas près de ressusciter. Et surtout pas pour des yeux verts diaboliques, une voix profonde et sensuelle et une bouche capable de faire succomber un ange. Non. Pas du tout. Absolument pas.

Par ailleurs, comment une femme intelligente pourrait-elle tomber amoureuse d'un homme qu'elle connaissait depuis à peine deux mois ? C'était impossible. Ridicule. Même si tout indiquait le contraire et que ses amis et ses collègues se faisaient du souci en la voyant si distraite.

Un médecin urgentiste ne pouvait pas se permettre d'être distrait, y compris lorsque la nuit est calme et que le temps semble s'être arrêté. Avant d'aller se réfugier dans la réserve, elle avait consulté son téléphone quarante-six fois – apparemment, Amy avait fait le compte – pour voir si elle avait reçu un nouveau message.

Mais Dylan n'avait pas appelé ni envoyé de texto depuis trois jours.

Parfait, se dit-elle en fronçant les sourcils devant les boîtes de pansements empilées sur les étagères. Trois jours, dix-sept heures et cinquante-deux minutes. Il était clair qu'il était passé à autre chose.

L'abruti.

Elle commença à réarranger les boîtes et à les compter... Pour la troisième fois ou la quatrième ? Elle n'aurait su le dire.

Entendant la porte s'ouvrir et se refermer, elle soupira, exaspérée.

— Amy, je vais bien, grommela-t-elle. Pour la millième fois, je te dis que je vais bien. Je ne suis pas au mieux de ma forme, c'est vrai, mais je ne souffre d'aucune maladie grave. Rien qui justifie que j'aille voir le médecin. Non, je n'ai pas de tumeur au cerveau et je ne suis pas en train de me faire du mal pour un type qui a des yeux verts qui tuent et des fesses sexy !

Elle interrompit sa tirade pour jeter un regard noir à la tablette avec laquelle elle vérifiait les stocks.

— Tu as besoin de t'envoyer en l'air, dit-elle d'un ton irascible en se retournant pour faire face à Amy. Intéresse-toi à ta propre vie sexuelle plutôt qu'à... Dylan !

Il était là, dans sa tenue de chirurgien, s'appuyant sur les étagères au bout de la rangée.

Sous le choc, elle poussa un cri et fit un pas en arrière. Elle heurta l'étagère, ce qui déséquilibra plusieurs boîtes de seringues et de gants chirurgicaux, qui s'écroulèrent par terre, avec la moitié des paquets de pansements qu'elle avait déjà vérifiés.

Elle colla contre son cœur la tablette qu'elle tenait à la main.

— Qu'est-ce que... ? Tu m'as fait peur, geignit-elle.

Il croisa les bras sur sa large poitrine, le visage indéchiffrable, observant la façon dont elle plaquait la tablette contre elle comme pour se protéger. Enfin, au bout de ce qui lui parut durer un siècle, il lui adressa un clin d'œil.

— Tu trouves mes fesses sexy ?

— Quoi ? Non... Je veux dire... C'est tout ce que tu as retenu ?

— Non, répondit-il en riant. J'ai compris aussi que tu appréciais mes yeux verts. Mais je suis d'accord pour ce qui est de s'envoyer en l'air. En fait…

Le voyant s'avancer vers elle, elle recula jusqu'au mur, les yeux exorbités.

— Ne te vante pas… Mais qu'est-ce que tu fais ?

Il venait de la plaquer contre le mur et lui mordillait le cou.

— Tu ne le sais pas ? murmura-t-il d'une voix sensuelle en léchant la chair meurtrie.

Elle se mit à respirer difficilement.

Parce qu'elle était contrariée, bien sûr. Elle n'avait pas les genoux tremblants, et ce n'était pas elle qui gémissait.

Oh ! mon Dieu ! Mais si, c'était elle !

Elle s'accrocha à lui et pencha la tête sur le côté pour qu'il puisse l'embrasser à cet endroit délicat situé juste au-dessous de l'oreille.

— Dylan ?

— Hum…

— Que… Que fais-tu ?

— Je te dis bonjour. Et je te punis.

— Hein ? Mais pourquoi ?

— Pour m'avoir ignoré durant dix jours. Dix jours, dix-sept heures et cinquante-huit minutes.

— Mais nous… Tu… Je…

Elle n'arrivait pas à y croire. Il avait donc compté, lui aussi ?

— Et pour m'avoir laissé tout seul dans mon lit, murmura-t-il. Pour avoir fait de mon lit un désert froid et sans vie.

— Mais je… Tu… Nous…

— Tu l'as déjà dit. Mais dans l'autre sens, ajouta-t-il.

Il rit doucement. Passant les mains sous sa blouse, il s'empara de ses seins et, lorsqu'elle gémit de plaisir, une lueur de satisfaction apparut dans ses yeux verts devenus plus foncés.

Elle se lécha les lèvres et planta les ongles dans les biceps de Dylan, se cambrant déjà sous ses mains chaudes.

— Je… Heu… Je pratique de nouveau l'abstinence, réussit-elle à dire avant qu'il la fasse taire sous ses caresses.

— Tu m'as manqué, chuchota-t-il en la serrant contre lui. Je ne pensais pas que tu me manquerais autant.

Ses mains descendirent vers la ceinture élastique de son pantalon d'hôpital et, les faisant glisser sous le slip, il empoigna ses fesses tandis qu'il se pressait contre elle.

— C'est pour cette raison que tu es en train de me déshabiller ? dit-elle d'une voix brisée.

— Moi aussi, j'aime tes fesses. Elles sont douces et faites pour mes mains.

— Es-tu en train de me dire que j'ai un gros derrière ?

Il s'arrêta un instant de lui embrasser l'épaule et s'écarta légèrement pour la regarder en face. Voyant son air outré, il éclata de rire.

— Non, sérieusement ? Je suis là en train de tenir des propos lyriques sur ce que je ressens pour ton corps, et tout ce que tu en conclus, c'est que je trouverais que tu as un gros derrière ?

— Tu as de grandes mains, fit-elle observer.

— C'est mieux pour faire cela, murmura-t-il en franchissant les limites de son intimité.

Saisie par cette invasion subite, elle poussa un cri, qu'il étouffa en s'emparant de sa bouche.

— Chut, souffla-t-il. Nous n'avons pas envie que quelqu'un entre ici et qu'il s'imagine que je te viole, n'est-ce pas ?

Elle était sous le choc. Elle ne pouvait rien faire d'autre que s'agripper à lui et se laisser emporter par l'excitation qui la submergeait tandis qu'il la caressait.

Lorsque Dylan retira la main, elle ne sentait plus ses jambes et avait du mal à respirer. Heureusement, il la tenait étroitement serrée contre lui.

— Est-ce que ça va ? grommela-t-il.

Le visage collé contre son cou, elle ouvrit la bouche, mais il n'en sortit qu'un son inaudible. Je crois... Je... Je crois que quelqu'un m'a volé mes... mes os, finit-elle par dire, haletante.

— Ce doit être moi.

Elle trouva son ton un peu suffisant mais n'eut pas la force de lui en faire la remarque. Poussant un soupir, elle se blottit contre lui.

— Je voudrais qu'ils reviennent, gémit-elle.

— Pas encore.

Soudain, elle prit conscience que n'importe qui pouvait entrer dans la réserve et les surprendre. Et alors, tout l'hôpital serait au courant au bout de cinq minutes.

Cela suffit à lui rendre ses esprits.

— Non, mais est-ce que tu es devenu fou ? s'écria-t-elle en s'écartant de lui. Je n'arrive pas à croire que tu aies pu agir ainsi. Et que je t'aie laissé faire !

— Je n'ai encore rien fait, dit Dylan avec un sourire satisfait.

— Arrête ! Je ne vois pas ce qui peut te rendre aussi content de toi. Tu devrais avoir honte de me tendre une embuscade alors que je suis occupée.

Il regarda les boîtes éparpillées sur le sol.

— Occupée, vraiment ?

Les mains tremblantes, elle commença à ramasser ce qui était tombé des étagères.

— Oui. Et maintenant, va-t'en. Tu as fini ta journée, non ?

— Je suis resté plus tard pour opérer un patient victime d'un accident. Et, comme tu ne cesses de m'éviter, je…

— Je ne t'évite pas, je suis occupée. Vraiment beaucoup.

— Puisque tu le dis. Mais, contrairement à ce que tu as l'air de penser, je ne suis pas venu ici dans l'intention de te violer. Même si ce qui vient de se passer a été un délicieux moment.

Elle lui lança un regard de travers avant de lui tourner le dos pour cacher ses joues écarlates.

— Alors, pourquoi es-tu venu ?

— J'ai besoin d'une cavalière.

— Une cavalière ? Dr Sexy a besoin d'une cavalière ?

Il esquissa une grimace contrite.

— Ma mère m'a forcé la main pour que j'achète deux billets pour un gala de charité qui a lieu demain soir, et j'ai besoin d'être accompagné.

— Ah ? Donc, n'importe quelle femme fera l'affaire ? demanda-t-elle d'un ton désinvolte en continuant de remettre les boîtes en place.

Comme il ne répondait pas, elle lui jeta un coup d'œil par-dessus l'épaule.

Il la regardait, l'air exaspéré.

— En fait, non. J'ai envie d'y aller avec toi, même si je ne sais pas trop pourquoi, étant donné que tu m'as ignoré tous ces derniers temps.

Elle tenta de se convaincre qu'elle ne tirait aucun plaisir de ces propos.

— Tu as oublié mon embargo.

Il poussa un soupir, comme si elle avait dit une bêtise.

D'accord, elle venait de rompre une deuxième fois son vœu d'abstinence. Avec lui, et en un temps record.

— Accompagne-moi, insista-t-il.

— Je, heu... Je ne sais pas, Dylan. Ces dîners, ce n'est vraiment pas mon truc.

Et surtout, ils se déroulaient dans un milieu qu'elle avait fui et dans lequel elle n'avait aucune envie de retourner.

— Je t'en prie, souffla-t-il en l'enveloppant de son regard hypnotique.

Soudain, elle mesura que, dans ces conditions, elle était incapable de lui refuser quoi que ce soit.

— Très bien, murmura-t-elle. J'imagine qu'il s'agit d'un dîner officiel ?

— Absolument, répondit-il en affichant un grand sourire.

Il se pencha pour lui donner un baiser léger sur les lèvres.

— Je passerai te chercher à 19 heures.

9

Alors que l'orchestre engagé pour le bal de charité attaquait une valse, Dylan se frayait un chemin au milieu du gratin de Vancouver.

Il avait laissé Dani en compagnie de Maddie, la sœur de Cole, et de son amoureux pendant que lui-même allait chercher du champagne. Et il avait hâte de les retrouver.

Il avait terminé tard les opérations programmées pour l'après-midi. Pour gagner du temps, il avait demandé à sa mère de réserver une suite au Regency, le palace où le bal avait lieu. Il avait dit à Dani de profiter de cette réservation et, lorsqu'il était sorti de la chambre voisine, se battant avec ses boutons de manchette et sa cravate blanche dans la poche, elle était déjà prête, en train de l'attendre.

Il ne se souvenait pas avoir jamais été ébloui à la vue d'une femme en robe de soirée. Lorsqu'il l'avait découverte vêtue d'un long fourreau gris argent orné de petites perles, il en avait eu le souffle coupé. Sa robe bustier mettait en valeur ses magnifiques rondeurs, la rendant à la fois élégante et infiniment désirable, au point qu'il avait songé un instant faire une croix sur le gala de charité pour la déshabiller.

Elle avait relevé ses cheveux et les avait noués en une sorte de chignon compliqué d'où s'échappaient des petites boucles qui venaient encadrer son visage aux traits délicats. Et le maquillage léger pour lequel elle avait opté n'en était pas moins efficace.

Il en était resté sans voix.

— Tu es superbe, avait-il murmuré tandis qu'elle l'aidait à attacher ses boutons de manchette.

Il avait plongé le nez dans son cou.

— Et tu sens merveilleusement bon.

— Toi aussi tu es magnifique, avait-elle rétorqué en souriant.

— Non, je ressemble à un serveur avec cet accoutrement, avait-il grommelé en tirant d'un coup sec le gilet blanc que sa mère avait fait livrer dans sa chambre en même temps que le smoking.

Dani s'était emparée de la cravate blanche qu'il avait dans sa poche et la lui avait nouée avec art autour du cou.

— Un serveur très chic, alors, avait-elle commenté avec un petit rire nerveux.

Après ces deux semaines où elle l'avait ignoré, la voir fondre ainsi lui avait paru très gratifiant. Il n'avait pu s'empêcher de l'embrasser, en y mettant une telle fougue qu'il l'avait laissée cramoisie et tout étourdie...

— Que signifie ce sourire, chéri ? lança une voix féminine aux intonations rauques.

Arraché à ses rêveries, il vit sa mère, qui l'observait avec une lueur de détermination dans ses yeux verts.

— C'est le sourire que tu affichais, étant gamin, lorsque tu te préparais à faire une bêtise.

Il y a des choses qu'une mère n'a pas besoin de savoir.

— Je pensais simplement à tous les chèques que tu allais recueillir pour ta fondation, répliqua-t-il d'un ton léger.

— Je sais ! dit-elle d'un ton enjoué en l'embrassant sur la joue. N'est-ce pas merveilleux ? J'ai une longue liste de bénéficiaires que nous allons pouvoir aider grâce à ces dons.

Il lui donna un baiser affectueux sur le front.

— Où est papa ? demanda-t-il.

— Dans un de ces groupes là-bas. Je lui ai donné des instructions très strictes pour qu'il harcèle tous ses copains afin qu'ils se montrent généreux cette année.

— Je n'en doute pas, dit-il en riant.

Il imaginait son père – directeur général et propriétaire de la plus grosse compagnie maritime du nord-ouest du Pacifique – en train d'écouter docilement la femme à qui il était marié depuis trente-six ans lui dicter sa conduite.

— Et je suis sûr qu'il exécute fidèlement les ordres que tu lui as donnés, acheva-t-il.

— Bien sûr ! dit Vivian St. James d'un ton rieur. Il sait où est son intérêt. Je ne peux en dire autant de mes enfants.

Il feignit de ne pas comprendre.

— Qu'ont encore fait les filles ?

— Je parle de mon fils, rétorqua-t-elle en lui prenant le bras. Fais-moi plaisir et dis-moi que tu n'es pas venu seul comme la dernière fois.

— Non, je ne suis pas venu seul.

Un sourire radieux illumina aussitôt le visage de Vivian.

— Ah ! et je suppose que c'est elle, la responsable du sourire que tu affichais tout à l'heure ?

Horrifié, il se sentit rougir.

— Maman...

— Mais oui, *c'est* elle !

Elle rit de le voir si mal à l'aise. Ravie, elle insista :

— Alors ? Quand vas-tu me la présenter ?

— Je vais le faire maintenant, si tu me promets de ne pas la mettre dans l'embarras ni commencer à planifier le mariage.

— Que tu es bête ! Quand comprendras-tu ? J'ai *déjà* tout planifié pour ton mariage. J'attends seulement que tu rencontres la femme qu'il te faut.

— Tiens-toi bien, je t'en prie ! l'avertit-il.

Il venait d'apercevoir Dani et Maddie en train de parler à...

Oh ! non ! Il connaissait leur interlocuteur. Il s'agissait du fils de l'un des avocats du cabinet dont son père utilisait les services.

Richard Ashton-Hall et lui avaient fréquenté la même école, mais ils ne faisaient pas partie de la même bande. Le garçon qui se montrait volontiers vexant était devenu un homme condescendant qui se servait de son statut social et de son appartenance à l'une des familles les plus puissantes de Vancouver pour écraser ceux qu'il traitait de « péquenauds ».

Il obtenait tout ce qu'il convoitait en harcelant les gens jusqu'à ce qu'il ait atteint son but.

Dylan avait entendu suffisamment de rumeurs fâcheuses sur son compte pour mettre ses sœurs en garde et leur conseiller de ne pas sortir avec ce type. Il y avait quelque chose de déplaisant dans sa façon de reluquer les femmes, comme s'il les déshabillait du regard pour juger si elles étaient dignes ou non qu'il s'intéresse à elle… Et il n'aimait *vraiment pas* la façon dont Ashton-Hall était en train de regarder Dani avec son sourire en coin.

Pris d'une envie soudaine de balancer une bonne droite dans la figure de ce triste individu, il commençait à serrer les poings lorsqu'il vit Maddie prendre un air choqué et furieux tandis que Dani se tenait toute raide, comme figée sur place.

— Qu'y a-t-il, chéri ? demanda sa mère d'un ton inquiet.

Ayant senti la tension qui s'était emparée de lui, elle jeta un regard circulaire autour d'elle.

— Ah ! je vois. C'est Maddie, là-bas. Elle semble prête à exploser. Franchement, cela ne m'étonne pas. Avec cet horrible bonhomme qui regarde l'autre jeune femme comme si…

Elle se tut brusquement et dévisagea Dylan.

— C'est elle, n'est-ce pas ?

Il hocha la tête.

— Oui, c'est Dani.

— Eh bien, alors, qu'est-ce que tu attends ? Va la sauver des griffes de cet horrible type.

Aussitôt, il se dirigea vers Dani, fendant la foule sans ménagement dans sa hâte à la rejoindre. Il n'était plus qu'à une faible distance lorsqu'il entendit Maddie fulminer.

— Pourquoi ne retournez-vous pas en rampant sous le rocher d'où vous êtes sorti, espèce de crapaud visqueux ?

Ashton-Hall, un beau blond aux allures de mannequin, rejeta d'un geste de sa main parfaitement manucurée les propos de Maddie, ses yeux d'un bleu glacé fixés sur Dani.

— Laissez-nous, Madeleine. J'essaye d'avoir une conversation avec ma femme, lança-t-il en couvrant Dani d'un regard de prédateur.

— Votre *ex*-femme, vous voulez dire ! rectifia Maddie.

Sous le choc, Dylan s'était arrêté à quelques pas du groupe. La rage lui monta à la tête, et il ne prit conscience qu'il avait fait un pas en avant qu'en sentant les doigts de sa mère lui enserrer le poignet.

— Pas de bagarre, chéri, lui murmura-t-elle à l'oreille. Même si, à coup sûr, je serais la première à t'applaudir.

Cela le calma. Il s'approcha de Dani, l'air calme, et lui caressa le dos. Ignorant délibérément l'autre homme, il se pencha vers elle et l'embrassa sur la bouche comme s'ils étaient seuls au monde.

— Désolé d'avoir été si long, dit-il en relevant la tête. Le bar était débordé.

Il constata avec plaisir que le visage livide de Dani commençait à reprendre des couleurs.

Les témoins de la scène affichaient des expressions différentes. Ashton-Hall semblait à la fois surpris et furieux, mais Maddie n'avait jamais paru plus triomphante.

— Vous connaissez le Dr St. James, n'est-ce pas ? dit-elle. Il dirige le service de chirurgie orthopédique de reconstruction à St. Mary's. Oh ! et je suis sûre que vous connaissez son père, Ruben James, directeur général et propriétaire de...

— Ashton-Hall, coupa Dylan en le saluant d'un bref signe de tête.

Il saisit la main de Dani et porta à ses lèvres leurs doigts entrecroisés. Il la sentit frémir.

— Bien, bien, dit Ashton-Hall. Ma chère, ma charmante ex-femme a fini par se trouver un plus gros poisson, plus juteux.

Il se tourna vers Dylan.

— Toutes mes... heu... félicitations.

Tout chez lui disait qu'il n'en pensait pas un mot.

— Je me demande ce qu'il dirait s'il savait à quel point tu étais décevante dans...

Il marqua une pause, ménageant ses effets tandis que la respiration syncopée de Dani se faisait entendre dans un silence tendu.

— Je vous conseille de vous arrêter là, avertit Dylan.

Ashton-Hall le regarda en clignant des yeux comme s'il avait l'air surpris.

— Dans notre mariage, acheva-t-il. Que pensiez-vous que j'allais dire ?

— Rien. Je n'ai pas envie d'écouter un homme qui aime battre les femmes.

Il eut la satisfaction de voir le bronzage artificiel de l'homme virer au rouge, puis devenir tout pâle.

— Comment avez-vous... C'est elle qui vous l'a dit ?

— Non. Mais *vous*, vous venez de le faire.

Ashton-Hall serra les poings et jeta un regard noir à Dani, qui se raidit comme pour faire face à un danger. Soudain, il éclata de rire et haussa les sourcils, l'air arrogant, tandis qu'il s'adressait à Dylan.

— Peut-être que lorsque vous vous serez encanaillé avec la Reine des glaces nous pourrons comparer nos impressions.

Dylan entendit sa mère pousser une exclamation scandalisée, et il vit rouge. Sans réfléchir, il lança violemment le poing dans le visage ricanant d'Ashton-Hall.

Le bruit que fit en craquant l'os du nez de celui-ci fut pour lui une sensation délicieuse. Il vivait là l'un des moments les plus gratifiants de sa vie, au point d'en oublier la vive douleur qu'il ressentit dans le bras.

Les réactions scandalisées des témoins de la scène mirent fin au supplice de Dani. Ignorant l'homme qui s'était écroulé au sol, elle s'accrocha au bras de Dylan qui, en proie à une fureur incontrôlable, s'avançait vers son adversaire.

— Dylan, arrête ! Cela n'a aucune importance.

Il respirait bruyamment, et ses yeux verts exprimaient une colère noire dans un visage de pierre.

— Pas d'importance ? dit-il en marchant vers Richard. C'est lui qui... Je vais le tuer !

Rouge de honte, elle sentit les larmes lui brouiller la vue.

— Dylan, je t'en prie, laisse tomber.

— Il a porté la main sur toi, gronda-t-il. Bien sûr que ça a de l'importance !

— Non, aucune. Plus maintenant. Car *lui* est sans importance.

Elle lui emprisonna le poing avec les deux mains pour l'empêcher de se battre encore. Comme il ne pouvait retenir une grimace, elle baissa les yeux et sursauta en voyant ses doigts gonflés et abîmés.

— Regarde ce que tu as fait à ta main ! s'exclama-t-elle. Comment peux-tu...

— Ça en valait la peine, rétorqua-t-il.

— Je pense que vous changerez d'avis quand je vous traînerai devant les tribunaux, St. James, grommela son ex en épongeant avec un mouchoir d'une blancheur éblouissante le sang qui coulait de son nez. Je vais vous intenter un procès qui vous mènera à la ruine, je vais...

Dani sursauta.

— Du calme, Richard ! s'écria-t-elle. Tu n'es qu'un imbécile. Quant à toi, Dylan, tu as besoin d'une poche de glace, et peut-être d'une lobotomie.

— Comme c'est touchant ! ironisa, furieux, Richard qui s'était remis sur ses pieds. Et moi ? Il m'a cassé le nez.

— Vous devriez l'en remercier, lança Maddie avec ironie. Cela donnera du caractère à votre visage. Toute votre personne en manque singulièrement.

Richard ignora ce commentaire.

— Vous entendrez parler de moi dès la semaine prochaine, promit-il.

Dani vit soudain des petits points noirs danser devant ses yeux, lui brouillant la vue. Elle se mit à respirer plus fort pour tenter de dissiper une étrange sensation de vertige et un début de nausée.

— Il le fera, dit-elle à mi-voix. Je sais qu'il le fera. C'est déjà arrivé auparavant.

— Qu'il le fasse, déclara Dylan avec indifférence.

De sa main libre, il la prit par le cou et lui caressa le menton avec le pouce.

— Tu es toute pâle.

— Je vais bien, mais je ne peux pas en dire autant de ta main. Laisse-moi aller te chercher de la glace.

Quand Richard passa près d'elle, elle eut un mouvement de recul instinctif, et il eut un sourire en s'en rendant compte.

— Ce sera amusant de te voir toute gênée.

— Essaye un peu, et je parlerai de toi et de ton club sordide, rétorqua-t-elle, prise d'une fureur irrépressible.

Richard plissa les yeux.

— De quel club parles-tu ?

— De ton club d'échangistes...

— Tu ne feras pas cela, coupa-t-il d'un ton qui se voulait désinvolte.

Mais il y avait de la panique dans ses yeux lorsqu'il regarda rapidement autour d'eux pour voir qui pouvait avoir entendu.

À cet instant, elle sut qu'il n'était rien d'autre qu'une petite brute trop gâtée qui se servait de la réputation de sa famille pour intimider les gens et leur faire du mal. Lui résister paraissait soudain la chose la plus naturelle du monde.

Parce qu'il ne pouvait pas lui faire du mal. Plus maintenant.

— Tu oublies l'accord de confidentialité, lui rappela-t-il froidement tandis qu'il rectifiait sa cravate et brossait la veste de son smoking.

— Si tu veux bien t'en souvenir, j'ai refusé de le signer, riposta-t-elle d'un ton calme.

Consciente d'avoir les genoux tremblants, elle voulut s'éloigner, mais Richard lui agrippa le bras.

— Et toi, tu devrais te souvenir de ce qui s'est passé ensuite, la menaça-t-il d'une voix suave mais le visage déformé par la haine.

Les doigts de Dylan se refermèrent aussitôt sur le poignet de Richard qui poussa un cri aigu et la relâcha aussitôt.

Elle ouvrit de grands yeux. Choquée, elle résista à Dylan qui tentait de l'emmener.

— De quoi parles-tu ? demanda-t-elle lentement d'un ton neutre.

Richard lui dédia un sourire cruel.

— Oh ! moi, je n'ai rien dit.

Elle sentit ces mots la transpercer comme un essaim d'abeilles venues la piquer et lui injecter leur poison, la laissant sans force et nauséeuse. Tous ses doutes concernant la nuit de l'accident s'étaient brusquement dissipés, faisant place à une affreuse certitude.

Prise de vertige, les genoux défaillants, elle entendit Maddie crier tandis que Dylan la rattrapait avant qu'elle glisse au sol.

— Dani ! cria-t-il, affolé.

Le cœur battant à tout rompre, elle lutta contre la nausée qui l'envahissait. Elle ne parvenait plus à respirer. Il fallait qu'elle quitte la salle, qu'elle...

S'arrachant des bras de Dylan, elle chercha frénétiquement la sortie la plus proche. Elle sentit la main de Dylan sur son bras, l'entendit dire... quelque chose. Mais, se couvrant la bouche avec la main, elle courut vers les toilettes des dames. À peine eut-elle claqué la porte derrière elle qu'elle se rua vers l'une des cabines et eut juste le temps de se pencher au-dessus de la cuvette avant que son estomac se vide.

Elle étouffa un sanglot.

Si seulement elle pouvait ainsi se débarrasser de l'horrible vérité à laquelle elle était confrontée !

Richard... Ce conducteur ivre qui l'avait fait sortir de la route, c'était lui. C'était lui le responsable de l'accident qui lui avait pris son bébé et avait abîmé son utérus.

À travers ses bourdonnements d'oreille, elle entendit vaguement des voix de femmes derrière la porte.

— Dani ! Où es-tu ? criait Maddie.

Mais elle ne pouvait pas répondre. Elle ne cessait de vomir, ravagée par l'horreur de ce qu'elle venait d'apprendre. L'homme qui lui avait promis autrefois de l'aimer et de la protéger avait...

Secouée de sanglots, elle aurait voulu voir le sol s'ouvrir sous ses pieds et l'engloutir.

Elle sentit des mains se poser sur elle.

— Je savais que cela arriverait un jour, murmura Maddie. La ville n'est pas si grande. Tu devais forcément tomber sur lui un jour ou l'autre.

Dani s'agrippa au bras de son amie.

— Richard...

— Oui, c'est un colossal abruti, tout le monde le sait. Ce n'est pas nouveau.

— C'était lui.

Maddie, qui était en train de lui essuyer la bouche avec un linge humide, fronça les sourcils.

— Attends. Que veux-tu dire ?

— Il... Cette nuit-là... C'était lui, le conducteur ivre. Le chauffard.

Pendant un moment, Maddie la dévisagea, l'air incrédule.

— Qu'es-tu en train de dire ? commença-t-elle, sidérée. Mais c'est fou ! Il n'aurait pas... Dani, c'est absurde !

Dani émit un sanglot en hochant la tête.

— Il vient de me le faire comprendre lui-même, dit-elle en tremblant comme une feuille. Il était furieux que je l'aie mis dans l'embarras devant ses amis. Mais je ne pensais pas qu'il aurait pu... Qu'il aurait été capable de provoquer l'accident.

Maddie se redressa d'un bond.

— Je vais le tuer, lança-t-elle d'un ton féroce. Je vais lui faire regretter d'être né. Je vais...

Elle semblait vraiment prête à passer à l'acte.

— Maddie, pouvez-vous remettre à plus tard vos projets sanguinaires pour m'aider à faire sortir Dani de là ? dit une voix apaisante.

Maddie battit des paupières et respira un grand coup.

— Oui, d'accord.

Mais Dani se sentait faible, les jambes flageolantes. Elle se cramponna au chambranle de la porte, car le sol se dérobait sous ses pieds, et les murs semblaient s'écarter.

Des doigts fermes et chauds se refermèrent alors sur les siens. Elle vit des yeux verts qui la regardaient avec inquiétude. Des yeux verts qui rappelaient ceux de Dylan mais qui appartenaient à un beau visage de femme âgée.

Celle-ci la fit sortir de la cabine.

— Venez, ma chérie, dit-elle avec douceur mais fermeté. Nous avons laissé Dylan dehors, et, connaissant mon fils, je crains qu'il ne débarque ici si nous ne quittons pas les lieux rapidement.

Dani ouvrit de grands yeux.

— Vous êtes...

— La mère de Dylan, oui.

— Oh ! mon Dieu ! Vous... Vous avez tout vu ?

Elle aperçut de la compassion dans les yeux verts qui la regardaient, mais au même moment une vague de chaleur la submergea. Morte de honte, elle poussa un gémissement et glissa au sol.

10

Quand Dani refit surface, elle était allongée sur quelque chose de doux. Tout près d'elle, des gens parlaient à voix basse. Elle tendit l'oreille, mais comprit seulement que tous étaient inquiets et en proie à une colère contenue.

Elle tenta de se redresser, mais une main douce l'en empêcha, et elle sentit qu'on maintenait sur son front un linge humide.

— Tout va bien, Dani, affirma une voix féminine. Restez calme. Je peux vous appeler Dani, n'est-ce pas ?

La voix prit un ton amusé.

— Toute personne capable de faire de mon fils un bagarreur avide de vengeance et, l'instant d'après, de le transformer en un pauvre être rongé par l'angoisse est à coup sûr quelqu'un que j'ai très envie de connaître. Allez, mon chou, ouvrez les yeux avant qu'il appelle une ambulance.

Dani sentit la mémoire lui revenir à la vitesse de l'éclair. Elle se redressa, ouvrit les paupières et vit la mère de Dylan penchée sur elle, son regard vert exprimant une inquiétude toute maternelle et aussi de la curiosité. À quelques pas de là, Dylan tremblait de fureur en écoutant Maddie qui lui parlait à mi-voix.

La panique s'empara d'elle, car elle savait ce que Maddie racontait à Dylan : tous les détails sordides de son mariage.

— Oh ! non ! gémit-elle en essayant de se lever du canapé.

La mère de Dylan avait suivi son regard.

— Les enfants, appela-t-elle d'une voix ferme, vous bouleversez Dani.

Tous deux se retournèrent aussitôt.

En deux enjambées, Dylan fut auprès d'elle et se laissa tomber à son côté.

— Tu as l'air d'aller un peu mieux, dit-il en lui prenant la main. Comment te sens-tu ?

— Bi... bien, bégaya-t-elle.

Elle voulut se lever pour mettre une certaine distance entre eux. Il fallait qu'elle s'en aille avant de se donner une nouvelle fois en spectacle. Et devant sa mère, en plus !

Il lui serra les doigts plus fort.

— Tu mens.

— C'est une terrible accusation, murmura-t-elle en tentant sans succès de libérer sa main. Lâche-moi, tu me mets mal à l'aise.

Il se passa la main dans les cheveux.

— Et toi, tu me mets mal à l'aise devant ma mère et Maddie.

Elle fut frappée par la pâleur de son visage et le tremblement de ses doigts. Il avait toujours les jointures gonflées.

— Pourquoi n'as-tu pas appliqué de la glace sur tes mains ? demanda-t-elle.

— J'avais autre chose en tête, grommela-t-il. Comme ton évanouissement dans le vestiaire des dames. Tu n'imagines pas ce que j'ai ressenti lorsque je t'ai vue sans connaissance.

— Oh ! c'est probablement un petit virus, dit-elle. Rien de bien grave.

Elle s'aperçut que Maddie et la mère de Dylan les dévoraient des yeux, fascinées par la scène.

Elle en voulait à Maddie d'avoir révélé les secrets de son mariage désastreux.

— Dylan a besoin d'une poche de glace pour sa main, dit-elle froidement.

Maddie parut surprise de l'entendre prendre ce ton glacial, mais elle hocha la tête et quitta la pièce.

— Ne fais pas de reproches à Maddie, elle essayait juste d'aider à..., commença Dylan.

— Aider ? En quoi te raconter en détail mon mariage catastrophique pourrait-il être une aide ?

Visiblement déconcerté par sa véhémence, Dylan crispa la mâchoire.

— Tu aurais dû me les raconter toi-même.

— Pourquoi ? Parce que nous avons couché ensemble ?

Elle se tut, réalisant brusquement que la mère de Dylan assistait à cet échange houleux.

Le visage en feu, elle voulut se lever, mais Dylan lui attrapa la main et l'obligea à se rasseoir sur le canapé.

— Dylan !

— Assieds-toi, ordonna-t-il. Je me fais du souci pour toi. Depuis quand n'as-tu rien mangé ?

Elle passa la langue sur ses lèvres sèches, et aussitôt la mère de Dylan lui tendit un verre d'eau.

— Je vais bien, dit-elle en prenant le verre. Mais merci de vous soucier de moi.

— Oui, maman, merci... Mais tu devrais vraiment retourner dans la salle de bal. N'es-tu pas responsable de l'organisation de ce gala ?

— Oh ! ne t'inquiète pas pour moi, chéri. Janice Hetherington prendra la relève.

— Non, je vous en prie, intervint Dani. J'insiste, madame St. James. Je regrette que vous ayez été témoin de... De tout cela. Je suis désolée d'avoir gâché la fête.

— Appelez-moi Vivian, ma chère. Vous n'avez rien gâché du tout et vous n'avez pas à vous excuser. Tout est arrivé par la faute de Richard. Et peut-être aussi par celle de mon fils, ajouta-t-elle en se tournant vers Dylan. Mais je dois dire que, s'il n'avait pas boxé ce type, c'est moi qui m'en serais chargée.

Elle les regarda tour à tour et poussa un soupir.

— Bon, je sais quand il est temps d'opérer une sortie élégante. Mais je compte sur toi pour présenter Dani à ton père, Dylan.

Après avoir posé un baiser sur la joue de Dani et haussé un sourcil péremptoire à l'intention de son fils, elle quitta la pièce.

Dylan resta un moment le regard fixé sur la porte, son visage exprimant un mélange d'inquiétude, de satisfaction et d'amusement.

— Quoi ?

— Ma mère t'aime bien.

— Je me demande pourquoi. Je lui ai créé des problèmes.

— Non, c'est moi, corrigea-t-il en riant. Mais, comme je t'ai amenée ici, elle me pardonnera.

Il lui souleva gentiment le menton.

— Tu es encore un peu pâle. Qu'y a-t-il, Dani ? Parle-moi.

Incapable de supporter son regard compatissant, elle se leva. Il lui fallait mettre une certaine distance entre eux.

— Comme je te l'ai dit, ce doit être un virus...

Elle eut un sourire hésitant.

— J'aime bien ta mère. Mais il vaut probablement mieux que je m'en aille, ajouta-t-elle en se posant la main sur l'estomac. Je préfère éviter de me rendre ridicule une nouvelle fois ce soir.

À ces mots, Dylan quitta aussitôt le canapé pour s'avancer vers Dani, mais il s'arrêta en la voyant chercher son souffle et trébucher contre une chaise.

— Pourquoi fais-tu cela ? demanda-t-il. Pourquoi t'éloignes-tu alors que je pensais que nous étions en train de nous rapprocher ?

Elle se passa nerveusement la langue sur les lèvres.

— Dylan...

Il enfonça les mains dans ses poches.

— Je n'ai jamais levé la main sur une femme, alors tu n'es pas obligée de t'enfuir. Je ne suis pas comme ton ex.

— Je n'ai jamais dit cela ! Ne parle pas à ma place !

Elle était visiblement en colère. Il préférait la voir ainsi plutôt qu'en proie à une méfiance excessive due au comportement odieux de son ex-mari.

— C'est difficile de ne pas le faire, étant donné que, de ton côté, tu ne parles pas beaucoup.

— Qu'est-ce que c'est censé signifier ? attaqua-t-elle.

Il soupira.

Ce n'était pas sa faute à elle s'il voulait plus qu'elle n'était prête à donner. Et lui montrer son exaspération ne ferait que la pousser à prendre encore plus ses distances avec lui.

— Je me demande simplement pourquoi tu ne m'as jamais dit ce qu'il t'avait fait.

— Tu t'attendais à ce que je te déballe tout, juste parce que nous avions couché ensemble ?

— Non, mais j'aurais sans doute mieux géré la situation. Je me serais mieux occupé de toi si j'avais su tout cela.

— Qu'est-ce qui te fait croire que j'ai besoin que toi ou n'importe qui d'autre « s'occupe » de moi ? Je suis parfaitement capable de le faire moi-même, Dylan. Je suis une adulte. Je n'ai pas besoin que tu te battes pour moi. Ni toi ni personne d'autre !

Croyait-elle vraiment n'avoir besoin de personne ? Si c'était le cas, il aurait du mal à l'amener à lui faire confiance.

— Je ne pouvais pas le laisser te maltraiter sans réagir. Quel homme ferait une chose pareille ?

Dani parut se détendre un peu et esquissa même une grimace en guise d'excuse.

— Je suis très gênée, murmura-t-elle. Je me suis couverte de honte. J'ai mis ta mère dans l'embarras, et maintenant tu...

Elle pinça les lèvres.

— Et maintenant je quoi ?

— Richard n'est pas du genre à supporter d'être humilié publiquement. Il...

— Je sais exactement quel genre de type il est, coupa-t-il.

— Il fera ce qu'il a dit. Il travestira la vérité et trouvera une douzaine de témoins pour corroborer ses mensonges.

Il la prit par les épaules et sentit sous ses doigts l'ossature délicate et fragile. Il avait envie de la serrer dans ses bras et de la voir se blottir contre lui, acceptant ce qu'il lui offrait.

— Je ne me soucie pas de lui, Dani. C'est de toi que je me soucie. Et de ce qu'il a dit qui a provoqué ton évanouissement et t'a amenée à te barricader de nouveau dans ta forteresse. Quelle emprise a-t-il sur toi ?

Dani sentait sur ses épaules les mains chaudes, fermes et douces de Dylan.

Ce serait si facile de s'appuyer sur lui, de prendre ce qu'il lui offrait ! Mais elle ne pouvait pas. Elle n'osait pas, parce que... Elle en avait trop envie. Et trop désirer quelque chose, c'était le plus sûr moyen d'avoir le cœur brisé. Mais il était là, si stable et si fort qu'elle ne put s'empêcher de se tourner vers lui.

Elle se dressa sur la pointe des pieds et l'embrassa au coin de la bouche.

— Il n'a plus aucune emprise sur moi, murmura-t-elle en s'accrochant à ses épaules. Plus maintenant.

Elle vit dans ses yeux qu'il aurait voulu continuer la discussion, mais il poussa un gémissement sourd et la prit dans ses bras pour lui donner un baiser brûlant.

— Viens avec moi là-haut. Je ne peux pas attendre, grogna Dylan en l'embrassant dans le cou.

Elle sentait son cœur battre sous sa main et se demanda s'il ressentait la même chose qu'elle – le sentiment d'avoir atteint la perfection. Un sentiment qui l'effrayait tout en la rendant impatiente de savoir où cela la conduirait.

Cinq minutes plus tard, ils avaient rejoint leur suite, et elle se battait, ivre de désir, avec les boutons du gilet de Dylan, puis ceux de sa chemise.

— *Maintenant*, implora-t-elle en le caressant.

Poussant un juron brutal, il la souleva dans ses bras, et tous deux tombèrent ensemble sur le canapé.

— Dieu, que tu m'as manqué, grogna-t-il avant de s'emparer de sa bouche. Je te veux.

Excitée par cette ardeur nouvelle, elle s'offrit à lui sans aucune réserve.

Écroulée contre la cloison des toilettes, Dani s'essuya la bouche d'une main tremblante.

C'était la seconde fois qu'elle vomissait en l'espace de vingt-quatre heures, et elle ne pouvait pas se rappeler combien de fois cela lui était arrivé au cours des dernières semaines. Peut-être devrait-elle admettre qu'il ne s'agissait pas d'un virus, ni même d'un problème de stress...

Pourtant, du stress, elle n'en manquait pas.

Ils n'avaient eu aucune nouvelle de Richard, et ce n'était pas bon signe. Mais, le pire, c'était d'attendre le moment où Dylan ne s'intéresserait plus à elle et où il la lâcherait pour quelqu'un qui lui conviendrait mieux. Une femme plus belle, plus excitante, plus tout. Quelqu'un qui ne risquerait pas de le mettre mal à l'aise en public.

Pourtant, elle devait reconnaître qu'il ne manifestait aucun signe de désintérêt à son égard. Bien au contraire. Chaque jour il se montrait plus patient, plus passionné, plus tendre. Et pas seulement quand ils faisaient l'amour. C'était comme s'il voulait qu'elle sache qu'il était là. Qu'elle s'habitue au poids de sa main, à la chaleur de son corps, même au milieu d'une foule.

Et il y réussissait. Il avait créé chez elle le besoin permanent de l'avoir près d'elle, au point qu'il occupait toutes ses pensées.

Elle s'en inquiétait. Elle savait qu'elle pourrait avoir le cœur brisé si elle ne se montrait pas prudente. Mais elle avait appris, et de la pire des façons, à faire preuve d'une très grande prudence. Cette histoire devait rester purement sexuelle. Elle ne concernait que ses sens, et non pas son cœur qu'elle gardait soigneusement fermé, hors de toute atteinte. C'était très bien comme cela. Sinon, elle serait...

Une voix dénotant une certaine contrariété vint interrompre le cours de ses pensées.

— ... Quand cesseras-tu de te cacher dans la réserve ou dans les toilettes ? Peux-tu me dire ce qui se passe ?

Elle ouvrit les yeux et aperçut deux pieds chaussés de tennis sous la porte de la cabine où elle s'était réfugiée.

Amy était vraiment du genre tenace.

L'infirmière jura à mi-voix.

— Tu es encore malade, pas vrai ?

Oui, malade d'amour...

Mais non ! Il ne s'agissait pas de cela. Elle était juste stressée.

Attendre les mauvais coups dont elle savait Richard capable créait toujours chez elle une certaine tension.

— Mais non, je ne suis pas malade. J'essaye seulement d'échapper à tes questions incessantes. Tout va bien, je te dis.

— Dans ce cas, tu accepteras sûrement que Rachel t'examine.

Rachel, une urgentiste d'une cinquantaine d'années, était la chef de l'équipe de garde.

— Ne sois pas ridicule, Amy.

Elle se mit debout, pestant contre la fatigue qui l'accablait, et ouvrit la porte.

— Je n'ai pas besoin de voir Rachel, ni personne d'autre d'ailleurs. Je me sens un peu patraque, voilà tout.

— Bon, d'accord.

Rassurée de voir son amie si conciliante, Dani se détendit. Elle s'approcha d'un des lavabos pour se laver les mains et se rincer la bouche.

Mais c'était sans compter avec l'opiniâtreté d'Amy.

— Si tu ne veux pas voir Rachel, j'aimerais que tu utilises cela. Maintenant.

Jetant un coup d'œil par-dessus son épaule, Dani ouvrit de grands yeux en voyant la petite boîte qu'Amy lui tendait.

— Tu es sérieuse ? gronda-t-elle. Tu veux que je fasse un test de grossesse ?

— Oui.

— Mais tu sais que je ne peux pas être enceinte !

— À cause de ton syndrome d'Asherman ? Ou parce qu'il ne s'est rien passé entre toi et un certain chirurgien orthopédique qui est un vrai canon ?

Elle lui tourna le dos, feignant d'être parfaitement à l'aise, alors qu'elle avait l'impression d'être sur le point de s'évanouir une nouvelle fois.

— Eh bien, oui, à cause de mon syndrome d'Asherman.

— Parce que vous avez fait l'amour sans protection ? glapit Amy. Mais tu es folle !

Les joues en feu, Dani tenta de s'expliquer.

— Un préservatif a craqué, et après nous n'avons pas, heu... Nous n'y avons plus prêté attention.

— Oublions pour le moment la question des risques, d'accord ?

Poussée par son amie vers la cabine qu'elle venait de quitter, Dani fut saisie d'un rire nerveux et résista.

— Amy...

Celle-ci secoua la tête.

— Je m'inquiète pour toi. Tu as maigri, tu es pâle et tu as des cernes sous les yeux. Tu ne vas pas bien.

Dani soupira.

— Bon, très bien, je me rends.

Elle prit le test de grossesse et, au moment d'entrer dans la cabine, se retourna en agitant la petite boîte.

— Je le fais uniquement pour te prouver que tu as tout faux. Je suis un peu fatiguée et j'ai du mal à me débarrasser de ce virus, voilà tout.

Et elle claqua la porte au nez de son amie.

C'était elle le médecin, non ? Elle était capable de faire la différence entre l'attaque d'un virus et un début de grossesse au cas où ce serait possible. Or, ça ne l'était pas.

Dix minutes plus tard, elle regardait fixement les deux barres roses qui apparaissaient dans la fenêtre des résultats.

Ses genoux tremblaient, ses oreilles bourdonnaient, sa tête semblait s'être dissociée du reste de son corps.

— Mais c'est impossible ! Le Dr Cartwright disait...

— Il est évident qu'il s'est trompé, coupa Amy. Cela arrive parfois aux médecins, tu sais. Ils ne sont pas infaillibles.

— Ces tests aussi peuvent se tromper, Amy. Souvent, ils sont défectueux et donnent à tort des résultats positifs. *J'ai* le syndrome d'Asherman.

— Visiblement, tu ne l'as pas. Mais, pour en avoir le cœur net, pourquoi ne prendrais-tu pas rendez-vous avec le Dr Dawson ? Avoir un second avis ne peut pas faire de mal.

Oh ! si ! Cela pourrait lui faire du mal. Surtout si elle voyait ses espoirs déçus et découvrait que le test avait donné un faux résultat. Si cela arrivait, elle serait anéantie.

— D'accord, dit-elle calmement. Mais, je te le répète, je ne suis pas enceinte. Je ne peux pas être enceinte. Ce n'est pas possible.

Qui essayait-elle de convaincre ? Amy ou elle-même ?

Les mains crispées sur le volant, Dani était partagée entre l'incrédulité et la panique.

Elle était enceinte.

Elle venait de quitter le ferry à Departure Bay, Nanaimo, mais elle avait à peine conscience du flot de voitures et de la foule qui l'entouraient.

Elle était enceinte et elle allait devoir l'annoncer à Dylan.

Elle aurait tout donné pour n'avoir pas à le faire. Ne lui avait-elle pas dit qu'ils n'avaient rien à craindre ? Il penserait qu'elle avait cherché à le piéger et il serait furieux. Elle ne pourrait pas lui en vouloir de réagir ainsi, mais ce serait la fin de leur belle aventure.

Était-elle vraiment enceinte ? Peut-être que ce que Nicole Dawson et elle avaient vu sur l'écran était un kyste… ou une tumeur ? Comment pourrait-elle attendre un bébé ? Elle ferait mieux de demander une autre échographie. L'appareil était peut-être défectueux et…

Elle partit d'un rire hystérique.

Elle était en train de perdre la tête. Peut-être devrait-elle se faire hospitaliser en psychiatrie, car, de toute évidence, elle n'était pas saine d'esprit.

Il n'y avait pas d'erreur, elle avait vu sur l'écran se dessiner la petite silhouette. Elle avait entendu battre le cœur du fœtus. Et entendu aussi ce qu'avait dit la gynécologue.

Nicole avait ri et montré l'écran de l'appareil où un petit être s'agitait comme pour dire : « Coucou, maman, regarde-moi. Je suis là. »

— Toutes mes félicitations, vous êtes enceinte.

Et, à cet instant précis, Dani avait éprouvé un amour fou, total, absolu.

Le bébé qu'elle avait cru ne jamais pouvoir prendre dans ses bras était déjà plus qu'un battement de cœur, plus qu'un rêve !

Sous le choc, elle avait à peine écouté l'obstétricienne qui lui promettait de lui envoyer une vidéo de l'échographie. Elle avait pris son ordonnance prénatale, était descendue aux urgences, avait organisé son absence pour les deux semaines à venir et était montée dans sa voiture sans trop savoir quelle direction elle allait prendre.

Elle s'était retrouvée au terminal du ferry de Horseshoe Bay et avait acheté un ticket pour Vancouver Island sans même se rendre compte qu'elle retournait chez ses parents.

Comment allaient-ils réagir en apprenant que leur fille divorcée attendait un enfant qu'elle comptait élever seule ?

Ils la soutiendraient, elle le savait. Tout se passerait bien. Beaucoup de femmes élevaient seules leur enfant et s'en sortaient très bien. Ce n'était pas comme si elle avait besoin d'un homme. Elle pouvait parfaitement s'en passer. Elle avait autour d'elle un réseau d'entraide, et tout le monde serait ravi de lui donner un coup de main.

Elle ne voulait surtout pas d'un homme qui resterait avec elle en pensant uniquement à l'intérêt de l'enfant.

Dylan n'était pas amoureux d'elle. Comment en serait-il autrement ? Ils ne se connaissaient que depuis peu de temps. Il aimait coucher avec elle, mais cela n'allait pas plus loin...

Oh ! mon Dieu, il allait être furieux ! Il penserait sans doute qu'elle avait menti et lui avait tendu délibérément un piège. Il exigerait qu'elle se fasse avorter et s'assurerait de lui faire perdre son job, et...

Non ! C'était Richard qui agirait ainsi. Pas Dylan.

Mais cela ne voulait pas dire pour autant qu'il accepterait de se retrouver lié à elle à cause d'une grossesse non planifiée. Il avait connu cela avec cette femme, en Afrique de l'Ouest. Elle savait ce qu'il en pensait.

Sans doute était-ce pour elle le pire moment pour découvrir qu'elle était guérie, mais elle ne regrettait rien. Elle avait tellement désiré avoir un bébé. C'était son bébé et celui de Dylan.

Comment allait-elle lui annoncer la nouvelle ?

Il avait le droit de savoir. Il allait être père, après tout. Mais elle voulait s'accorder un certain délai avant de lui en parler. Il lui fallait du temps pour qu'elle-même se fasse à l'idée d'être mère, pour comprendre que ce miracle allait changer sa vie. Et aussi pour se préparer à la rupture.

Pour la dixième fois en moins de deux minutes, Dylan vérifia l'adresse que Maddie lui avait donnée, ignorant la voix agaçante du GPS, qui lui disait qu'il était arrivé à destination.

Oui, c'était bien là que Dani était censée avoir grandi.

Il contemplait la belle demeure, perplexe.

Pourquoi était-elle venue ici alors que sa vie et son travail se trouvaient à Vancouver ? Pourquoi avait-elle quitté la ville ? Pourquoi l'avait-elle quitté, lui ?

Le mercredi matin, il s'était rendu de bonne heure aux urgences pour la voir, car elle lui manquait. Il l'avait trouvée roulée en boule sur le canapé de la salle de repos. Il s'était accroupi devant elle et l'avait embrassée sur la bouche. Elle avait ouvert les yeux et lui avait glissé les doigts dans les cheveux. Il l'avait cajolée un moment, la faisant ronronner de plaisir, et lorsqu'il l'avait quittée elle était toute rose et excitée, comme s'il lui avait manqué à elle aussi.

Et le lendemain, elle avait disparu.

Pendant près de quarante-huit heures, elle n'avait pas répondu à ses appels téléphoniques ni à ses textos. Pris de panique à l'idée qu'il lui était peut-être arrivé quelque chose, il avait appelé tous les hôpitaux de la ville. Depuis des semaines, elle était souvent prise de vertiges et de nausées. Peut-être avait-elle eu un malaise en conduisant…

Enfin, elle lui avait adressé ce message vocal lui disant qu'elle serait absente de Vancouver pendant quelque temps.

— Bonjour, c'est Dani. Je, heu… Il est arrivé quelque chose, et je quitte la ville pendant quelque temps…

Elle avait marqué une pause.

— Dylan, écoute, je… nous… Ah, c'est difficile à dire. C'est juste que je dois régler certaines choses. Je te téléphonerai, d'accord ? Bientôt… Plus tard. Heu… Au revoir.

La colère s'était emparée de lui, prenant le pas sur l'inquiétude.

Dire qu'elle l'avait embrassé comme si elle ne pouvait se rassasier de lui ! Et ensuite, elle disparaissait et le laissait sans nouvelles jusqu'à ce message incompréhensible.

De toute évidence, elle avait un problème. Ou bien elle se débarrassait de lui. Et, si elle avait des problèmes, pourquoi n'était-elle pas venue le trouver ? Elle savait pourtant qu'il serait là pour elle, non ? Elle devait sûrement se rendre compte qu'il était fou d'elle ?

Et si c'était pour cette raison qu'elle s'était enfuie et n'avait plus répondu à ses messages ? Avait-elle eu peur en voyant qu'il n'avait pas respecté leur accord concernant le caractère temporaire de leur relation ? Paniquait-elle parce qu'elle ne partageait pas ses sentiments ?

Cette disparition sans explication l'avait anéanti. Il avait l'impression d'avoir reçu un coup d'épée en plein cœur. Incapable de rester dans son lit sans elle, il s'affalait sur le canapé, à contempler le plafond durant des heures.

C'était au cours de ces longues heures d'insomnie qu'il avait décidé d'agir.

Il savait ce qu'avait été son mariage et il comprenait pourquoi elle se méfiait des hommes et de tout engagement. Mais elle ne lui avait laissé aucune chance. Durant tout le temps où ils avaient été ensemble, elle avait gardé ses distances malgré tous les efforts qu'il avait faits pour qu'elle se rapproche de lui. Pourtant, il n'envisageait plus l'avenir sans sa présence à ses côtés. Il l'aimait à la folie. Il n'allait pas rester là sans rien faire, à attendre qu'elle réapparaisse pour lui annoncer en face qu'elle rompait avec lui. Il devait la chercher et la ramener.

Ça, c'était la semaine précédente. Il lui avait fallu tout ce temps pour remonter la piste menant à la maison de ses parents.

Ni les collègues de Dani ni Maddie ne savaient quoi que ce soit sur ses intentions. Ou, si elles savaient quelque chose, elles ne lui en avaient rien dit. Lorsqu'il avait appelé Maddie pour lui demander où son amie était partie et pourquoi, elle avait répondu par une question.

— Et toi, qu'as-tu fait ?

Il était d'accord avec elle, cela avait assez duré.

La mâchoire serrée, il ouvrit la portière de la jeep et sortit du véhicule.

La vue de la vieille berline de Dani garée dans la cour de la maison lui confirma qu'il était à la bonne adresse.

Il se dirigea vers le perron et gravit d'un bond les quelques marches. Mais cinq minutes plus tard, après avoir appuyé plusieurs fois sur la sonnette, il était toujours dehors.

Il commença à paniquer.

Dani s'était peut-être blessée. Elle gisait quelque part, baignant dans son sang... Elle pouvait aussi être allée faire des courses ou avoir rejoint un autre homme. Peut-être qu'elle avait rencontré quelqu'un d'autre et n'osait pas le lui dire ? Cette maison n'était peut-être pas celle de ses parents, mais celle d'un ancien amant – ou d'un nouveau ?

Assailli par ces visions contradictoires, il fit le tour de la maison. Il longea des plates-bandes abondamment fleuries et un potager bien entretenu, avant d'arriver à une terrasse qui dominait le détroit.

Un verre vide et un livre abandonné sur le banc de teck indiquaient que quelqu'un s'était assis là récemment, mais l'endroit était maintenant désert. Les portes coulissantes étaient fermées, et la maison paraissait vide.

Il s'apprêtait à retourner à sa voiture pour attendre que quelqu'un se manifeste, lorsqu'il remarqua au bout du jardin une grille ouverte.

Celle-ci devait donner sur un escalier menant à la plage.

Il suivit son instinct et emprunta ce chemin.

D'un coup d'œil rapide, il constata que la plage était déserte, mis à part une silhouette qui se trouvait à environ trois cents mètres de lui.

Dani !

Elle était assise sur le sable. Non loin d'elle, un chien jouait dans les vagues et courait après les mouettes en aboyant.

Il sentit dans la poitrine quelque chose se détendre, puis se contracter de nouveau douloureusement. Maintenant qu'il était soulagé de constater que Dani allait bien, sa colère redoublait. Il n'avait pas l'intention de se laisser détourner de son objectif. Il était venu pour obtenir des réponses et il n'était pas disposé à se laisser mener en bateau.

La mâchoire crispée, il se dirigea vers la seule personne au monde capable de le rendre fou. La seule femme, avait-il réalisé la semaine précédente, sans qui il ne pouvait vivre. Elle avait fait tomber toutes ses défenses, s'était glissée sous sa peau et avait creusé en lui de profonds sillons qu'elle avait remplis de sa douceur et de son incroyable sens de l'humour, en le regardant de ses beaux yeux gris qui savaient lire en lui.

Elle lui avait fait entrevoir quelque chose qu'il avait pensé ne jamais trouver : un avenir.

À présent, ce qu'il lui restait à faire, c'était amener Dani à accepter l'idée qu'il pouvait représenter un avenir pour elle aussi.

11

En entendant Polo aboyer frénétiquement, Dani se retourna pour voir ce qui mettait ainsi le chien en alerte.

En apercevant la haute silhouette qui venait vers elle en longeant la plage, elle tressaillit.

Dylan. Mon Dieu ! Il l'avait retrouvée avant qu'elle soit prête à le revoir.

Les mains enfoncées dans les poches de son jean, il avançait à grands pas sur le sable, la démarche souple, offrant une image familière...

Familière, certes, mais avec cependant quelque chose de nouveau. Quelque chose qui évoquait une forme de danger. Il émanait de lui une force et une volonté qui lui donnèrent l'envie de bondir et de s'enfuir dans la direction opposée.

Mal à l'aise, elle attendit qu'il la rejoigne.

La moue qu'il faisait et son menton mal rasé lui donnaient un air sombre, accentué par les lunettes de soleil qui cachaient ses yeux. Il lui semblait étranger. Et elle ne pouvait lui échapper.

Sentant sa détresse, Polo vint vers elle et se frotta contre ses jambes. Heureuse de cette présence réconfortante, elle passa un bras autour du chien et le serra contre elle.

Dylan resta un long moment sans rien dire, ce qui lui mit les nerfs à rude épreuve.

— Tu es difficile à trouver, lâcha-t-il enfin d'un ton neutre.

— Que fais-tu ici, Dylan ?

— La vraie question, c'est : qu'est-ce que, *toi*, tu fais ici alors que ta vie, ton job, tes amis sont à Vancouver ?

Elle soupira et se leva. Ce brusque changement de position, qui modifia sa tension artérielle, la fit chanceler.

Poussant un juron, Dylan se précipita pour la soutenir.

— Tu es encore malade ? As-tu vu un médecin ?

Agrippée à la chemise de Dylan, elle se sentait faible comme un chaton. Elle mourait d'envie de poser la tête contre sa poitrine et de fermer les yeux. Dieu, comme elle se sentait fatiguée ! Mais ce n'était pas le moment de se laisser aller.

Elle répondit à ses questions en secouant la tête.

— Tu n'as pas consulté ? Cela fait trop longtemps que ça dure. Laisse-moi te ramener. Je t'examinerai moi-même.

— Non ! Il n'en est pas question, dit-elle en s'écartant de lui. Je vais très bien.

— Il est clair que ce n'est pas le cas. Il suffit que tu te mettes debout pour qu'aussitôt tu trembles et deviennes toute pâle.

Il sortit son téléphone de sa poche.

— Je vais appeler une ambulance. Quand tu seras à l'hôpital, j'ordonnerai qu'on te fasse une série de tests pour qu'on trouve ce qui ne va pas.

— C'est ridicule ! s'exclama-t-elle avec un petit rire tremblant. Je n'ai pas besoin d'une ambulance. J'ai seulement besoin d'avoir une semaine à moi. Je t'ai dit que je devais régler... heu... certaines choses. Rentre chez toi, Dylan. S'il te plaît. Je vais bien. Une semaine à me faire dorloter par ma mère, et tout ira bien.

Non, pas une semaine, mais sept mois, lui rappela une petite voix intérieure.

— Ensuite, je retournerai à Vancouver, c'est promis.

— Tu as déjà eu une semaine, observa-t-il. Et, si je suis venu, c'est que tu es partie sans rien dire. Tu n'as pas répondu à mes appels ni à mes textos.

— Mais si ! Je t'ai laissé un message sur ton répondeur.

— Tu plaisantes ! Tu ne me disais rien dans ce message. Cela m'a fait peur. J'ai pensé que tu voulais simplement me quitter.

— C'est ce que tu as cru ? Il ne s'agit pas du tout de cela !

— Alors, si tu me disais de quoi il s'agit ?

— Je, heu... Comment m'as-tu retrouvée ?

Il haussa un sourcil ironique.

Elle poussa un soupir.

— Ah, dit-elle, c'est Maddie.

— Tu n'as pas à lui faire de reproches, elle s'inquiète beaucoup pour toi. Tout le monde s'inquiète. J'avoue par ailleurs que j'aurais préféré que ce ne soit pas quelqu'un d'autre que toi qui me mette au courant.

Elle se figea sur place. Elle avait l'impression de vivre un vrai cauchemar.

Il... Il savait ? Et il était en colère ?

Bien sûr. N'avait-il pas déjà failli être piégé par une femme qui avait voulu lui faire croire qu'elle était enceinte de lui ?

Mais comment avait-il pu apprendre qu'elle attendait un bébé ? Elle n'en avait parlé à personne. Seule Amy était au courant, car elle avait voulu savoir ce qu'avait dit la gynécologue.

— Elle... Elle t'a parlé ? demanda-t-elle d'une voix tremblotante.

— Bien sûr. Elle se fait du souci. Et moi aussi. Tu ne penses pas que j'aurais voulu savoir ? Je le méritais, non ?

Prise de panique, elle fit un pas en arrière et buta contre Polo.

— Je, heu...

— Je vois bien que cela ne t'a même pas effleuré l'esprit, dit-il avec un rire amer. Pour l'amour du ciel, qu'est-ce qui t'arrive ?

— Je... Je suis désolée. Je ne savais pas, Dylan, je te le jure. Je croyais...

Sentant les larmes venir, elle tenta de les retenir.

— Je croyais que cela ne pouvait pas m'arriver. Le médecin m'avait dit que c'était impossible. Je l'ai cru. Et alors, après la première fois où nous avons... Tu... Et puis Amy a insisté. C'était positif... Je n'y croyais pas...

Elle était consciente de tenir des propos incohérents, mais elle se sentait obligée de continuer, comme malgré elle.

— Parce que c'était impossible, tu comprends ? Et tu sais que ces trucs ne sont pas toujours fiables. Alors, j'ai pris rendez-vous, et... Je suis désolée.

Sa voix se brisa. Au prix d'un gros effort, elle finit par se ressaisir.

— Je ne t'ai rien dit, Dylan, et j'en suis désolée. Mais je... Je ne pouvais pas. Je sais que tu es en colère, mais...

Elle ne put retenir un sanglot.

— Je comprends que tu sois furieux, mais je ne pouvais pas te parler. J'étais sous le choc, et j'ai... J'ai eu besoin de disparaître.

Un long silence s'installa, rompu seulement par le bruit des vagues venant s'échouer sur le sable.

Elle finit par lever les yeux et vit que Dylan la regardait comme si elle venait de lui révéler un secret d'État dans une langue étrangère.

— Mais enfin, *de quoi* parles-tu ?

Il semblait si perplexe qu'elle soupçonna soudain qu'elle avait pu se tromper. Peut-être ne savait-il rien. Peut-être faisait-il allusion à autre chose...

— D'après toi, de quoi suis-je en train de parler ? demanda-t-elle, s'efforçant de paraître détendue.

Pendant quelques secondes, il la regarda fixement sans rien dire, puis il secoua la tête.

— Ah, non, plus d'esquives, je t'en prie, dit-il en ôtant ses lunettes de soleil. Plus de faux-fuyants ni de mensonges. Dis-moi simplement la vérité.

— Je ne t'ai jamais menti !

Peut-être ne lui avait-elle pas tout dit mais, non, elle ne lui avait jamais menti.

Les yeux verts de Dylan la fixaient comme deux rayons laser. Elle avait l'impression qu'il pouvait lire en elle, percer tous ses secrets, toutes ses peurs irrationnelles et ses rêves impossibles.

— Peut-être, admit-il d'une voix lente. Mais tu n'as pas été honnête avec moi. Tu as voulu garder pour toi des pans entiers de ton histoire et de ta personnalité. Tu m'as livré ton corps, mais pas ton esprit, et certainement pas tes émotions.

— Ce n'est pas vrai, je...

— Ce n'est pas vrai ? Mais n'est-ce pas ce que tu fais en ce moment même ? Qu'est-ce que tu as fait ces dix derniers jours en disparaissant sans un mot ? En restant sourde à mes appels ?

Que pouvait-elle répondre à cela ? Il avait raison. Elle n'avait partagé avec lui rien d'autre que son corps, alors qu'il s'était montré incroyablement sincère et généreux.

— Je..., commença-t-elle.

— Que dois-je faire pour te prouver que je ne suis pas comme ton ex-mari ?

— Mais je n'ai jamais dit que tu étais comme lui ! Et je ne l'ai jamais pensé, Dylan. Pas un instant.

— Sans doute, mais tu ne peux pas nier que tu attendais la première occasion pour me dire que, toi et moi, c'était fini.

— Mais non !

— Tu crois que je ne lis pas dans tes yeux, quelquefois ? Comme maintenant, par exemple. Tu me regardes comme si j'étais un monstre qui a l'habitude de maltraiter les femmes.

— Ce n'est pas du tout ce que je pense, Dylan, affirma-t-elle avec fermeté. Si j'attendais quelque chose, c'est le moment où tu m'annoncerais que tu es fatigué de moi.

Il cligna des paupières, l'air surpris.

— Fatigué ? Que veux-tu dire ?

— Je veux dire : le moment où tu ne t'intéresseras plus à moi, où tu voudras passer à autre chose, où tu me laisseras tomber.

Il la dévisagea comme si elle avait perdu l'esprit.

— Te laisser tomber ? Tu crois que j'en ai envie ? De quoi parles-tu, Dani ? T'ai-je vraiment donné l'impression que tu ne m'intéresses plus ?

Voyant qu'elle ne disait rien, il soupira et se passa la main dans les cheveux, comme il le faisait lorsqu'il se sentait frustré.

— Ah, je vois, reprit-il avec un petit ricanement. Je suis un peu long à comprendre, pas vrai ? Parce que j'avoue que je n'ai rien vu venir.

— Que...

— Parce que c'est ça, n'est-ce pas ? Tu es en train de me dire que, toi, tu es fatiguée de nous ? De moi ?

— Mais non, voyons !

De nouveau, il émit un rire sans joie. Puis il la prit par les épaules et la rapprocha de lui.

— Bon, d'accord. Alors, si tu n'as pas rencontré quelqu'un

d'autre et si tu n'es pas fatiguée de moi, quel est le problème ? Dis-le-moi.

Les yeux remplis de larmes, elle se laissa aller contre lui, s'enivrant de son odeur et de la chaleur de son corps, car c'était peut-être la dernière fois qu'elle avait l'occasion de le faire.

Réprimant un sanglot, elle se blottit contre lui.

— Je... Je ne l'ai pas fait exprès, Dylan, murmura-t-elle. Tu dois me croire.

— Quoi donc, chérie ? demanda-t-il doucement. Qu'est-ce que tu n'as pas fait exprès ?

— Je suis enceinte.

Durant quelques secondes, Dylan ne manifesta aucune réaction autre qu'une légère crispation des doigts. Puis il respira très fort.

N'y tenant plus, elle le regarda en face... Et le regretta aussitôt. Il avait l'air d'avoir reçu un coup de poing en pleine face.

Bon, ce n'était pas exactement la réaction qu'elle avait espérée, mais c'était mieux que de le voir en colère, non ?

Ne supportant plus ce silence, elle s'écarta de lui.

— Ne t'inquiète pas, dit-elle. C'est mon problème, je le réglerai moi-même. Tu n'as pas à t'en soucier. Je... Je me débrouillerai. Tout ira bien. Je...

Il leva la main pour l'interrompre.

— Attends. Tu n'es pas malade ? On ne t'a pas diagnostiqué un cancer ou quelque chose d'autre ? Tu es... enceinte ?

— Heu... Oui.

Il se passa une main tremblante dans les cheveux.

— Tu es enceinte et tu m'as laissé croire que tu étais malade, tu n'as rien voulu me dire ?

Elle fut frappée par l'émotion qu'elle percevait dans sa voix.

— Mais non, je ne t'ai pas fait croire cela ! Je ne suis pas malade !

— As-tu la moindre idée de par où je suis passé ? J'ai cru que le pire t'était arrivé alors que, durant tout ce temps...

— Je t'avais dit que j'allais bien !

— Non, tu m'as dit qu'il était arrivé quelque chose et que tu avais des trucs à régler...

Il recula d'un pas et fixa son ventre encore plat.

— Tu es… enceinte ?

Elle pinça les lèvres.

— Oui. Et, avant que tu poses la question, ce bébé est le tien.

Il lui lança un regard incendiaire.

— Ne m'insulte pas. Bien sûr que ce bébé est le mien ! Mais…

Il prit un air inquiet.

— Es-tu sûre ? Et ce syndrome d'Asherman ? Est-ce que tu vas bien ? Tu devrais peut-être te reposer ?

Voyant briller des larmes dans les yeux de Dani, Dylan se méprit.

— Quelque chose ne va pas ? s'écria-t-il en la prenant dans ses bras. Je t'en prie, dis-moi qu'il n'y a pas de problème pour le bébé ni pour toi !

Elle secoua la tête avec un rire mouillé de larmes.

— Non, tout va bien, et je suis sûre d'être enceinte. J'ai vu l'échographie. Nicole Dawson m'a envoyé une vidéo. C'est incroyable… Elle a dit que mon cas n'avait pas dû être aussi sévère que l'avait cru le Dr Cartwright, ou alors je me suis rétablie mieux que prévu. Je vais bien. Encore un peu sous le choc, je pense, mais je me suis reposée, et ma mère est ravie de me dorloter. Le bébé et moi, nous allons très bien tous les deux. Il faut juste que je n'en fasse pas trop.

— C'est réglé, alors, dit-il en la serrant contre lui tandis qu'il lui posait un baiser sur la tempe. Lorsque nous serons mariés, tu pourras diminuer tes heures à l'hôpital, ou même arrêter de travailler. Tu peux venir t'installer chez moi dès maintenant et… Quoi ?

Dani venait de s'écarter de lui, reculant de quelques pas.

— Nous *n'allons pas* nous marier, Dylan.

Il tressaillit comme si elle l'avait frappé sur la bouche.

— Mais si, bien sûr, nous allons nous marier, rétorqua-t-il. Dès que nous pourrons organiser ce…

— Non, coupa-t-elle d'un ton furieux. J'ai déjà été mariée. Et ce n'est pas parce que je suis enceinte que je vais me remarier. Le mariage devrait ne concerner que les gens qui s'aiment, comme mes parents ou les tiens. Et puis les temps ont changé. Une femme n'est plus obligée de se marier parce qu'elle est enceinte. Souviens-toi de ce que tu m'as raconté au sujet de cette femme que tu as rencontrée en Afrique de l'Ouest. Simone. Tu ne l'aurais pas épousée simplement parce qu'elle attendait un bébé.

— Oublie Simone, gronda-t-il. Je ne l'aimais pas.

Elle se figea, le regard perdu.

— Qu'est-ce que tu dis ?

— Je dis que je t'aime, bon Dieu ! Depuis des jours, des semaines… Peut-être depuis le début.

Dani écarquilla les yeux et fit un bond en arrière tandis qu'apparaissaient tour à tour sur son visage la surprise, la peur, la souffrance… Et le déni.

— Cela ne doit pas te surprendre, tout de même ? lâcha-t-il. Une femme aussi intelligente que toi. Comment n'aurais-tu pas compris que je t'aime alors que cela s'impose comme une évidence chaque fois que je te regarde, que je te touche, que je t'embrasse ? Chaque fois que nous faisons l'amour ?

Dani tenta de répondre, même si elle avait du mal à parler tant elle avait la gorge nouée.

— Dylan, ne fais pas semblant de m'aimer simplement parce que tu crois que c'est ce que je veux t'entendre dire, je t'en prie. Tu n'es pas responsable de moi, et je n'attends rien de toi. Je te l'ai dit, je me débrouillerai très bien toute seule.

Elle l'entendit marmonner quelques jurons pour lui-même.

— Je viens de te déclarer que je t'aime, répondit-il, et tout ce que tu trouves à me dire, c'est que je ne suis pas responsable de toi ? Mais si, je le suis ! Tu n'étais pas seule, dans ce lit, Dani, et tu ne peux pas me rejeter simplement parce que tu as peur de tes sentiments. Regarde-toi, tu es terrifiée !

— Je t'en prie, Dylan, ne fais pas cela, dit-elle, à présent impuissante à retenir les larmes qui coulaient sur ses joues. J'essaye de me montrer forte parce que je ne peux pas… Je ne pourrais pas le supporter si… Si, une fois que nous serions mariés, tu rencontrais une autre femme qui te convenait mieux et que tu te mettais à me haïr.

Elle posa les mains sur son ventre, dans un geste protecteur.

— Si tu *nous* haïssais parce que nous serions là en travers de ton chemin. Tu détesterais cela, Dylan, et tu *me* détesterais.

— Tu as donc une si piètre opinion de moi ? dit-il en la regardant comme s'il la voyait pour la première fois.

Elle cligna des yeux.

— Quoi ? Mais non ! Je te trouve extraordinaire. Si ce n'était pas le cas, je ne t'aurais pas…

— Tu ne m'aurais pas quoi ? coupa-t-il. Jeté mes sentiments au visage ?

— Je…

— Laisse-moi une chance, Dani, implora-t-il en se rapprochant d'elle. Je te montrerai de mille façons à quel point nous sommes faits l'un pour l'autre.

Elle ne put résister à l'envie de se blottir contre lui.

— J'ai tellement peur. Peur de te décevoir. Je ne le supporterais pas, souffla-t-elle.

Serrant Dani étroitement contre lui, Dylan posa la joue sur la masse de boucles brunes et soyeuses.

— Tu ne peux pas me décevoir, murmura-t-il. Cela n'arriverait que si tu me rayais de ta vie. Le comprends-tu, maintenant ?

Il lui caressa le dos puis glissa la main vers le ventre où se développait leur bébé.

— Laisse-moi vous aimer tous les deux. Je me doute que tu ne ressens pas la même chose que moi, mais je t'aime assez pour deux. Laisse-nous nous construire un avenir. Ensemble.

Il s'empara de sa bouche.

Pendant un moment, Dani resta passive, puis ses lèvres se mirent à trembler, et elle pressa la main qu'il avait laissée appuyée sur son ventre.

— Tu… Tu m'aimes, vraiment ?

— Ne le sens-tu pas ? lui murmura-t-il au coin de la bouche.

Chaque fois que je te touche ? Chaque fois que nous sommes ensemble ?

— Je croyais que nous avions simplement une extraordinaire entente physique.

Il rit et l'écarta de lui pour voir son visage.

Elle n'était plus pâle ni malheureuse, mais éclatante, épanouie, magnifique.

— Elle est bien réelle, tu as raison, mais il ne s'agit pas seulement de sexe entre nous, Dani. C'est beaucoup plus.

— Je... Je t'aime, Dylan. Je ne le voulais pas, mais je n'ai pas pu m'en empêcher.

— Je sais, murmura-t-il en lui caressant la joue avec le pouce. Je suis irrésistible.

Elle eut un petit rire et lui mordilla le pouce.

— Maintenant, reprit-il, il ne reste plus qu'à fixer une date.

— Pour quoi ?

— Pour notre mariage.

Elle lui posa un doigt sur les lèvres, puis l'embrassa.

— Pas maintenant, souffla-t-elle. Si tu veux encore, heu, le faire quand notre bébé sera né, alors tu renouvelleras ta proposition.

— Tu ne peux même pas prononcer le mot *mariage*, pas vrai ? dit-il, amusé.

Elle rougit.

— Mais si, je peux ! Simplement, c'est une étape si importante, Dylan. Une chose énorme. Je ne veux pas échouer une nouvelle fois.

— Cela n'arrivera pas, affirma-t-il avec conviction. Mais si, à titre d'hypothèse, je te refais ma demande quand le bébé sera né, est-ce que tu diras oui ? s'enquit-il d'un ton qui se voulait désinvolte.

Elle l'enlaça et, le visage enfoui dans son cou, elle se serra de toutes ses forces contre lui.

— Oui, murmura-t-elle. Je ne pourrai que dire oui.

Conscient qu'il l'avait poussée aussi loin qu'il pouvait le faire pour l'instant, il la souleva dans ses bras et l'embrassa sur la bouche.

Il savait qu'il avait gagné son combat.

Épilogue

Six mois plus tard

— Bon travail, vous tous, cria Dylan.

Il arracha d'une main son masque et sa coiffe, et, de l'autre, se débarrassa de sa blouse.

Il était resté plus longtemps que prévu au bloc opératoire et il avait hâte de se rendre aux urgences retrouver Dani.

Ce matin, il l'avait trouvée un peu pâle et fatiguée, mais elle avait affirmé qu'elle se sentait tout à fait bien. Il avait l'intention d'insister pour qu'elle se décide enfin à prendre son congé de maternité.

Les derniers six mois qu'il venait de passer avaient été la période la plus heureuse de toute sa vie, songea-t-il en se lavant les mains au lavabo. Il demandait régulièrement à Dani de l'épouser. Il avait hâte de le faire, mais sa mère lui avait recommandé de se montrer patient, et il suivait son conseil, même si cela lui coûtait.

Ce matin, il avait caressé doucement son ventre et avait ri en sentant le bébé bouger sous ses doigts. Il avait alors demandé pour la énième fois à Dani quand elle ferait de lui un honnête homme.

Elle avait souri.

— Bientôt, avait-elle murmuré avant de l'embrasser sur le torse, juste au-dessus du cœur.

Il était en train de s'essuyer les mains lorsqu'une infirmière pénétra en trombe dans la salle, le visage écarlate et le souffle court.

Elle jeta un regard circulaire autour d'elle, passant en revue les membres de l'équipe qui se trouvaient sur place.

— Où est le Dr St. James ? Nous avons essayé de...

— Je suis là, coupa-t-il. Qu'y a-t-il ?

— C'est Dani, haleta la jeune femme. Le bébé est en train d'arriver. Venez tout de suite !

Il la rejoignit aussitôt.

— Quoi ? Mais c'est trop tôt ! Dites-moi ce qui s'est passé.

— Pas le temps, glapit-elle en le poussant vers la sortie. Elle est en obstétrique, au bloc opératoire. Ils ont averti le Dr Dawson. Dépêchez-vous !

Jamais il n'avait traversé l'hôpital à une telle vitesse ni grimpé aussi rapidement au troisième étage. Lorsqu'il poussa les portes battantes du service d'obstétrique, il était à bout de souffle et avait les poumons en feu.

Au moment où il entra dans la pièce, il entendit un faible gémissement.

Nicole Dawson leva les yeux.

— Félicitations, heureux papa, c'est une fille !

Dani somnolait vaguement, engourdie par le bip régulier des appareils de contrôle. Ce son familier la réconfortait, et durant quelques secondes elle crut avoir repris le travail aux urgences.

Puis la mémoire lui revint : les lumières clignotantes, les secousses du chariot se frayant à toute vitesse un passage. Et le visage de Dylan, son regard plein d'amour et d'inquiétude. Elle se souvenait lui avoir dit qu'elle l'aimait... Et puis plus rien.

Elle ouvrit les yeux et tenta de se redresser.

— Dylan ?

Il se leva d'un bond de la chaise placée près du lit. Il avait l'air affolé.

— Qu'y a-t-il ? As-tu mal ? Puis-je faire quelque chose ?

Elle le regarda fixement, vaguement consciente d'entendre un bruit de pas dans le couloir.

Une jeune infirmière apparut dans l'encadrement de la porte.

— Est-ce que tout va bien, docteur St. James ? s'enquit-elle.

— Tout va bien, je vous remercie.

— Docteur Stevens ? demanda alors l'infirmière en entrant dans la pièce pour vérifier la perfusion.

— Je voudrais de l'eau glacée, s'il vous plaît, répondit Dani afin de pouvoir rester seule avec Dylan.

Elle attendit le départ de l'infirmière avant de croiser le regard de Dylan.

— Que se passe-t-il ?

Il se laissa retomber sur la chaise, l'air épuisé. Pas rasé, le regard chargé d'émotion, il semblait à bout de forces.

— Comment te sens-tu ?

— Fatiguée.

Il rit et lui saisit la main.

— Tu ne pouvais pas attendre, pas vrai ? dit-il en posant un baiser sur ses doigts. J'ai traversé tout l'hôpital au pas de course et je suis arrivé juste à temps pour recevoir les félicitations de Nicole.

— Que s'est-il passé ? Je me rappelle avoir eu soudain des crampes. Et puis je t'ai vu. Attends, tu portais...

— Oui, notre fille, annonça-t-il avec fierté. Elle est très belle, tout comme sa mère, ajouta-t-il en l'enveloppant d'un regard débordant d'amour.

— Où est-elle ? Je veux la voir !

— Dans une minute.

À cet instant, l'infirmière revint, apportant un verre d'eau glacée.

— Bois d'abord, reprit Dylan. Tu dois te réhydrater.

Il se tourna vers l'infirmière.

— Vous pouvez amener notre fille, à présent.

— Bien sûr, docteur St. James, dit-elle en sortant de la chambre.

Dani agrippa la main de Dylan.

— Est-ce qu'elle va bien ?

Il afficha un sourire éclatant.

— Elle est magnifique et en pleine forme. C'est une battante, comme sa mère. Elle est venue au monde en serrant les poings et en braillant !

L'infirmière réapparut, poussant devant elle un berceau.

— Merci, infirmière Richards, dit-il, je vais m'occuper d'elle.

Dani le regarda sortir l'enfant du berceau, faisant preuve d'une grande douceur.

— Hé, mon cœur, tu es réveillée, murmura-t-il, arrachant un soupir ému à l'infirmière. Tu étais pressée de rencontrer ta maman, pas vrai ?

Il posa un tendre baiser sur le front de l'enfant.

— En tout cas, poursuivit-il, elle, elle est très impatiente de faire ta connaissance. Tu ne lui diras rien, n'est-ce pas ? Elle n'a pas besoin de savoir dans quel état était ton père. Elle n'a pas besoin de savoir qu'il avait un peu perdu la tête.

L'infirmière ne put s'empêcher de rire.

Dani haussa un sourcil.

— Si ton père ne veut pas s'attirer de sérieux ennuis, il va arrêter de te parler et me laisser te voir.

Il eut un grand sourire et lui donna l'enfant avant de l'embrasser sur la tempe.

Mais elle n'avait d'yeux que pour son bébé.

Leur fille. Leur miracle.

En découvrant ce petit visage parfait, ces prunelles couleur ardoise, elle sentit les larmes venir.

— Oh ! regarde-la, Dylan. Elle est si belle, si petite...

À cet instant, la petite fille ouvrit sa bouche semblable à un bouton de rose et se mit à bâiller.

Riant et pleurant à la fois, Dani sentit exploser en elle une bouffée d'amour, comme si une lumière dorée perçait à travers un épais nuage.

Elle caressa tendrement la petite joue rose tandis que Dylan se penchait vers elles deux et les serrait dans ses bras.

Blottie contre lui, elle sentit une joie intense lui emplir le cœur. Elle éprouvait de la joie, de la gratitude, et nourrissait un immense espoir en l'avenir. Tous ses doutes avaient disparu.

— Elle est merveilleuse, Dylan. Et toi aussi.

Lui tendant les lèvres, elle accepta le doux baiser qu'il lui donnait.

— Je ne sais pas ce que nous ferions sans toi, murmura-t-elle, la gorge nouée par l'émotion.

— C'est une bonne chose que tu ne m'aies pas vu cette nuit, dit-il en riant. Tu aurais peut-être alors changé d'avis et trouvé que je ne suis pas aussi « merveilleux » que tu le dis. Tu aurais peut-être renoncé à l'idée de former une famille avec moi.

Elle secoua la tête.

— Non, affirma-t-elle avec force. Sophie mérite d'avoir deux parents qui l'aiment.

Un bref instant, elle sentit qu'il était tendu, puis il chercha à croiser son regard.

— Et toi ? demanda-t-il.

Elle cligna des yeux.

— Quoi, moi ?

— M'aimes-tu ?

Elle poussa un soupir.

— Mais oui, tu le sais.

— Alors, dis oui, supplia-t-il en caressant les cheveux noirs de leur petite fille. Dis que tu vas m'épouser et que nous allons former une famille.

Débordant d'une joie qui l'envahissait tout entière, elle sourit à Dylan et passa les doigts dans sa chevelure.

— Nous sommes déjà une famille, murmura-t-elle. Mais oui, je vais t'épouser.

— Enfin ! s'écria-t-il en riant, avant de l'embrasser.

AMY RUTTAN

Une New-Yorkaise en Islande

Traduction française de
ÉVELINE CHARLÈS

BLANCHE

HARLEQUIN

Titre original :
NY DOC UNDER THE NORTHERN LIGHTS

Ce roman a déjà été publié en 2019.

1

Où est-il ?

Le Dr Betty Jacinth, qui avait oublié de retirer ses lentilles de contact pendant le vol de nuit de Newark à l'aéroport de Keflavik, avait les yeux irrités. En récupérant sa valise, elle tenta vainement de repérer le Dr Sturlusson, censé venir la chercher.

Le Dr Sturlusson était un médecin de la génération de son père, les deux hommes s'étaient rencontrés lors d'une série de conférences que son père avait donnée en Islande avant la naissance de Betty. Ils étaient restés en contact par lettres, puis par mails.

Quand le père de Betty était mort, le Dr Sturlusson lui avait envoyé ses condoléances et lui avait proposé de venir travailler trois mois à Reykjavik quand elle le voudrait.

Betty avait mis longtemps à se décider, mais était désormais contente de l'avoir fait. Thomas, son ex, avait épousé la femme avec laquelle il la trompait, et Betty avait sauté sur l'occasion de prendre de la distance.

Loin des yeux, loin du cœur !

Elle aurait dû le faire depuis longtemps, mais elle refusait d'être chassée de son travail par l'idylle de Thomas. Pourtant, en restant, elle était encore sous son emprise.

Thomas avait été son mentor après l'internat... Et elle s'était cru aimée de lui. Lorsqu'elle avait compris qu'il fréquentait une autre femme, elle avait rompu, mais Thomas restait son patron, il supervisait toutes ses opérations. Le cœur brisé, orpheline, sans personne sur qui s'appuyer, elle s'était retrouvée dans une situation impossible.

Thomas l'avait utilisée.

Elle avait été trop bête.

Elle jeta un regard à l'extérieur, vers une vaste étendue de neige. Dans quelle galère s'était-elle encore fourrée ? Avait-elle eu raison d'abandonner son poste dans un hôpital prestigieux de New York pour atterrir au milieu de nulle part ?

Non. C'était mieux ainsi. Elle n'aurait pas à affronter Thomas juste après son mariage avec Susan.

Refoulant ses larmes, elle ferma un instant les yeux. Si le Dr Sturlusson avait été retenu par une urgence quelconque, elle pouvait toujours prendre une voiture de location et rejoindre le logement qu'elle avait loué en ville.

Elle cherchait des yeux une enseigne d'agence de voitures quand elle perçut un mouvement dans son dos. Un Viking de haute taille venait vers elle d'un pas décidé.

S'arrêtant à un mètre, il la jaugea de ses yeux bleus perçants. Elle frissonna mais ce n'était pas de peur, il y avait quelque chose de sensuel dans la façon dont cet homme la regardait. En revanche il ne souriait pas, sa mâchoire était serrée et ses lèvres pincées.

Il n'était apparemment pas content de la voir…

— Docteur Jacinth ? demanda-t-il d'une voix rogue.

— En effet. Et vous êtes… ?

— Le Dr Sturlusson.

— Désolée mais le Dr Sturlusson a environ soixante-dix ans. C'est votre âge ?

Il leva les yeux au ciel.

— Vous parlez de mon père. Je suis le Dr Axel Sturlusson, son fils. Il a été retenu et n'a pu venir vous chercher lui-même.

Il paraissait tellement agacé à l'idée de jouer les chauffeurs qu'elle rétorqua vivement :

— Si cela vous dérange à ce point, je peux louer une voiture.

— Je suis là, maintenant ; vous allez venir avec moi.

Décidément, ce type était arrogant et désagréable ! Elle aurait pu discuter, mais elle était fatiguée et n'avait pas la moindre envie de conduire.

— Très bien, dit-elle, je vous suis.

Il baissa les yeux vers ses pieds.

— Vous savez ce que c'est, l'Islande en hiver ?

— Absolument.

— Vos talons sont ridicules.

— Je porte des bottes !

— Ça gèle, dehors, grommela-t-il.

— Vraiment ? Première nouvelle.

Il plissa les yeux.

— Je n'aime pas ce ton sarcastique.

— Je n'apprécie pas non plus le vôtre. Sachez que mes talons et moi nous débrouillons très bien en tous lieux.

Il eut un petit sourire qui étira le coin de sa bouche.

— Toutes mes excuses, en ce cas.

D'un geste, il lui montra la sortie du terminal. Consciente du claquement de ses talons sur le sol de l'aéroport, elle le suivit en tirant sa valise derrière elle.

Dehors, l'air glacé la prit d'assaut et elle se mit à claquer des dents.

Axel se tourna vers elle.

— Restez là, je vais chercher la voiture.

Elle hocha la tête et sortit de son sac un horrible bonnet en tricot acheté dans un magasin de sport et les moufles assorties. Au diable, le style, si elle ne voulait pas geler jusqu'aux os.

Le SUV ne tarda pas à arriver. Axel en jaillit et la rejoignit en quelques enjambées. Il attrapa sa valise et la plaça dans le coffre.

Betty fit un pas en direction de la voiture, mais se tordit la cheville et perdit l'équilibre. Avant qu'elle heurte un trottoir aussi dur qu'inhospitalier, deux bras forts l'enveloppèrent et la maintinrent debout. Levant la tête, elle plongea dans deux prunelles d'un bleu étonnant.

Quelques secondes, elle cessa de respirer. Ce regard la transperçait jusqu'aux tréfonds de son âme, et cela n'avait rien d'agréable.

— Je vous avais prévenue, ces bottes sont ridicules, lui dit-il, je savais que vous glisseriez.

— Je n'ai pas vu la plaque de verglas, répondit-elle sans le lâcher.

— Eh bien, si vous ne changez pas de chaussures, vous allez vous tuer.

Avant qu'elle puisse répondre, il la mit sur son épaule comme un vulgaire sac de pommes de terre. Cette position lui offrait un point de vue imprenable sur le postérieur de son sauveteur, ce qui n'était pas une mauvaise chose. C'était simplement inattendu, pour une première rencontre, surtout si l'on considérait qu'elle allaït travailler avec lui à l'hôpital.

Ce n'était pas la meilleure première impression, mais ce n'était pas non plus la pire...

— Auriez-vous l'amabilité de me poser ? cria-t-elle.

— Dès que vous serez hors de danger.

— Espèce de grand Viking, vous n'avez pas le droit de me traiter comme ça.

Un sourire condescendant aux lèvres, il finit par la déposer sur le siège passager, à l'avant du SUV.

— Grâce à moi, vous ne passerez pas votre premier mois à Reykjavik avec une cheville cassée. Mon père m'en voudrait beaucoup, s'il vous arrivait le moindre mal.

Il lui fit signe de rentrer ses jambes dans l'habitacle pour qu'il puisse fermer la portière.

Furieuse, elle obéit à contrecœur et le suivit d'un regard noir tandis qu'il s'installait auprès d'elle et fixait sa ceinture de sécurité.

— Vous devriez en faire autant, dit-il.

— Vous malmenez tout le monde comme ça ? demanda-t-elle en obtempérant.

— Uniquement ceux qui ne savent pas s'habiller correctement pour une température glaciale et risquent une mauvaise chute.

Sentant sa colère s'évanouir, elle s'efforça de réprimer un sourire amusé.

— J'ai des bottes fourrées, mais dans mes bagages.

— Je l'espère pour vous. Sinon, il y a un magasin pas très loin de chez vous où vous en trouverez. Votre logement est proche de l'hôpital, mais cette partie de la ville longe la mer et le verglas peut se révéler très dangereux, dit-il calmement en quittant le parking de l'aéroport.

— Vous savez où j'habite ?

— Bien sûr, puisque mon père vous a aidée à trouver une location. Je dois m'assurer que vous êtes bien installée. Il est trop surchargé de travail pour s'en occuper lui-même, je suis donc chargé de cette mission.

Il avait contracté les mâchoires. Le Dr Sturlusson senior était-il souffrant ? Sa propre mère était morte lorsqu'elle était encore une enfant et la perte récente de son père la faisait toujours autant souffrir.

— Je suis navrée d'apprendre qu'il est malade, dit-elle.

— Qu'est-ce qui vous fait dire cela ?

— Votre expression, le ton de votre voix. J'ai cru…

— C'est un homme occupé, répondit-il sèchement.

— D'accord. Désolée d'avoir fait des hypothèses. J'ai perdu mon père il n'y a pas très longtemps, et comme ils ont sensiblement le même âge…

— Il n'y a pas de problème, répondit-il gentiment. Et je suis désolé. Mon père estimait énormément le vôtre.

— Merci.

Elle se tourna vers la vitre. Ses paupières devinrent lourdes et la fatigue eut finalement raison d'elle.

Percevant la respiration régulière de Betty, Axel la regarda du coin de l'œil. La tête posée contre la portière, elle dormait. Il ne s'était pas attendu à ce qu'elle soit aussi belle. Enfin… Pour être honnête, il ne s'attendait à rien de spécial, mais en tout cas pas à rencontrer une aussi jolie femme.

Des traits fins, des cheveux blonds et des yeux bruns. Elle était grande, environ un mètre soixante-dix, mais c'était difficile d'être plus précis, avec ces talons ridicules.

Elle lui plaisait beaucoup, mais avec ce qu'il avait vécu et le fait qu'elle ne devait rester que trois mois en Islande, mieux valait ne pas céder à cette attirance.

Quand son père l'avait chargé d'accueillir la chirurgienne américaine, il s'était immédiatement rebellé :

« Le baby-sitting, très peu pour moi ! »

« Tu n'as pas le choix, Axel. Je n'ai pas le temps de m'occuper d'elle. »

Axel n'avait pas eu besoin de regarder son père pour percevoir un chagrin qui ne s'était pas atténué depuis l'accident, deux ans auparavant.

« Je suis là pour sauver des vies, pas pour surveiller une chirurgienne plus diplômée que moi. »

« La faute à qui ? »

« Je fais mon travail. Je sauve des vies. »

« Mais tu ne publies aucun article, tu ne proposes rien d'innovant. Quoi qu'il en soit, la discussion est close. Tu feras ce que je te demande, point à la ligne. »

Il avait été incapable de se dérober aux ordres paternels. Depuis qu'il avait quitté les gardes-côtes d'Islande et occupait un poste de chirurgien à l'hôpital, son père était son patron en tant que chef du service chirurgie. Axel, lui, voulait soigner ses patients et rentrer chez lui, rien de plus.

D'ailleurs, il ne méritait rien de plus.

Il avait déjà travaillé avec des Américains, l'expérience n'avait pas été agréable. Aussi, sur le chemin de l'aéroport, il ne s'attendait pas à une telle surprise.

La beauté du Dr Jacinth l'avait étonné. Elle avait du caractère, mais il devinait une certaine vulnérabilité en elle. À quoi était-ce dû ?

Quelqu'un lui avait-il fait du mal ?

Se sentait-elle obligée de se montrer forte ? Sa confiance en elle ne semblait que de façade.

Il était bien placé pour comprendre ce sentiment.

Il avait encore les cris dans l'oreille, il respirait la fumée. L'eau glacée transperçait toujours son corps comme des poignards.

Contrôle-toi.

Il s'efforça de chasser ces souvenirs. C'était difficile, surtout pendant les mois d'hiver, quand les images du crash de l'hélicoptère se pressaient dans son esprit.

Les tentatives vaines des équipes de secours.

Son frère aîné se noyant près de lui.

Axel seul avait survécu, alors que c'était lui qui aurait dû mourir.

Il était désormais le tuteur d'Eira, sa nièce de quatorze ans, et il devait affronter un père qui lui reprochait la mort de son aîné.

Ne pense pas à ça !

Betty bougea dans son sommeil. De nouveau, il lui jeta un regard. Travailler avec elle serait plus difficile que prévu, mais il y parviendrait d'une façon ou d'une autre.

Elle se réveilla en sursaut, arrachant Axel à ses pensées.

— On est arrivés ?

— Presque, dit-il doucement.

Elle se redressa pour s'étirer.

— Désolée, je me suis endormie.

— Pas de souci. Vous êtes exténuée et vous avez besoin de sommeil. Vous commencez dans deux jours, à 5 heures du matin. Je passerai vous prendre.

— Je peux aller à pied à l'hôpital.

— Il fait nuit, à cette heure-là. Je passerai vous prendre.

— Très bien. Je ne veux pas me perdre le premier jour.

— Les obstacles ne manqueront pas… La langue, pour commencer.

— Je la parle un peu, répondit-elle dans un islandais maladroit. Et je suis sûre que la plupart des gens s'expriment parfaitement en anglais.

— C'est vrai, dit-il en riant. Quand avez-vous appris l'islandais ?

— Mon père le parlait, il a travaillé quelque temps ici, avant ma naissance. C'est ainsi que nos pères se sont liés d'amitié. Par la suite, ils ont correspondu pendant des années. Mon père adorait votre pays, et il m'a appris quelques mots de votre langue.

— Je n'ai jamais demandé au mien comment ils avaient fait connaissance, mais je comprends mieux la situation, maintenant.

Mon père a horreur de voyager, je ne l'imaginais pas se rendant aux États-Unis.

Il quitta la Hverfisgata pour s'engager dans une rue latérale, non loin de l'hôpital, où Betty avait loué une maisonnette bleu-gris avec vue sur la mer. Devant cette étendue d'eau cruelle et impitoyable, l'estomac d'Axel se noua.

Lui qui avait aimé ces eaux bleues, il les détestait désormais.

— On y est, dit-il en se garant. Je vais vous aider.

Il ne laissa pas le choix à Betty. Il y avait du vent et des plaques de verglas. Dès qu'il sortit de la voiture, une brume salée lui aspergea le visage.

« Tiens bon, Calder, les secours vont arriver ! »

Son frère avait fermé les yeux, du sang maculait son visage.

« Je... Je ne peux pas. Promets-moi. »

Axel savait à quoi il faisait allusion.

« Je veillerai sur elle, ne t'inquiète pas, mais n'abandonne pas. »

« J'ai tellement froid ! »

— Ça va ? demanda Betty lorsqu'il ouvrit la portière.

Il s'aperçut qu'il lui bloquait le passage et il se pencha pour la prendre dans ses bras, mais elle leva les mains.

— Je vais me débrouiller, merci.

Il s'écarta sans discuter, récupéra les bagages de Betty dans le coffre puis la suivit dans l'allée, et en haut des quelques marches. Elle tapa le code sur un clavier avant d'introduire la clé dans la serrure. Le cœur d'Axel battait la chamade, la proximité de l'eau lui était insupportable.

Une fois à l'intérieur, il déposa les bagages.

— Je passe vous prendre jeudi matin, à 5 heures.

— Vous n'êtes pas obligé de...

— Non. Je serai dehors.

Il ne voulait pas discuter avec elle. Il avait simplement besoin de s'éloigner d'elle et de la mer.

— D'accord, dit-elle. À jeudi, alors.

Il hocha la tête et s'en alla, la porte claqua derrière lui. Il aurait dû lui proposer de faire quelques courses, lui montrer un peu les environs...

Son père l'avait clairement placée sous sa responsabilité, mais il avait aussi été responsable de Calder et cela avait mal tourné.

Il lui montrerait le fonctionnement du service de chirurgie, mais c'était tout… Tout ce qu'il pouvait donner.

2

Le lendemain matin, on frappa à la porte de Betty.

Les coups insistants pénétrèrent ses rêves et lui donnèrent un début de migraine. Ouvrant les yeux, elle roula sur le côté pour consulter son réveil sur la table de nuit. Il était 9 heures du matin en Islande... et 4 à New York.

Seigneur.

Elle se frotta les yeux et le martèlement reprit. Qui cela pouvait-il être ? Elle ne connaissait personne sur place excepté Axel et son père, et il n'y avait aucune raison pour que ce soit l'un ou l'autre.

Elle sortit péniblement de son lit, mit ses lunettes, enfila un chandail par-dessus son débardeur, de grosses chaussettes, et descendit l'escalier. Bien entendu, elle se cogna contre un mur et jura sourdement.

Regardant par le judas, elle grogna en découvrant le Viking d'un mètre quatre-vingt-dix devant sa porte.

Qu'est-ce qu'il me veut ?

Elle entrouvrit la porte.

— C'est pour quoi ?

Axel l'examina des pieds à la tête, comme il l'avait fait lors de leur première rencontre.

C'était agaçant !

— Vous ouvrez votre porte à n'importe qui ? demanda-t-il.

— Vous m'avez amenée ici, vous n'êtes pas n'importe qui.

— Vous ne me connaissez pas.

Elle réprima un bâillement.

— Vous venez chez moi à la première heure pour me faire un sermon sur la nécessité de se méfier des inconnus ? Venez-en au fait ! Qu'est-ce que vous voulez, Axel ?

— Je peux entrer ?

— Bien sûr.

Ouvrant largement la porte, elle s'écarta pour le laisser passer et referma derrière lui. Puis, croisant les bras sur sa poitrine, elle s'adossa au mur pour le regarder.

— Vous avez une mine affreuse, dit-il.

— Cela s'appelle le décalage horaire et je dormais jusqu'à ce qu'on me réveille brutalement.

— La seule façon de vaincre le décalage horaire, c'est de l'ignorer.

— Ah bon ?

— Oui. Vous devriez être debout depuis deux heures.

— Vous êtes venu pour me casser les pieds, ou vous avez une bonne raison ?

Il jeta un coup d'œil par-dessus son épaule.

— Préparons un bon café.

Sans lui laisser le temps de protester, il gagna la cuisine et fouilla dans les placards. Qu'est-ce qui n'allait pas, chez ce type ?

Elle le suivit et, assommée par le manque de sommeil, se prit les pieds dans un tapis. Axel la rattrapa au vol. De nouveau, ses grands bras l'enveloppèrent.

— Vous êtes un peu maladroite, non ? dit-il avec une pointe d'humour dans la voix.

Elle s'arracha à son étreinte.

— Axel, demanda-t-elle, horriblement vexée, qu'est-ce que vous faites ici ? Vous n'avez pas traversé la ville en voiture pour me faire du café ?

Il se tourna vers la cafetière.

— Je voulais m'assurer que vous sauriez vous repérer en ville et faire des courses.

Elle aurait voulu rétorquer qu'elle pouvait se débrouiller seule, mais ce n'était pas le cas. Grâce à son père elle pouvait prononcer quelques phrases en islandais, mais cela ne suffirait pas.

— C'est une très bonne idée, dit-elle. Je vais me changer.

— Parfait. Ne trébuchez pas dans l'escalier.

Elle le foudroya du regard mais gravit lentement les marches. Elle pouvait être maladroite ou gauche, en effet, mais jamais dans un bloc opératoire. En salle d'opération, elle était dans son élément.

Vraiment ?

Elle s'efforça de ne pas penser à Thomas, qui était toujours auprès d'elle pendant ses interventions. Au début, elle appréciait sa présence. C'était son mentor et il lui communiquait sa force.

Mais depuis qu'il l'avait trahie, cette supervision constante ébranlait sa confiance en elle. C'était l'une des raisons de son départ pour l'Islande. Elle allait prouver qu'elle n'avait besoin d'aucune assistance quand il s'agissait de chirurgie.

Une fois douchée et habillée, elle se brossa les cheveux et sentit l'odeur du café monter jusqu'à sa chambre. Elle descendit dans la cuisine et Axel lui tendit une tasse. Elle avala une gorgée... C'était délicieux ! Jamais personne ne lui avait fait du café, et surtout pas Thomas.

— C'est très bon, dit-elle. Merci.

— On dirait que ça vous étonne.

— Eh bien... Vous êtes un quasi-inconnu et j'ignore comment vous faites le café. Ça aurait pu être la cata.

— La cata ?

— Très mauvais.

— Exact. Vous êtes prête ?

Elle vida sa tasse et la déposa dans l'évier.

— Oui. Finissons-en avec ça.

— J'espère que vous serez mieux chaussée qu'hier. Il y a beaucoup de verglas près de... la mer.

Il avait prononcé le dernier mot d'une drôle de voix, mais elle ne s'attarda pas sur cette impression.

— Oui, j'ai de meilleures bottes, dit-elle en les ramassant sur le sol. Vous voyez ?

Il hocha la tête en signe d'approbation.

— Bien. Je vous emmène au supermarché le plus proche et je m'assure que vous achetez suffisamment de provisions pour survivre. Mon père ne pourra pas dire que je vous ai laissée mourir de faim.

— Je suis capable de trouver mon chemin toute seule.

— Vraiment ? Dans quelle rue habitez-vous ?

— La Van...

— C'est bien ce que je pensais. La rue Vatnsstigur. C'est la bonne prononciation.

— Merci, répondit-elle sèchement.

Un instant plus tard, il ouvrait la portière de son SUV. Elle aurait voulu se débrouiller sans lui, mais c'était quasiment impossible et elle avait besoin de faire des courses. Momentanément, elle était obligée d'accepter son aide.

Ni plus, ni moins.

Elle était là pour apprendre à compter sur elle-même.

Ils effectuèrent le trajet en silence, Betty ne savait vraiment pas quoi dire. La veille, le moindre de ses propos avait semblé l'agacer, et c'était réciproque. Heureusement, ils furent bientôt devant un magasin d'alimentation ouvert vingt-quatre heures sur vingt-quatre, si on en croyait les panneaux.

— On y est.

— Parfait, dit-elle en étouffant un bâillement. Je vais avoir besoin d'un autre café.

— Quand nous aurons fait les courses, je vous emmènerai dans un endroit qui en sert du bon. Ça vous réveillera.

— Si le froid n'y est pas parvenu, je doute qu'un café suffise.

— C'est parce que vous n'avez jamais bu celui-là.

Il sortit du véhicule, elle en fit autant, mais il marchait vite et elle avait du mal à soutenir le rythme.

— Eh ! Attendez-moi !

Il stoppa net.

— Quoi, vous êtes encore tombée ?

— Mais non ! Pourquoi vous imaginez-vous en permanence que je vais glisser ou trébucher ?

— Parce que ça vous arrive souvent.

Bon ! Touchée !

— Oui, mais pas cette fois ! Vous marchez trop vite, espèce de géant !

Les yeux bleus scintillèrent.

— Désolé.

— Excuses acceptées.

— Vous êtes prête ? demanda-t-il en prenant un Caddie.

— Je n'ai pas fait de liste.

— On prendra les produits de première nécessité.

— D'accord.

Elle le suivit, l'esprit toujours aussi embrumé, jusqu'aux produits frais, où elle choisit quelques pommes et oranges. Ils évoluèrent ensuite parmi les rayons. Axel poussait le Caddie en silence quand, au bout d'un moment, il toussota.

— Quoi ? demanda-t-elle, un sachet de pâtes à la main.

Il sortit une boîte de conserve du Caddie.

— C'est un choix intéressant.

— Ce n'est pas du thon ?

— C'est du *lutefisk*. Vous savez ce que c'est ? Du poisson qui a trempé au moins une dizaine de jours dans de l'eau ou de la saumure. On obtient une sorte de gélatine. Pour ma part, je n'aime pas trop ça.

— Je vais quand même essayer.

— Vous êtes courageuse, fit-il avec amusement.

Lorsqu'elle estima avoir de quoi se nourrir plusieurs jours, Betty paya ses emplettes. De retour chez elle, Axel l'aida à les porter à l'intérieur puis, contrairement à ce qu'elle espérait, il s'attarda.

— Quoi ? fit-elle.

— Le café, vous vous rappelez ?

— Oh ! Je croyais que vous vouliez seulement être poli.

— Pas du tout. Je vais vous faire découvrir cet excellent café. Ce n'est pas très loin d'ici, à pied.

— Vous ne trouvez pas qu'il fait un peu froid, pour se promener ?

— Vous vouliez aller à pied à l'hôpital, le premier jour, et c'est plus loin que là où je vous conduis.

— Vous avez gagné. Allons-y, mais ensuite je devrai rentrer et me préparer pour demain.

— D'accord.

Malheureusement, l'établissement était bondé et il n'y avait pas une table de libre.

— Désolé, dit-il d'un ton contrit.

— Ce n'est pas grave.

Sur la jetée, près de la plage, un bar était ouvert.

— On pourrait aller là ? Ils doivent faire du café.

Dès qu'Axel se tourna dans la direction qu'elle lui indiquait, son visage se durcit.

— Ensuite, on pourrait faire quelques pas le long de l'eau, dit-elle.

— Non !

— Mais il y a de la place.

— J'ai dit non... Vous savez quoi ? Je dois partir.

— Ah ! Très bien.

— Je vous raccompagne.

La prenant par le bras, il la traîna derrière lui. Il n'aimait manifestement pas l'eau. Pourquoi ?

Ça ne te regarde pas.

Lorsqu'ils parvinrent à la maisonnette, Betty était hors d'haleine.

— Merci de m'avoir ramenée, dit-elle.

Il hocha brièvement la tête.

— À demain matin.

Et avant qu'elle puisse ajouter quoi que ce fût, il tourna les talons vers son SUV. Une minute plus tard, il était parti. Elle était trop fatiguée pour chercher à comprendre ce qui s'était passé, et qui n'était d'ailleurs pas son problème. Elle était là pour travailler, pas pour se faire des amis.

3

Même après deux jours, le corps de Betty ne s'était pas habitué au décalage horaire ; au moins avait-elle pu se faire du café, certes beaucoup moins bon que celui d'Axel.

Axel.

Elle lui était reconnaissante de l'avoir aidée à faire des courses, malgré sa réaction étrange lorsqu'elle avait suggéré quelques pas sur la plage.

Elle but une gorgée de café, en regrettant de ne pas pouvoir se recoucher. À New York, il était minuit, l'heure à laquelle elle envisageait habituellement d'aller au lit. Et celui de la maisonnette était justement très confortable, avec sa couette et ses oreillers de plumes.

Arrête de penser à ton lit !

Elle enfila sa parka et jeta un coup d'œil par la fenêtre au moment précis où le SUV d'Axel se garait le long du trottoir.

Dieu qu'elle était fatiguée !

Attrapant ses clés au passage, elle quitta la maisonnette, prête à rencontrer le Dr Sturlusson senior et à discuter avec lui de ses futures fonctions. Outre son poste aux urgences en tant que chirurgienne en traumatologie, elle était censée enseigner aux internes de première année en chirurgie. Cette mission la terrifiait, elle n'avait jamais fait cela auparavant.

Tu vas y arriver.

« Tu ne peux pas partir en Islande », lui avait dit Thomas en la suivant hors du bloc lorsqu'il avait appris la nouvelle.

Il n'avait pas compris qu'elle souhaitait être seule pour pleurer toutes les larmes de son corps parce qu'il en épousait une autre, et qu'il l'avait utilisée.

« Je peux et c'est ce que je vais faire. »

« Où pourrai-je te joindre ? »

« Pour quelle raison le ferais-tu ? »

Il lui avait caressé la joue.

« Tu es mon roc. »

« Je m'en vais », avait-elle répondu d'une voix tremblante.

« Tu reviendras ! Tu ne pourras pas le supporter. »

Betty ferma la porte de chez elle et descendit les marches. Axel l'attendait près de la voiture.

— Je voulais m'assurer que vous portiez les chaussures adéquates.

Elle leva une jambe.

— Satisfait ?

— Parfait ! Je n'aurai pas à vous porter dans l'hôpital.

— Et moi, je n'aurai pas à vous gifler.

— Me gifler ?

Elle leva la main, mais l'effet fut gâché par les moufles de laine.

— Je vois ! dit-il.

Tout en riant, il lui ouvrit la portière côté passager.

— Pourquoi riez-vous ? demanda-t-elle en s'installant.

Il contourna le SUV pour se glisser à son tour derrière le volant.

— Qu'est-ce qu'il y a de drôle ? insista-t-elle tandis qu'ils mettaient leurs ceintures de sécurité.

— Le coup de la gifle. Je trouve assez amusant que vous pensiez pouvoir me faire mal.

— Je suis plus solide que j'en ai l'air, camarade. En tout cas, c'est ce qu'on m'a dit.

En réalité, cela faisait bien longtemps qu'on ne le lui disait plus. Autrefois, elle avait été du genre coriace, et elle s'en voulait d'avoir étouffé cet aspect d'elle-même... Ou plutôt, d'avoir laissé Thomas l'étouffer.

— Je n'en doute pas, répondit Axel avec une pointe d'humour.

Lui jetant un coup d'œil discret, elle constata qu'il souriait dans l'obscurité. Pendant qu'ils empruntaient les rues désertes et plongées dans la pénombre, elle vit une lueur verte au loin, au-dessus de la ville.

— Qu'est-ce que c'est ? demanda-t-elle.

— Quoi ?

— Cette lumière verte, à l'horizon.

— Ce sont les *Norouljós*, les aurores boréales. Vous n'en avez jamais vu ?

Elle tendit le cou pour mieux voir.

— Non. À New York, il y a tellement de lumières qu'on ne voit même pas les étoiles. J'ai grandi dans le sud du Tennessee, mais j'ai toujours rêvé de voir une aurore boréale.

Peu à peu, la lueur s'effaçait.

— C'est à minuit que les couleurs sont les plus vives, dit-il. Hier soir elles devaient être vraiment puissantes, pour qu'on les aperçoive encore.

— J'aimerais bien les voir, une nuit, fit-elle sans réfléchir.

— Je pourrai vous conduire à l'endroit idéal, si vous voulez.

Elle rougit. Elle n'avait pas voulu susciter cette proposition.

— Vous n'êtes pas obligé.

— Vous avez une voiture ?

— Non.

— Alors, je vous y conduirai. Ça ne me dérange pas. Vous êtes sous ma responsabilité.

— Je ne suis pas une enfant. Je vais louer une voiture et explorer la région. Vous en avez déjà assez fait en m'aidant à faire les courses. Maintenant que je suis installée, vous avez fait votre job.

— Je vous conduirai.

Ils étaient arrivés au parking de l'hôpital. Dès que le SUV fut garé, elle ouvrit la portière.

— Je suis une grande fille, une chirurgienne de talent, et je me débrouille seule depuis longtemps.

— Pourquoi êtes-vous à ce point sur la défensive ? demanda-t-il en la rejoignant.

Elle se mordit la lèvre. Il n'avait pas tort, mais elle était venue en Islande justement pour faire ses preuves.

Pour qui ? Pour Thomas ? Il n'en a rien à faire.

Elle secoua la tête. Non ! Elle ne laisserait pas les doutes que Thomas avait distillés en elle gâcher cette expérience.

— Excusez-moi, dit-elle. Je suis simplement habituée à tout faire par moi-même.

— Je comprends ça, répondit Axel. Je suis pareil.

— Très bien.

Elle leva les yeux vers lui. C'était vraiment le plus bel homme qu'elle ait jamais vu... On aurait dit un héros de légende nordique.

— Allons-y, dit-il, sinon nous serons en retard et je déteste être en retard.

Hochant la tête, elle le suivit à l'intérieur de l'hôpital.

Levant les yeux du dossier qu'il complétait, Axel jeta un coup d'œil en direction de Betty. Penchée sur un patient, elle était en train de l'ausculter. Ses cheveux blonds étaient retenus sur la nuque et la tenue bleu-vert lui allait très bien.

Détourne-toi !

Seulement, il ne parvenait pas à détacher son regard d'elle.

Elle avait du caractère. Même si ce caractère lui tapait parfois sur les nerfs, il ne pouvait s'empêcher de l'admirer. Durant les moments qu'il avait passés avec elle, il avait oublié son stress et la culpabilité qui pesait sur ses épaules.

Il avait même apprécié de faire les courses avec elle... jusqu'à ce qu'elle suggère de marcher sur la plage. Ensuite, tout était allé de travers, et il s'en voulait encore pour la façon dont il l'avait traitée. C'était l'une des raisons pour lesquelles il évitait tout engagement sentimental et préférait rester seul.

— Elle a l'air de bien s'adapter.

Axel se tourna vers son père, qui avait brusquement surgi près de lui, toujours aussi imposant dans sa blouse blanche et son costume bien coupé. Ils avaient peu de points communs, et Axel ne partageait en particulier pas le goût de son père pour le luxe.

Celui-ci n'avait jamais compris que ses deux fils s'engagent dans les gardes-côtes d'Islande. Selon lui, ils gaspillaient leur talent en patrouillant le long des côtes pour assurer les soins d'urgence en mer.

Après l'accident, son père avait souligné que si Calder et Axel l'avaient écouté, s'ils avaient suivi une carrière médicale « convenable », Calder ne serait pas mort.

« D'abord la mère d'Eira est décédée d'un cancer et maintenant son père a disparu en mer. Désormais, cette enfant est orpheline. Calder n'aurait jamais dû mourir. »

Axel était hanté par ces paroles de son père. Désormais, Eira n'avait que lui... Un oncle qui n'avait pas la moindre idée de la manière d'élever une adolescente.

— Oui, répondit-il.

Pourvu que la conversation s'arrête là. Le décès de Calder datait de deux ans, mais sa peine était toujours aussi vive. Son frère avait toujours été le fils préféré de leur père, qui aurait souhaité que Calder survive plutôt que lui.

Je le voudrais aussi. Ce serait plus facile que de supporter ce fardeau.

— Tu lui as dit que je m'excusais de ne pas être allé la chercher à l'aéroport ?

— Je lui ai dit que tu étais surchargé de travail.

Son père était toujours surchargé de travail.

— Merci, répondit sèchement celui-ci. Je l'aurais bien accueillie moi-même, mais...

— Je sais que tu avais autre chose à faire. Eira et moi savons combien tu es occupé.

C'était clairement une pique. Son père, qui voyait rarement Eira, plissa les yeux.

— Je prends mon travail très au sérieux, c'est la raison pour laquelle je suis chef du service chirurgie.

Axel referma le dossier et le posa sur le comptoir avant de faire un pas vers son père.

— Moi aussi, je prends mon travail au sérieux et je sauve des vies.

— Sauf une !

Ces mots poignardèrent Axel. Son père ne lui pardonnerait jamais de n'avoir pas pu sauver Calder.

Le Dr Sturlusson s'écarta et réajusta sa blouse blanche.

— Je vais me présenter au Dr Jacinth. Elle semble en avoir terminé avec son patient.

— C'est ça, répondit Axel, fais-le.

Puis il tourna les talons. Son père était têtu comme une mule. Si sa mère avait été de ce monde… Axel écarta cette pensée, car elle n'aurait pas supporté le décès de Calder, le fils préféré.

Lui-même était la brebis galeuse de la famille.

Pendant son enfance, seul Calder l'avait soutenu. C'était grâce à lui qu'il avait voulu s'engager dans les gardes-côtes, être chirurgien naval comme son grand frère. Il n'avait jamais eu l'intention de travailler dans un hôpital.

Mais bien sûr, ses projets n'incluaient pas non plus de manquer de se noyer ou le décès de Calder. Axel se réfugia dans une salle d'attente vide et inspira lentement pour endiguer la montée du stress post-traumatique.

Tu peux te maîtriser.

Le psychologue qui l'avait suivi lui avait enseigné cette technique de respiration. Fermant les yeux, il continua d'inspirer et d'expirer. Il lui fallait étouffer le bruit de l'hélicoptère qui s'écrasait en mer, les derniers mots de Calder, ou encore le hurlement du vent.

À son grand étonnement, le visage de Betty surgit dans son esprit, chassant ces terribles images. Il se passa la main sur le visage. Il ne devait pas la mêler à ses problèmes.

Il savait déjà qu'il devait se montrer prudent en ce qui la concernait, mais ce qui venait de se passer confirmait que leurs relations devaient rester strictement professionnelles.

Son téléphone vibra et il fronça les sourcils. C'était un message d'Eira, on l'amenait aux urgences.

Que s'était-il passé ?

Redressant les épaules, il gagna les urgences. Pourvu que son père ne soit pas au courant de l'arrivée de sa petite-fille à l'hôpital. Dans tous les cas, il blâmerait Axel.

Il était toujours la cible des reproches paternels.

C'était forcément sa faute, puisqu'il n'était pas Calder.

— Où est ma nièce ? demanda-t-il à l'infirmière chargée du tri.

— Dans la salle d'examen 4, avec le Dr Jacinth. Lit numéro 3.

— Merci.

Il se dirigea vers la salle en question, qui comprenait six lits. Sous le rideau du numéro 3, il aperçut les pieds de Betty.

Il hésita, toussota.

— Je peux entrer ?

Betty passa la tête dans l'embrasure du rideau.

— Docteur Sturlusson ? Que puis-je pour vous ?

— Votre patiente est ma nièce. Je suis son tuteur.

Elle écarquilla les yeux.

— C'est mon oncle ? demanda Eira dans un anglais parfait.

— Oui, si le Dr Sturlusson est ton oncle, répondit Betty.

— C'est vrai, mais ça pourrait être mon grand-père.

— Je ne crois pas que ce soit lui, fit Betty d'un ton léger en s'écartant pour laisser le passage à Axel.

Eira lui sembla toute petite, dans ce lit. Son bras avait été pansé et il y avait du sang sur son T-shirt.

— Que s'est-il passé ? demanda-t-il.

— J'ai glissé sur une flaque d'eau dans les toilettes du lycée, expliqua Eira.

Axel souleva délicatement la compresse qui protégeait une plaie irrégulière et plutôt laide. Eira avait dû tomber sur un objet métallique au bord aiguisé.

— Je vais m'occuper de toi.

Betty s'interposa.

— Je ne crois pas... Vous êtes de la famille, alors vous pouvez lui tenir la main, mais je suis son médecin.

Malgré lui, il reconnut qu'elle avait raison et s'assit donc de l'autre côté du lit. Eira semblait mal à l'aise, comme si elle ne souhaitait pas sa présence.

— Oncle Axel, si cela ne t'ennuie pas, je préférerais rester seule avec le Dr Jacinth, dit-elle en rougissant.

— D'accord. Je vais compléter des dossiers au comptoir central. Si tu as besoin de moi, je serai là.

Eira acquiesça d'un signe de tête. Betty le laissa sortir, tira le rideau derrière lui, et il sentit son estomac se nouer. Du temps qu'il était l'oncle rigolo plutôt que son tuteur légal, sa nièce et lui avaient été proches.

Tout avait changé après l'accident, et il regrettait cette époque.

Betty avait perçu la tristesse d'Axel quand Eira lui avait demandé de sortir. Il ne lui avait pas dit qu'il avait une nièce. Qu'était-il arrivé aux parents de la petite ?

— Alors, dit-elle gentiment, de quoi veux-tu me parler ?

Eira laissa échapper un long soupir.

— Je n'ai pas glissé... Je me suis évanouie.

— Évanouie ?

— J'ai commencé... Il y avait du sang, dit l'adolescente en rougissant.

Betty comprit immédiatement.

— Quel âge as-tu ?

— Quatorze ans, mais j'en aurai bientôt quinze. Je sais que je suis en retard, pour... Toutes mes copines les ont déjà.

— Tu n'es pas en retard. Si tu avais seize ans, on pourrait s'inquiéter. J'avais ton âge quand ça m'est arrivé.

Eira sembla soulagée.

— Ah bon ? Ma mère est morte quand j'étais petite, alors je n'ai personne pour parler de ces choses.

— Je comprends. Tu te sentirais mal à l'aise de devoir en parler à ton oncle ou à ton grand-père.

— C'est ça, dit Eira, écarlate.

— Je comprends parfaitement.

— C'est vrai ?

Betty hocha la tête tout en continuant de nettoyer la blessure de la jeune fille. En s'évanouissant, Eira s'était coupée sur une grille de métal, elle allait avoir besoin de quelques points de suture.

— Ma mère est morte quand j'étais bébé, dit Betty. Mon père était chirurgien, lui aussi, mais j'avais du mal à lui parler. Heureusement, ma grand-mère, qui habitait dans le Tennessee, m'a guidée pendant mes premières règles.

— La mienne est décédée avant ma naissance et ma mère peu de temps après. J'avais mon père, mais...

Les yeux d'Eira se voilèrent de larmes.

— ... Il est mort.

— Je suis désolée de l'apprendre, dit doucement Betty. C'est arrivé récemment ?

— Il y a deux ans. Mon oncle Axel est mon tuteur, je suis venue habiter avec lui dès qu'il a été guéri.

— Guéri ?

— Mon père et mon oncle étaient médecins chez les gardes-côtes d'Islande. Au cours d'une mission, ils se trouvaient dans un hélicoptère pendant une tempête. Il y a eu une panne de moteur et l'appareil s'est crashé. Toute l'équipe est morte, sauf mon oncle.

Le cœur serré, Betty comprit soudain l'aversion d'Axel pour la mer. En comparaison, ses propres problèmes lui parurent soudain dérisoires.

— Je suis vraiment navrée... Tu veux que je parle à ton oncle de ce qui t'est arrivé ?

— Ce serait super, docteur Jacinth !

— Tu peux m'appeler Betty. Je ne veux pas être indiscrète, mais je reste trois mois à Reykjavik, alors si tu as d'autres questions, je serai ravie de t'aider. Ton grand-père et mon père étaient amis, c'est le moins que je puisse faire.

Le visage de la jeune fille s'éclaira.

— Merci beaucoup.

Betty jeta les compresses souillées. Comme elle quittait Eira pour aller lui chercher quelques serviettes hygiéniques, elle trouva Axel qui marchait de long en large devant la salle.

— Comment va-t-elle ? demanda-t-il.

— Bien. Je n'ai pas encore fait les points de suture. Elle souhaite que j'aborde un sujet délicat avec vous.

— De quoi s'agit-il ?

— En réalité, elle s'est évanouie, sans doute parce que l'arrivée de ses premières règles l'a bouleversée. Elle s'inquiétait de ne pas les avoir, mais elle n'avait personne à qui en parler. En tombant, elle s'est blessée sur une grille de métal.

— Je vois. J'aurais dû mieux la préparer, mais…

— Je comprends.

— Elle vous a dit ce qui est arrivé à son père ?

— Oui.

— Je fais ce que je peux pour le remplacer, et je ne m'y prends apparemment pas très bien.

— Vous vous trompez.

— En tout cas, je suis content qu'elle se soit confiée à vous.

— Si elle a d'autres questions, elle peut me les poser, je le lui ai dit. J'espère ne pas avoir été indiscrète.

— Non, mais je ne veux pas non plus que ce soit une charge supplémentaire pour vous.

— Ça n'en est pas une. Je suis bien placée pour comprendre la situation d'Eira. Ma mère est morte peu de temps après ma naissance et quand ma grand-mère est morte à son tour, il n'y avait plus que mon père et moi, alors que j'étais à peine plus âgée que votre nièce. Vous ne devriez pas être aussi dur envers vous-même, vous faites du bon boulot avec elle.

— Je ne vois pas comment vous pouvez l'affirmer, vous me connaissez à peine.

La réponse était un peu sèche, mais comment blâmer Axel ? Ils étaient étrangers l'un à l'autre et il avait traversé une période difficile.

— Je vais suturer la plaie, puis vous devriez la ramener chez vous et surveiller les éventuels signes d'infection.

Il hocha la tête sans la regarder. Comme elle allait s'éloigner, il lui toucha le bras.

— Je suis désolé de m'être montré aussi désagréable. Merci.

— De rien, docteur Sturlusson, répondit-elle avec un sourire.

Elle le quitta en s'étant fait une nouvelle opinion de lui. Il était toujours fermé comme une huître mais au moins savait-elle qu'il avait vécu un drame. Elle pouvait donc se montrer un peu plus indulgente à son égard.

Juste un peu.

4

Qu'est-ce que je suis en train de faire ?

Betty fixait la porte grise d'une maison moderne située dans un quartier chic de Reykjavik. C'était forcément celle d'Axel, puisque son SUV était garé dans l'allée. La veille, Eira avait oublié un cahier aux urgences. Il devait avoir glissé de son sac à dos et Betty souhaitait le lui rendre.

Un instant, elle ferma les yeux et songea sérieusement à s'en aller. Mais, rassemblant tout son courage, elle frappa à la porte. Elle n'avait pas l'habitude de rendre visite aux gens sans y avoir été invitée, mais elle voulait profiter de l'occasion pour examiner Eira.

Si l'adolescente avait mal au ventre, elle n'oserait peut-être pas en parler à son oncle. Betty s'était persuadée qu'elle devait veiller personnellement sur cette jeune fille.

Vêtu d'un jean et d'une chemise, lunettes sur le nez, Axel ouvrit la porte, et fut visiblement très surpris en découvrant Betty, qui cessa un instant de respirer… Il était aussi beau qu'en tenue d'hôpital.

— Docteur Jacinth ? fit-il en ôtant ses lunettes pour les glisser dans la poche avant de sa chemise.

— Oui. Vous pouvez m'appeler Betty, en dehors du travail.

Il ne releva pas la proposition.

— Qu'est-ce que vous faites là ?

— J'ai acheté de quoi manger et quelques petites choses pour Eira. J'aimerais aussi l'examiner.

Il s'écarta, l'invitant en silence à franchir le seuil. Malgré la décoration minimaliste, les couleurs neutres ou grises, la pièce dégageait une étrange chaleur.

— Comment êtes-vous venue ?

— J'ai pris un taxi.

— Si vous m'aviez appelé, je serais venu vous chercher.

Elle lui tendit le sac contenant de la nourriture et un sachet, puis ôta ses bottes.

— Je vous rappelle que je viens de New York, je prends le taxi comme je respire.

— New York, je sais, vous ne cessez de me le rappeler.

— D'ailleurs, j'ignore votre numéro de téléphone.

— Ah ! Mais vous avez trouvé mon adresse, fit-il avec un sourire malin.

Touchée !

— Eira a oublié un cahier aux urgences.

Posant les courses par terre, il aida Betty à ôter son manteau.

— Eira est sur le canapé, elle regarde la télévision, à moins qu'elle ne se soit rendormie. Je vais mettre ça dans la cuisine.

— Une seconde, s'il vous plaît.

Elle prit le sachet contenant ce qu'elle avait apporté pour Eira : des chocolats, des produits d'hygiène féminine et autres articles qui lui feraient plaisir. Le grand sac contenait de quoi confectionner une pizza, le genre d'aliment qui avait toujours réconforté Betty.

Hochant la tête, Axel lui désigna la salle de séjour.

— C'est par-là.

— Merci.

Eira était recroquevillée sur le canapé sous une couette colorée, un petit plateau de nourriture sur les genoux.

— Docteur Jacinth ! fit-elle avec un plaisir visible.

— Appelle-moi Betty.

— Betty ! Qu'est-ce que vous faites ici ?

— Je voulais t'examiner et t'apporter quelques petites choses, certaines dont tu peux avoir besoin… et d'autres, juste pour le plaisir.

Elle tendit le sachet à l'adolescente qui jeta un coup d'œil à l'intérieur.

— Merci beaucoup !

— Tu as aussi oublié ça, dit Betty en lui tendant le cahier. Comment te sens-tu ?

— Je n'ai pas très mal, mais j'ai des frissons et je n'arrive pas à me réchauffer.

Fronçant les sourcils, Betty prit le thermomètre posé sur la table toute proche et l'introduisit dans l'oreille d'Eira. Le bip indiqua qu'elle avait de la fièvre.

À cet instant, Axel entra dans la pièce et fronça les sourcils.

— Elle est fiévreuse ?

— Oui. Je peux examiner ta blessure ?

Eira acquiesça. Betty sortit de son sac un désinfectant pour les mains qu'elle utilisa avant de retirer la compresse. La plaie était rouge et présentait des signes d'infection.

— Je vais lui prescrire des antibiotiques.

— Vous n'avez pas votre carnet d'ordonnances, dit Axel.

Il sortit un ordinateur de son bureau et tapota sur le clavier.

— J'envoie ça au pharmacien, nous serons livrés.

— Tu devrais te coucher, conseilla Betty à Eira.

— Oui. Je suis fatiguée et courbatue.

Betty aida Eira à se lever et porta la couette dans la chambre de l'adolescente. Après l'avoir aidée à se coucher, elle redescendit. Axel nettoyait le plateau.

— Comment va-t-elle ? demanda-t-il.

— Elle est fatiguée. Il faudra la réveiller pour lui donner ses antibiotiques. Je lui ai fait une piqûre antitétanique à l'hôpital, vous n'avez pas à vous en inquiéter.

— Je sais. J'ai lu son dossier avant de partir.

— Vous ne me faisiez pas confiance ?

Cette éventualité la blessait, cela lui rappelait Thomas qui surveillait le moindre de ses gestes. Elle avait mis cela sur le compte de l'amour, mais elle s'était trompée.

Axel posa le plateau.

— Je ne vous connais pas, Betty, et Eira est sous ma responsabilité.

— Je comprends, et...je suis désolée, à propos...

Il leva la main.

— Je n'ai pas envie d'en parler.

Sentant la tension monter, elle regretta d'avoir abordé un sujet qui ne la regardait pas.

— Je ferais mieux d'y aller.

— Non. Restez. Je dois attendre que le pharmacien apporte la prescription, ensuite je vous ramènerai chez vous. Cela va prendre deux heures, environ, et le moins que je puisse faire, c'est de préparer le dîner avec ce que vous avez apporté.

— Vous n'êtes pas obligé.

Elle n'était pas là pour se faire des amis ni pour se compliquer la vie avec un autre homme. Elle n'était venue que pour apporter un peu de réconfort à Eira avant de repartir.

— S'il vous plaît, dit Axel, j'aimerais que vous restiez.

La seconde précédente, Axel ignorait qu'il allait inviter Betty à dîner. En même temps, il n'en revenait pas qu'elle soit venue examiner Eira. Les femmes qu'il rencontrait n'éprouvaient généralement pas la moindre envie de fréquenter un chirurgien seul tuteur d'une adolescente.

Il aurait sans doute dû laisser Betty repartir chez elle, mais il était las de la solitude et appréciait un peu de compagnie.

Surtout ce soir. Dès que son père avait découvert ce qui était arrivé à Eira, il s'en était pris à lui et l'avait blâmé de ne pas avoir anticipé la situation.

« Par bonheur, il y avait quelqu'un capable de prendre convenablement soin d'Eira. »

Axel aurait pu lui répondre qu'il était seul pour s'occuper d'Eira, puisque son grand-père se désintéressait de son sort.

Lui aussi, il avait perdu un être cher, mais il avait tenu bon et assumé ses responsabilités.

Tu n'as jamais pris le temps de faire ton deuil.

Il chassa cette pensée importune. Il n'y avait pas de place pour les larmes dans sa vie. Il devait aller de l'avant, pour Eira.

— Je vous en prie, Betty, restez.

— D'accord. J'en serai ravie.

— Asseyez-vous, je vous apporte quelque chose à boire. Vous préférez du vin, ou du thé ?

— Du vin, s'il vous plaît.

Un instant plus tard, il sortait du réfrigérateur son unique bouteille de vin blanc. Il la déboucha et remplit deux verres. Lorsqu'il revint dans la salle de séjour, Betty se tenait devant une fenêtre et regardait le ciel nocturne. La maison était perchée en haut d'une colline, la vue sur la ville était superbe.

— Tenez, dit-il en lui tendant un verre.

— Merci. Le panorama est magnifique. Vous voyez la mer, d'ici ?

— Oui. Ce n'est pas vraiment ma maison, c'est celle de mon frère.

— Elle vous ressemble, pourtant.

— Calder et moi avions de nombreux points communs. J'étais son cadet et je l'admirais. Après sa mort, j'ai pensé que ce serait mieux pour Eira de rester dans la maison de son enfance plutôt que de s'installer dans mon studio.

Elle jeta un coup d'œil à l'écran de l'ordinateur.

— Cela semble logique. Vous travaillez sur quoi ?

— Sur le programme des internes en chirurgie pour l'an prochain. C'est moi qui reçois leur CV et les accepte ou pas. Mon père souhaite que je m'implique davantage dans le fonctionnement de l'hôpital.

— Vous ne semblez pas très enthousiaste.

— Parce que je ne le suis pas, répondit-il avec un soupir.

— Quelles fonctions voudriez-vous occuper ?

— Je veux sauver des vies. Avant... Avant l'accident, je voulais poursuivre ma spécialisation en chirurgie cardio-thoracique mais Eira et les urgences me prennent tout mon temps.

— Je vous comprends ! Pendant mes années d'internat, je me suis spécialisée en laparoscopie, je suis devenue très forte en la matière. C'est pour cette raison que votre père me confie la formation des internes de première année.

— Ils ont de la chance de vous avoir... mais je ne comprends pas pourquoi vous avez accepté ce poste. Vous aviez une position enviable, à New York.

Un instant, le visage de Betty s'assombrit.

— Euh… Oui, mais mes compétences n'étaient pas appréciées à leur juste valeur.

Il aurait pu en dire autant.

— Et vous avez pensé que partir pour Reykjavik était une bonne solution ?

— Peut-être mon absence leur fera-t-elle comprendre ce qu'ils ont perdu.

À la façon qu'elle avait de froncer les sourcils, il n'y avait pas que cela.

— Si on grignotait quelque chose ? dit-il. Je suis rentré plus tôt à cause d'Eira et je n'ai pas eu le temps de manger.

— Très volontiers.

Ils gagnèrent la cuisine. Axel sourit en découvrant que Betty avait apporté de quoi faire une pizza.

— Vous devez nous prendre pour des sauvages, mais nous avons un petit restaurant italien pas loin. Eira est une grande fan. Vous auriez pu en acheter une toute faite. Elles sont délicieuses.

— C'est bon à savoir. Mais je ne suis pas sûre d'avoir assez faim pour une pizza, maison ou italienne.

— Alors grignotons avec ce que j'ai dans le frigo.

Elle prit le pain et le fromage qu'il lui tendait, puis ils confectionnèrent des sandwichs qu'ils emportèrent dans la salle de séjour.

Assis devant la cheminée où flambait un bon feu, ils mangèrent un instant en silence.

C'était extrêmement plaisant.

— Comment s'est passée votre journée ? demanda finalement Axel. J'étais censé vous aider mais j'ai dû m'occuper d'Eira.

— Il ne s'est rien passé de particulier et je n'ai pas mis les pieds au bloc. Je crois que votre père n'a pas voulu m'en demander trop aujourd'hui. J'ai besoin d'un peu de temps pour préparer mes cours pour les internes en chirurgie, ça me rend un peu nerveuse.

— Pourquoi ? À New York vous travailliez déjà dans un hôpital universitaire, je crois.

— En effet, mais c'était le chef de service qui assurait les cours, dit-elle avec de nouveau une nuance d'amertume dans la voix.

Cet homme lui avait-il fait du mal ? Était-ce pour cette raison qu'elle avait quitté New York ?

À cet instant, la sonnerie de la porte d'entrée retentit.

— Ce sont certainement les antibiotiques, dit Axel. Excusez-moi un instant.

Lorsqu'il referma la porte et se retourna, Betty était dans l'entrée.

— Il vaut mieux que je rentre, dit-elle. Je suis encore fatiguée par le décalage horaire, j'ai besoin de sommeil.

— Je vais donner le traitement à Eira et vous raccompagner.

— C'est inutile. J'ai déjà appelé un taxi, il m'attend.

Un coup d'œil par la fenêtre lui confirma qu'elle disait vrai.

— À demain, à l'hôpital, dit-elle. Dorénavant, je peux me débrouiller pour y aller seule.

— D'accord. À demain, alors.

Il lui tint la porte et la regarda grimper dans le taxi, qui s'éloigna rapidement.

Cette soirée en compagnie de Betty avait été très agréable, mais il ne fallait pas que cela se reproduise. Elle n'allait pas rester longtemps en Islande, alors que sa vie à lui était ici.

Il devait garder ses distances avec elle, même si toutes les fibres de son corps exigeaient le contraire.

5

Betty traversa le hall de l'hôpital d'un pas vif. Elle devait procéder à l'ablation d'une vésicule biliaire. Le patient avait été amené de très bonne heure, juste avant l'arrivée de l'équipe de jour, en se plaignant de douleurs.

Parvenue en chirurgie, elle constata qu'il avait la jaunisse en raison d'un taux élevé de bilirubine dans le sang. Il y avait clairement un problème au niveau du pancréas. Si on ne procédait pas à une cholécystectomie, le patient risquait une pancréatite, ce qui aggraverait son cas.

N'ayant pas opéré depuis deux semaines, elle avait hâte d'entrer au bloc pour montrer ses compétences aux chirurgiens sceptiques de Reykjavik.

Qui plus était, la concentration dont elle allait devoir faire preuve et l'atmosphère feutrée de la salle d'opération détourneraient ses pensées d'Axel. L'autre soir, elle ne pensait pas rester dîner chez lui, mais depuis son arrivée en Islande, elle se sentait un peu seule.

En fait, tu te sens seule depuis la mort de ton père.

Elle troqua sa blouse blanche pour une tenue chirurgicale et des surchaussures jetables, puis enfila la coiffe qu'elle avait apportée de New York. Elle était rose, avec de petits cœurs, et le seul fait de la porter lui réchauffait le cœur. Mais dès qu'elle l'eut sur sa tête, tous les autres chirurgiens la fixèrent, ébahis.

Ils avaient tous la même coiffe bleue assortie à leur tenue.

Super !

— Si vous souhaitiez mettre de l'ambiance en chirurgie, mission accomplie.

Elle se tourna pour voir Axel qui, visiblement réjoui, arborait un large sourire. Une seconde, son cœur cessa de battre et ses mains devinrent moites. Ses rêves de la nuit précédente lui revinrent à l'esprit, parce qu'il en faisait partie. Elle avait adoré la soirée qu'ils avaient passée ensemble et aimait la façon dont il s'occupait de sa nièce tout en poursuivant sa carrière.

— Vous vous trouvez drôle ? Vous voulez m'enfoncer ? demanda-t-elle.

— Non, mais j'aime qu'on les secoue un peu. Et cette coiffe vous va très bien. Elle vous différencie de l'équipe.

— Je n'y tiens pas particulièrement ! Je croyais...

— Quoi donc ?

— Que ce serait comme à New York. Nous avons tous nos coiffes personnelles.

— C'est sympa.

Elle le regarda d'un air soupçonneux.

— Je vous trouve bien conciliant, aujourd'hui.

— J'ai une bonne raison : je voudrais vous assister pour l'intervention.

— Ce n'est qu'une ablation de la vésicule biliaire !

— Sans doute, mais vous avez laissé entendre que vous étiez un as de la laparoscopie.

Elle eut soudain l'estomac noué, et ne put s'empêcher de penser à Thomas. Axel allait-il reprendre la main, comme son ancien mentor le faisait systématiquement ?

Axel n'est pas Thomas.

— Je vois. Vous voulez observer la nouvelle.

— Quelque chose comme ça.

— Est-ce que j'ai le choix ?

— Pas vraiment, admit-il.

— En ce cas, je serai ravie de vous avoir à mon côté ! dit-elle avec un enthousiasme feint.

— À tout de suite, dit-il avec un sourire.

Hochant la tête, elle franchit le seuil de l'espace stérile et se lava soigneusement les mains dans la salle de lavage contiguë au bloc. À travers la vitre de la salle d'opération, elle jeta un coup d'œil à son patient qu'on était en train de préparer. Et aperçut la galerie remplie de chirurgiens, parmi lesquels se trouvait le Dr Sturlusson senior en personne.

Son cœur se mit à battre la chamade.

Tu voulais leur montrer que tu es bonne. Tu veux qu'ils te fassent confiance. C'est le seul moyen.

Elle prit une profonde inspiration. C'était en effet la seule solution, mais quelque part elle avait encore le sentiment de n'être que l'assistante de Thomas, comme à New York.

C'est ce que tu voulais… La balle est dans ton camp.

« Laisse-moi faire cette intervention », avait dit Thomas.

« Mais c'est mon patient ! »

« Oui, mais comme j'ai brillamment diagnostiqué le problème de l'épouse du directeur, tout le conseil d'administration va être là. Tu sais qu'on pense à moi pour diriger la chirurgie générale. »

Il lui avait caressé la joue.

« Bien sûr, c'est toi qui m'assisteras. Je ne pourrais pas le faire sans toi. »

Elle avait frémi de joie.

« Et ensuite, on boira un verre pour célébrer l'événement. »

« Bien sûr. »

Bien entendu, ils n'avaient rien célébré ensemble, Thomas avait abandonné Betty pour passer la soirée avec d'autres. Elle l'avait bêtement laissé opérer à sa place en espérant qu'il l'aimerait davantage. En cas de refus, elle craignait qu'il la rejette… Et c'était ce qu'il avait fait quand même.

Elle eut un haut-le-cœur.

Mais cette fois, c'était différent. Axel allait l'assister, mais il ne la supplanterait pas. Alors pourquoi se sentait-elle de nouveau écartée… Insignifiante ?

Axel la rejoignit devant le lavabo et se lava les mains. Dès qu'elle le vit, ses doutes s'évanouirent.

C'était différent.

— On dirait qu'il y a du public, dans la galerie, dit-elle.

— Tout le monde est impatient de vous voir opérer, docteur Jacinth. Votre réputation vous précède.

— Quelle réputation ?

— Vous êtes respectée, à New York. Mon père est un homme intelligent. Il n'aurait pas confié la formation de ses internes en chirurgie à n'importe qui.

— Vous me flattez.

Il lui adressa un clin d'œil et la précéda dans le bloc.

— Eh bien, voyons comment vous allez vous en sortir.

Elle inspira de nouveau profondément. Ce n'était qu'une ablation de la vésicule biliaire ! Elle se sécha les mains et entra dans la salle d'opération. Pendant qu'une infirmière de bloc lui enfilait gants et tenue stérile, Betty jeta un coup d'œil en direction de la galerie.

Tu vas y arriver.

Elle salua le père d'Axel d'un signe de tête, puis s'efforça d'oublier où elle était pour se concentrer sur le patient.

De l'autre côté de la table d'opération, Axel lui adressa un discret signe amical. Aux petits plis qui se creusaient au coin de ses yeux, il souriait sous son masque.

On y était !

Betty était encore au bloc, elle dictait son rapport. Axel, pressé de rentrer retrouver Eira, venait de se laver les mains. La voisine, Mme Ingborn, veillait sur sa nièce pendant qu'il était à l'hôpital. Elle avait élevé dix enfants en bonne santé et souvent gardé Eira quand Calder travaillait. La petite était entre de bonnes mains.

En entrant dans le bloc, il avait remarqué que son père le fixait avec désapprobation : le voir en salle d'opération lui déplaisait.

— Je suis surpris de ta présence ici, Axel, dit ce dernier en le rejoignant.

— Et moi, je suis surpris de t'avoir aperçu dans la galerie, parmi tous les chirurgiens. Quel public, pour une simple ablation de la vésicule biliaire !

— L'équipe était curieuse de la performance du Dr Jacinth et je voulais savoir si elle est aussi douée que son père. C'était un excellent chirurgien. Il a travaillé quelque temps dans cet hôpital.

— C'est ce qu'on m'a dit.

— C'est la raison pour laquelle je voulais que sa fille forme nos internes pendant trois mois.

Les autres chirurgiens considéraient Betty comme une intruse, personne n'avait accepté de l'aider à s'intégrer.

Ils avaient tort. Deux minutes au bloc avaient suffi à Axel pour savoir combien elle était talentueuse... et impressionnante.

Il n'avait pas vu un tel niveau de compétence depuis Calder.

— Elle vient de faire des merveilles, dit-il. Tu vas lui confier davantage d'interventions, maintenant ?

— Bien sûr. Comment va Eira ?

— Elle a une petite infection, elle est sous antibiotiques pour encore deux jours.

— Tu devrais être auprès d'elle !

— Je suis chirurgien, papa, je dois travailler. Au cas où tu l'aurais oublié, j'ai déjà pris plusieurs jours de congé pour prendre soin d'elle.

— Eira devrait être ta priorité.

— C'est le cas, répondit Axel en serrant les poings. Tu veux que je sois plus souvent ici, que je m'implique davantage. En même temps, tu me veux à la maison au chevet d'Eira. Je n'ai pas le don d'ubiquité.

Son père ignora l'argument.

— Je ne vois pas comment Eira peut être ta priorité si tu es à l'hôpital pendant qu'elle reste à la maison.

— Mme Ingborn veille sur elle jusqu'à mon retour. Peut-être pourrais-tu rendre visite à ta petite-fille ? Tu t'assurerais par toi-même qu'elle va bien.

Le Dr Sturlusson senior plissa les yeux. Axel venait de frapper là où cela faisait mal, il en avait parfaitement conscience. Son père supportait mal Eira, qui lui rappelait trop Calder et leur défunte mère. Mais ce n'était pas une excuse ! Axel aurait voulu croire qu'il aimait vraiment sa petite-fille, mais il était persuadé du contraire.

— Je le ferai si j'en ai le temps, répondit son père. Je dois discuter avec les membres du conseil d'administration. Félicite le Dr Jacinth de ma part.

Sur ces mots, il sortit en trombe dans le couloir. Quelques instants plus tard, Axel quitta à son tour la salle de lavage pour gagner le vestiaire, jetant au passage sa tenue de bloc dans un bac à linge.

Betty ne tarda pas à arriver. Elle retira sa coiffe et la rangea dans son sac, qui se trouvait dans son casier. Comme Axel la fixait avec étonnement, elle expliqua :

— J'ai l'impression que, si je l'envoie à la buanderie, je ne la reverrai jamais. Je vais la laver moi-même et la prochaine fois, j'en mettrai une un peu plus réglementaire.

— N'abandonnez pas aussi facilement. Elle me plaît bien.

— Mieux vaut se fondre dans la masse, parfois.

— S'en distinguer n'est pas mal non plus.

— Je vous rappelle que, deux minutes après que nous avons fait connaissance, vous m'avez grondée parce que je ne portais pas les bottes réglementaires.

— Je vous rappelle à mon tour que vous avez glissé.

— Il y avait une plaque de verglas, dit-elle en croisant les bras sur sa poitrine.

— C'est bien ce que je disais.

Voyant qu'il se moquait d'elle, elle rit sans retenue.

— Je descends dans la fosse, dit-elle en enfilant sa blouse blanche.

— La fosse ?

— C'est ainsi que nous appelons les urgences, à New York.

— Je vous accompagne, si ça ne vous ennuie pas, dit-il.

— Bien sûr que non !

Ils gagnèrent les urgences en silence.

— Vous aimeriez dîner chez nous, ce soir ? demanda-t-il.

Sa proposition le prit lui-même par surprise, cela faisait bien longtemps qu'il n'avait pas invité une femme à dîner.

Elle parut étonnée, mais sourit.

— Volontiers.

— Je ferai la cuisine. Je suis plutôt bon cuisinier, même si vous ne pouviez pas le deviner avec les sandwichs de la dernière fois. À propos, Eira a adoré la pizza que j'ai faite avec ce que vous aviez apporté.

— J'en suis ravie.

— Ensuite, je vous raccompagnerai chez vous.

— Il faut que je loue une voiture ! Vous ne pouvez pas me servir tout le temps de chauffeur.

— Mon père vous a placée sous ma responsabilité. Je veux m'assurer que vous rentrez saine et sauve.

— C'est la raison de votre invitation ? Parce que je suis sous votre responsabilité ?

— En partie, mais Eira vous apprécie aussi beaucoup. Je suis content que vous ayez été là quand elle a eu besoin de parler à une femme.

— Moi aussi, je serai contente de la voir, elle est adorable. Et j'ai l'impression qu'on a une connexion particulière, parce que je sais ce qu'elle ressent.

— À propos, mon père m'a demandé de vous transmettre ses félicitations.

— Ce n'était qu'une opération de routine.

C'était exact, mais Betty n'avait rien d'une banale chirurgienne. C'était la fille d'un homme que le Dr Sturlusson senior admirait, et ce n'était pas rien ! Son père n'accordait pas facilement son admiration.

— Je vous attendrai à l'entrée principale de l'hôpital à 18 heures, dit Axel.

Sur ces mots, il prit congé. Pourquoi avait-il invité Betty, ce soir ?

C'est pour Eira.

Il se le répétait en boucle, pourtant ce n'était pas complètement exact. Mais comment faire face à la véritable raison de cette impulsion ?

En vérité, Betty le fascinait. Elle était séduisante, drôle, intelligente et courageuse. Il voulait apprendre à la connaître, malgré le temps limité qu'elle allait passer à Reykjavik.

De toute façon, il ne méritait pas une femme comme elle… Il traînait trop de casseroles, il ne pouvait pas imposer ce fardeau à quelqu'un d'autre.

Le bonheur n'était pas pour lui.

6

À la fin de son service, Betty se changea rapidement. À New York, les médecins plaisantaient entre eux dans les vestiaires. Mais ici, elle échangeait à peine un mot avec ses collègues, qui parlaient pourtant tous anglais. Elle ne s'était pas fait beaucoup d'amis, depuis son arrivée. On aurait dit que les autres chirurgiens la voyaient comme une intruse, alors qu'elle n'était là que depuis une semaine.

Cela n'augurait rien de bon pour le reste de son séjour, aussi s'agrippait-elle à la seule branche amicale qui lui était offerte. Bizarrement, c'était Axel qui la lui tendait, lui qui s'était montré plutôt désagréable et ronchon lors de leur première rencontre. Mais depuis, elle avait découvert que sa personnalité ne se limitait pas à cette première impression. Il était tellement plus que cela !

D'habitude, elle avait un peu de mal les premières fois où elle travaillait avec un confrère ou une consœur, même s'il s'agissait de quelqu'un d'expérimenté. Chacun avait ses procédures et s'y tenait.

Mais avec Axel, c'était comme s'ils opéraient ensemble depuis longtemps. La dernière fois qu'elle avait eu ce sentiment, c'était avec...

Elle ne voulait pas penser à *lui*.

Il était la cause de son départ pour l'Islande.

Elle devait absolument éviter de retomber dans ce piège. Sa relation avec Thomas avait commencé de la même façon, sauf que

Thomas n'avait pas de nièce, il n'avait pas survécu à un accident traumatisant ni perdu un frère bien-aimé.

— Vous êtes prête ?

Elle se retourna, cessant une seconde de respirer à la vue d'Axel en vêtements de ville. Avec son pantalon bien coupé et son sweater, il semblait tout droit sorti d'un magazine.

Soudain, elle se trouva fagotée, dans son jean, son T-shirt et ses grosses bottes.

— Vous êtes bien élégant, dit-elle.

— Vous aussi.

— Menteur.

Ses yeux bleus scintillèrent et il lui sourit.

— Je suis sincère. J'adore vos bottes, elles sont très pratiques.

Elle leva les yeux au ciel.

— Allons-y.

Ils gagnèrent le parking de l'hôpital. Il neigeait et elle frissonna en remontant la fermeture Éclair de sa parka.

— Les rues seront un peu risquées, ce soir, dit-il.

— Je peux toujours prendre un taxi et vous rentrerez chez vous.

— Non, dit-il sèchement.

Elle fut prise de court. Quelque chose le contrariait-il ? En tout cas, elle espérait qu'il ne regrettait pas de l'avoir invitée à dîner.

Lorsqu'ils s'engagèrent dans la rue Hverfisgata, le SUV dérapa légèrement. Sous la neige, le sol était verglacé, ce qui était propice aux accidents.

Ne pense pas au pire !

Quand on travaillait aux urgences, on voyait souvent des catastrophes partout.

— Finalement, j'ai commandé des pizzas chez Antonio, dit Axel, j'espère que cela ne vous ennuie pas.

— Au contraire ! Je connaîtrai la meilleure version des pizzas de Reykjavik. Mais rien ne vaut la pâte fine new-yorkaise.

— Je crois que vous allez apprécier celle d'Antonio.

— Le malheureux ! Vous lui mettez une sacrée pression.

— Je suis sûr de moi, c'est tout.

Il se gara devant le restaurant et se précipita à l'intérieur. En l'attendant, elle regarda la neige tomber. C'était hypnotique.

Quelques instants plus tard, Axel déposa les cartons sur la banquette arrière. Dès que l'odeur lui parvint, l'estomac de Betty gargouilla.

— Pardonnez-moi, dit-elle, gênée. Je n'ai pas mangé depuis un certain temps.

— Nous allons y remédier.

La maison d'Axel était tout près et ils trouvèrent Eira assise sur le canapé, devant la télévision. Elle se redressa dès qu'elle aperçut les cartons.

— Tu es passé chez Antonio ! Betty ! Comme je suis contente de vous voir !

— Moi aussi. Tu as l'air d'aller mieux.

— Tu as faim ? demanda Axel.

— Affamée, tu veux dire !

Prenant les pizzas des mains de son oncle, elle les porta dans la cuisine. Betty ôta ses bottes et sa parka.

— Je vais aider Eira, dit-elle.

— Sûrement pas ! Vous êtes notre invitée. Installez-vous à table, je vous servirai.

Elle obtempéra, et il disparut dans la cuisine. Eira revint pour mettre la table et lui avec les pizzas chaudes.

Elles correspondaient tout à fait aux critères exigeants de Betty. Ils se passèrent les plats sans cérémonie et commencèrent à manger.

Betty se sentait bien, dans cette atmosphère familiale ; pour la première fois depuis longtemps, elle avait l'impression d'être à sa place. Mais ce n'était que temporaire, elle le savait.

Dès qu'elle aurait fait ses preuves, elle s'en irait.

Après le repas, Betty aida Axel à débarrasser pendant qu'Eira montait se coucher.

— Merci pour cette invitation, dit Betty. J'ai vraiment apprécié la soirée.

— Vous êtes la bienvenue chez nous, et encore merci pour l'aide que vous avez apportée à Eira.

Les yeux bleus d'Axel retinrent ceux de Betty, dont le rythme cardiaque s'accéléra. Les jambes flageolantes, elle prit conscience qu'il était vraiment très près d'elle.

Il était urgent qu'elle s'en aille !

— Il faut que je rentre. Je vais appeler un taxi.

— Pas question ! Les routes sont dangereuses et je préfère vous raccompagner, mais je vais laisser un message pour Eira, au cas où elle se réveillerait.

— D'accord.

Le trajet fut silencieux. Betty avait une impression bizarre, peut-être parce qu'elle était pressée de mettre un peu de distance entre Axel et elle, puisque rien n'était possible entre eux.

Plus jamais elle ne sortirait avec un collègue !

Au premier feu rouge, elle ouvrit la bouche pour lui demander la raison de cette invitation à dîner. Quelle qu'elle soit, il était clair que quelque chose avait changé entre eux.

Mais à cet instant, une voiture dérapa en traversant le carrefour et vint heurter un camion sur le côté. Ce dernier se mit à tourner sur lui-même en se dirigeant vers eux.

Le choc fut brutal.

Tout alla très vite, pourtant Betty vécut la scène au ralenti. Quand le SUV se mit à tournoyer à son tour, elle ferma les yeux.

Quand la voiture s'immobilisa, elle rouvrit les yeux et vit, à travers la neige, le feu et la destruction.

— Axel ? cria-t-elle en se tournant vers lui.

Les mains crispées sur le volant, il fixait le pare-brise.

— Vous allez bien ? demanda-t-elle.

— Oui. Et vous ?

— Je suis juste un peu secouée.

— Appelez les urgences, je vais voir si je peux secourir les blessés.

— Attendez ! dit-elle en sortant son téléphone. Je ne sais même pas où nous sommes !

En outre, elle n'était pas certaine de prononcer correctement le nom du carrefour.

Il prévint donc les urgences, puis sortit du SUV pour prendre un sac dans le coffre. Betty le suivit et s'aperçut que le capot avait été enfoncé au moment de la collision. Finalement, ils avaient eu de la chance de s'en sortir indemnes.

— Betty, vous saignez !

Visiblement inquiet, il passa un doigt léger sous son menton pour renverser sa tête en arrière. Levant la main, elle sentit du sang sous ses doigts.

— C'est une égratignure.

— Ou bien c'est plus grave ! Vous devriez m'attendre dans la voiture.

— Ce n'est rien ! Vous allez avoir besoin de mon aide.

— D'accord. Allons-y.

Quand elle travaillait aux urgences, elle accueillait les patients à l'hôpital, mais elle ne s'était jamais trouvée sur le terrain.

Axel s'approcha du camion en feu, dont l'unique occupant avait été éjecté de la cabine à travers le pare-brise. S'agenouillant près de lui, Axel adressa un hochement de tête à Betty, l'état du jeune homme était grave. Axel sortit une couverture de survie de son sac et la posa sur le blessé pendant que Betty se dirigeait vers la voiture qui avait heurté le camion.

D'autres personnes étaient arrivées sur les lieux. Elles soutenaient une femme hystérique qui présentait une grosse plaie à la tête et serrait contre elle un enfant en pleurs.

— Je suis médecin, dit Betty en islandais, je peux vous aider ?

— Je ne sais pas ce qui s'est passé ! cria la femme. J'ai perdu le contrôle dans la descente.

— Je comprends. Je peux examiner votre blessure ?

Hochant la tête, la femme s'assit dans sa voiture dont la portière était restée ouverte. Betty sortit une petite torche de son sac. La plaie était profonde et exigerait des points de suture. De plus, le nez de la conductrice était apparemment cassé.

— Je peux voir votre bébé ?

La femme lui tendit son enfant. Par bonheur, ce dernier n'avait rien. Il était simplement terrorisé et en pleurs. Heureusement, le siège bébé, à l'arrière du véhicule, avait rempli ses fonctions.

Le son des sirènes fendit l'air glacé, suivi par les avertisseurs des pompiers. La première ambulance s'arrêta près d'Axel et de son patient, la seconde à côté de Betty. Un ambulancier vint vers elle.

— Vous parlez anglais ? demanda-t-elle.

Il acquiesça.

— Cette patiente présente une lacération profonde sur le front et une fracture possible du septum.

— Vous êtes médecin ?

— Oui. Je suis ici depuis une semaine.

— Américaine ?

— Oui.

L'ambulancier lui adressa un grand sourire. C'était un bel homme aux cheveux blonds et aux yeux bleus.

— Ravi de faire votre connaissance. Nous nous chargeons de la patiente.

— Très bien, dit Betty en s'écartant pour laisser les ambulanciers faire leur travail.

Elle se retourna vers Axel, qui aidait les autres ambulanciers à installer le blessé dans leur véhicule. Le feu avait été maîtrisé par les pompiers et un officier s'entretenait avec Axel. Elle se dirigea vers eux, mais plus elle approchait, plus l'odeur de la fumée l'étourdissait. En fait, le monde entier commençait à tourner autour d'elle.

— Betty ? demanda Axel.

— Je suis...

Elle ne termina pas sa phrase, ses jambes la trahirent, le sol se déroba sous ses pieds.

Axel portait de nouveau Betty, mais sans protester cette fois et, d'une certaine façon, cela lui manquait. Il aurait voulu qu'elle se débatte, au lieu de rester inerte dans ses bras, son visage blême maculé de sang.

Jamais il n'aurait dû accepter de la laisser sortir du SUV, même pour l'aider ! Il aurait dû savoir qu'elle croyait aller bien sous l'effet de l'adrénaline. Quand celle-ci était retombée, Betty s'était évanouie.

Quand il franchit la porte des urgences, le médecin de garde le fixa avec stupéfaction. Axel se rendit tout droit dans une salle d'examen où son père ne tarda pas à le rejoindre.

— Que s'est-il passé ?

— Une voiture a percuté un camion à un carrefour. Le véhicule a été propulsé en direction de ma voiture, nous avons été heurtés. Betty est légèrement blessée à la tête, mais je crains une commotion cérébrale. Elle s'est évanouie peu après s'être occupée d'une victime.

Son père laissa échapper un soupir.

— Je m'occupe d'elle. Ton autre patient est dans la salle voisine.

Axel acquiesça. Il aurait voulu rester auprès de Betty, mais il devait examiner le jeune homme éjecté du camion.

Il ôta son manteau et enfila une tenue chirurgicale.

Un interne se trouvait déjà auprès du patient.

— Je prends le relais, dit Axel.

À l'expression du jeune homme, il devina que le pronostic vital était engagé, mais il ne comptait pas abandonner !

Il n'allait pas perdre ce garçon comme il avait perdu Calder.

Tiens bon, je t'en supplie !

Pour ne pas penser à Betty, qui gisait dans la salle voisine, il se concentra sur son patient… Cet inconscient n'avait pas mis sa ceinture de sécurité par mauvais temps. Il l'intuba rapidement, et s'efforça de le stabiliser.

« Tiens bon, Calder. »

Son frère avait gémi, les yeux fermés et les lèvres bleues.

« Je ne peux pas. »

« Tiens bon. »

Après plusieurs tentatives pour faire repartir le cœur du patient grâce à un défibrillateur, le tracé plat, sur l'écran, lui indiqua que tout était fini. Il se pencha pour examiner les yeux du blessé.

Bon sang !

— Pupilles fixes et dilatées. Heure du décès, 22 heures.

Axel ôta sa tenue et, hors de lui, la jeta dans le bac à linge. Il était chirurgien, il était censé sauver des vies !

Ce gamin était tellement jeune ! C'était un véritable gâchis.

Il croisa son père qui sortait de la salle où se trouvait Betty.

— Comment va-t-elle ? demanda Axel.

— C'est apparemment une commotion cérébrale légère, mais tu sais combien il est difficile de poser un diagnostic. Elle doit se reposer quelques jours et ne pas rester seule.

— Tu veux l'hospitaliser ?

— Je n'ai pas le choix. Je regrette qu'elle ne puisse pas donner son premier cours, mais sa santé passe avant tout.

Axel aurait dû retenir les mots qui lui venaient aux lèvres, mais il en fut incapable.

— Je suis d'accord, elle a besoin d'une surveillance. J'ai deux jours de congé, je vais l'installer chez moi, dans la chambre d'amis, et je veillerai sur elle.

— Tu ferais ça ? demanda son père, manifestement surpris.

— Oui. Elle est sous ma responsabilité et Eira l'aime bien.

Qu'est-ce que tu fais ?

Le visage de son père se durcit.

— Pour commencer, ça n'aurait pas dû arriver.

Axel ne se donna pas la peine d'expliquer à son père qu'il avait invité Betty à dîner.

— Je la ramenais chez elle. Le mauvais temps est la seule cause de cet accident. Je ne pouvais pas la laisser rentrer à pied et la meilleure solution était de la raccompagner.

— Bon, fit son père entre ses dents. Surveille bien les signes de commotion cérébrale.

— Évidemment.

Axel s'attendait presque à ce que son père lui énumère les symptômes, ce qu'il ne fit pas.

— Qu'est-il arrivé à ton patient ? demanda-t-il seulement.

— Nous l'avons perdu.

— Dommage.

Et il tourna les talons sans s'informer des raisons du décès ni témoigner la moindre compassion pour ce jeune homme. Comme toujours, il s'était exprimé avec un froid détachement.

Axel serra les poings. Pour l'instant, la colère était inutile. Sa principale préoccupation devait être Betty. Il allait commander un taxi, puisque son SUV était hors d'usage et avait déjà été emporté au garage par une dépanneuse.

Lorsqu'il ouvrit la porte, Betty, un pansement sur le front, était étendue sur la table d'examen.

— Comment va votre tête ? Vous avez eu des points de suture ?

— J'ai un peu mal, mais pas de points. Ce n'était qu'une égratignure.

— Et vous pourriez avoir une commotion cérébrale.

— Exact. J'ai des nausées. Votre père m'hospitalise ?

— Non.

— Non ? Mais je dois être surveillée pendant les prochaines quarante-huit heures.

— Je sais, je vous emmène chez moi.

Betty crut avoir mal compris.

— Pardon ? Vous disiez quoi ?

— Je vous emmène chez moi, répondit calmement Axel.

Il croisa les bras sur son torse comme pour signifier qu'il était inutile de discuter.

De toute façon, elle n'en avait pas la force.

— Il va falloir que je passe à la maison prendre quelques affaires.

— Je vous accompagne. Je vous aiderai à faire votre sac, puis vous vous installerez dans ma chambre d'amis jusqu'à ce que nous soyons sûrs que vous allez bien.

— D'accord.

Sentant des élancements sous le pansement, elle porta la main à sa tête et ferma les yeux.

— Ça va ? demanda-t-il.

— Je suis simplement un peu étourdie.
— Je vais chercher un fauteuil roulant.
— Je crois que vous avez raison.
— Je reviens tout de suite.

Dès qu'il fut parti, elle laissa échapper un long soupir. Elle ne pouvait pas habiter chez lui pendant deux jours ! C'était de la folie ! Le choc lui avait-il fait perdre toute raison ?

C'était forcément le choc !

En y repensant, elle se rappela avoir été portée par des bras forts. Le corps chaud d'Axel lui avait procuré un sentiment de sécurité. Il l'avait amenée aux urgences. Il l'exaspérait parfois, mais il pouvait être compatissant et sensible.

En tout cas, c'était adorable de sa part, de l'accueillir chez lui. Elle serait mieux dans une maison que dans l'agitation d'un hôpital.

Il ne fallait y voir aucune intention particulière de la part d'Axel. Ils étaient amis. D'ailleurs, Eira serait là.

Il ne pouvait rien se passer.

En tout cas, elle ferait en sorte qu'il ne se passe rien.

7

— Il faut vraiment que vous arrêtiez de me porter partout ! dit Betty sans conviction quand Axel la souleva dans ses bras pour la sortir du taxi.

La tête lui tournait tellement qu'elle n'était même pas certaine de pouvoir gravir les marches de chez elle. Parviendrait-elle seulement à réunir quelques affaires dans un sac ?

— Ça ne me dérange pas, répondit-il d'une voix sans appel. Je commence à m'y habituer.

Il eut une drôle d'expression qui échauffa le sang de Betty. Elle non plus, cela ne la dérangeait pas vraiment, mais elle avait tort… Ce n'était pas ainsi qu'elle maintiendrait leurs relations sur un plan purement professionnel.

Il franchit la porte d'entrée, et elle toussota.

— Vous pouvez me poser, maintenant.

— Parfait.

Dès qu'elle fut debout, il regarda autour de lui. La dernière fois il était passé en coup de vent et n'avait rien vu. La maison était petite, mais accueillante.

— C'est sympa, dit-il.

— Oui. Je m'y sens bien et j'adore regarder la mer, le soir.

Il se figea.

— J'avais oublié que vous habitiez aussi près de l'eau.

Elle se rappela qu'il avait refusé de faire quelques pas sur la plage pour prendre un café.

— Pardonnez-moi.

— De quoi ? demanda-t-il sans la regarder.

Comprenant qu'elle venait de toucher un point sensible, elle n'insista pas. Combien de fois avait-elle elle-même rembarré les gens qui lui posaient des questions sur Thomas !

— Pour rien.

Elle gagna sa chambre d'un pas hésitant, Axel sur les talons.

— Waouh !

Elle savait ce qui l'étonnait. Il régnait un véritable chaos dans la petite pièce.

— Je sais, je sais...

— Vous avez été cambriolée ? demanda-t-il avec amusement.

— Très drôle ! En fait, j'ai un système personnel de rangement, même si ce n'est pas évident.

— Je suis heureux d'apprendre que vous avez un système.

— Je vous promets de ne pas m'en servir chez vous.

— Peu importe, s'il ne concerne que votre chambre.

— Merci.

— Qu'est-ce que vous voulez emporter ?

— Je peux faire mon sac toute seule.

— Vous venez d'être blessée à la tête. Alors que moi, en tant qu'ancien officier de marine, je suis très efficace.

— Très bien, je vais vous lancer ce que je veux et vous mettrez tout dans mon sac.

Elle projeta une chemise par-dessus son épaule et il la rattrapa au vol.

— Impressionnant, dit-elle en lui tendant sa tablette, qui s'alluma dans la main d'Axel.

— Dr Thomas Welling, lut-il. Il vous a envoyé pas mal de messages que vous n'avez pas ouverts. C'est un collègue ?

Lui reprenant la tablette, Betty l'éteignit.

— C'est sûrement sans importance. C'est juste un chirurgien de mon hôpital, à New York.

À son tour, il n'insista pas, ce dont elle lui fut reconnaissante. Elle en voulait à Thomas de la relancer constamment. Si elle était en Islande, c'était justement pour laisser son passé derrière elle, mais comment le pourrait-elle s'il la harcelait de messages ?

Axel continua d'empaqueter ses affaires en silence.

— Vous êtes prête ? dit-il en tirant sur la fermeture Éclair de son sac.

— Oui.

— Parfait. Je vais appeler un autre taxi. Ne bougez pas, je reviens quand il sera là.

— D'accord.

Dès qu'Axel eut quitté la chambre avec son bagage, Betty ralluma la tablette.

Le dernier message de Thomas apparut :

Comment puis-je te contacter ? J'ai besoin de toi.

Betty s'en voulait d'avoir la gorge serrée, mais elle était bien décidée à ne pas répondre. Elle éteignit donc la tablette et la glissa dans son sac à main.

Betty était installée chez Axel. Ravie qu'ils aient une invitée, Eira était de très bonne humeur, d'autant que son infection était en voie de guérison. En se levant, elle avait vu le message et s'était inquiétée du retard d'Axel.

Malgré ses nausées, Betty était contente de rester assise, à regarder la télévision avec deux autres personnes.

— Il est tard, chuchota Axel. Comment vous sentez-vous ?

Betty jeta un coup d'œil à Eira, qui s'était endormie sur le canapé.

— J'ai la tête qui tourne un peu, mais avec le café que vous m'avez fait boire, je ne suis pas près de dormir. Ne vous inquiétez pas pour moi si vous voulez aller vous coucher. Je peux monter l'escalier seule.

— Certainement pas ! Mais je vais mettre Eira au lit et nous préparer du thé.

D'un mouvement souple, Axel souleva sa nièce et l'emporta.

— Vous voulez du thé ? demanda-t-il à Betty en revenant, un instant plus tard.

— Volontiers.

Elle se leva et le suivit dans la cuisine.

— Quelque chose vous contrarie, dit-elle. Vous voulez en parler ?

Il laissa échapper un soupir en branchant la bouilloire.

— Le patient dont je me suis occupé ne s'en est pas sorti.

— Je suis désolée.

Elle savait ce qu'on ressentait, après avoir lutté dur pour sauver une vie et perdu le combat.

— S'il avait mis sa ceinture de sécurité, le choc aurait été moins rude, dit-il.

— La femme qui l'a heurté va être anéantie. Elle a perdu le contrôle de sa voiture sur une plaque de verglas. Elle a été blessée à la tête, mais son bébé est indemne.

— Tant mieux. Ce n'est pas le mauvais temps qui tue les gens, mais le comportement des conducteurs. Le climat est traître. Une minute vous naviguez en eaux calmes, et la suivante… Quelle nuit ! fit Axel en se passant la main dans les cheveux.

Elle pensa au message de Thomas.

— C'est vrai… Vous savez, je ne vous ai pas tout dit. Le Dr Welling est mon ex-petit ami.

— Ah !

— Nous travaillons encore ensemble, dit-elle en prenant la tasse qu'Axel lui tendait. Nous appartenons à la même équipe en chirurgie générale, mais c'est lui qui la dirige.

— Et il ne voulait pas que vous partiez pour l'Islande…

— Exactement. Il prétend avoir besoin de moi.

— Il est peut-être toujours amoureux de vous.

Les yeux bleus d'Axel retinrent les siens.

— Non, répondit-elle.

— Comment le savez-vous ?

— Il en a épousé une autre.

— Et il vous dit quand même qu'il a besoin de vous ?

— C'est ça. Donc, je ne réponds pas.

— Alors je comprends pourquoi vous êtes venue travailler sous la main de fer de mon père.

Elle rit.

— Je le trouve plutôt gentil.

Il ricana, et se leva pour vider son thé dans l'évier.

— Avec les gens qui ne le connaissent pas, il est doux comme un agneau.

— Vous avez besoin de boire quelque chose de plus fort ? demanda-t-elle.

— Oui. Je vous en proposerais bien, mais vous avez subi un choc à la tête et l'alcool ne fait pas bon ménage avec les médicaments que vous prenez.

Elle sirota son thé pendant qu'il se servait un demi-verre d'un liquide transparent.

— Bien, docteur. Qu'est-ce que c'est ?

— De la vodka, répondit-il avant de vider son verre d'un trait.

— Je suis impressionnée.

— Par quoi ?

— Je n'ai jamais vu quelqu'un boire de la vodka comme si c'était de l'eau. C'est très fort !

Il lui sourit.

— Quand vous irez mieux, je vous emmènerai dans un bar boire une bouteille de Viking, ou une autre des bières célèbres d'Islande.

— Je ne tiens pas l'alcool, je roulerai sous la table.

— Eh bien, dans ce cas, nous partagerons une bière, dit Axel en riant.

La perspective de sortir avec lui était aussi exaltante qu'effrayante.

« Tu es vraiment une fille très drôle », lui avait dit Thomas pendant qu'ils se lavaient les mains avant une intervention.

« Merci. Tu es plutôt sympa, toi aussi. »

« On boit un verre ensemble, après le boulot ? »

« Je bois rarement de l'alcool. »

« Juste un verre de vin. Je connais un bar qui en sert de l'excellent. »

« D'accord, alors. »

Les yeux de Thomas avaient étincelé.

« Au cas où tu n'aurais pas compris, c'est un rencard. »

« Quoi ? »

« Je te demande de sortir avec moi. »

Le sourire de Thomas avait creusé une fossette dans sa joue.

« Oh ! » s'était-elle exclamée en rougissant.

Évidemment, cela s'était terminé dans un lit et elle était tombée amoureuse d'un homme qui la trompait depuis le début... Un homme qui l'utilisait pour faire avancer sa propre carrière.

Betty toussota.

— Merci pour le thé. Je crois que je vais aller me coucher.

— Vous voulez que je vous porte ?

— Non ! répondit-elle en criant presque. Je peux me débrouiller. Bonne nuit, Axel.

Elle sortit de la cuisine aussi vite qu'elle le put. Elle ne se mettrait pas une seconde fois dans cette situation.

Plus jamais elle ne sortirait avec un collègue !

C'était tout bonnement impossible.

Resté seul, Axel but encore un peu de vodka. Debout devant la fenêtre, il contemplait la ville, ou ce qu'il pouvait en voir, avec cette neige. Il ne cessait de penser au jeune homme qui avait perdu la vie. Et bien entendu, cela le ramenait à Calder.

C'était par une tempête de neige comme celle-ci qu'ils étaient montés dans l'hélicoptère...

Parfois, il envisageait de quitter l'Islande pour s'installer dans un pays au climat plus clément... et loin de la mer. Mais Eira avait des amis ici, et il ne pouvait l'emmener loin de son grand-père qui constituait leur seule famille, puisque la mère d'Eira n'en avait pas.

Il jura sourdement et reposa son verre vide sur la table. Jetant un coup d'œil à sa montre, il constata qu'il était 2 heures du matin.

Ce n'était pas inhabituel, pour lui.

Les cauchemars le hantaient.

Calder, inconscient dans l'eau. Gelé et échappant à son étreinte. C'était lui qui aurait dû mourir, pas Calder !

Il était célibataire, il n'avait pas d'enfant.

Ç'aurait dû être lui.

Il monta lentement l'escalier. La porte de Betty était entrouverte. La lumière d'un lampadaire filtrait à travers le store. Il éprouva une bouffée de désir en la voyant étendue sur le dos, une jambe sous la couette, l'autre découverte.

Il sourit.

Elle lui faisait oublier l'espace d'un instant le drame qui serrait son cœur dans un étau. En sa présence Eira s'épanouissait ; quant à lui, cela faisait bien longtemps qu'il ne s'était pas détendu ainsi en regardant un film.

Il ne se souvenait pas de l'intrigue, d'ailleurs, mais il avait aimé être assis là, se sentir en paix et voir Eira sourire.

Et c'était grâce à Betty.

Depuis son arrivée, il pensait moins à Calder. Le bruit de la mer qui menaçait de les engloutir tous les deux s'atténuait. Elle était comme une lueur dans sa vie.

Oui, mais elle part dans trois mois.

À cette idée, il se rembrunit. S'éloignant de la porte, il gagna sa propre chambre au bout du couloir.

Sachant qu'il dormirait peu, il alluma son ordinateur portable et s'attaqua à des tâches administratives. Et peut-être, juste peut-être, parviendrait-il à se fatiguer suffisamment pour s'accorder quelques heures d'un sommeil sans rêves.

Sinon, il rêverait de Betty… Une femme qu'il ne pouvait pas avoir.

8

— Tu es sûre d'aller assez bien pour retourner au lycée ?

Assise devant l'îlot central de la cuisine, Eira mangeait un bol de porridge.

— Je vais bien, oncle Axel. J'ai besoin de reprendre les cours si je ne veux pas accumuler du retard.

— D'accord. Je te dépose en voiture.

— Je peux prendre le bus, répondit l'adolescente après avoir avalé la dernière bouchée. Comment va Betty ?

— Elle dort encore, mais je vais aller la voir dans un instant.

Pour le moment, il n'avait pas très envie de penser à elle. Quand il avait enfin réussi à s'endormir, il avait rêvé d'elle dans ses bras.

Agacé, il prit le bol d'Eira et le lava.

— Si elle va bien, dit sa nièce, tu pourrais lui faire visiter Reykjavik.

— Elle est censée se reposer.

— Hier, elle a regardé la télévision.

— Et alors ?

— Les victimes de commotion cérébrale ne devraient pas le faire, ça leur donne des migraines.

— Comment sais-tu cela ? demanda-t-il en riant.

— J'ai passé toute ma vie au milieu de médecins et on en a parlé au lycée, en SVT. Mais pour en revenir à ce que je te disais, vous devriez prendre un peu de bon temps ensemble, puisque vous êtes tous les deux en congé, dit Eira, un sourire malicieux aux lèvres.

— Qu'est-ce que tu veux dire par là ?

— Rien du tout. Betty est américaine et son séjour en Islande sera court. Je suis sûre que grand-père ne lui laissera pas une minute pour visiter le pays. Tu devrais lâcher un peu prise. Tu es vraiment trop coincé !

— Pardon ?

Elle lui déposa un baiser sur la joue.

— Vraiment coincé, répéta-t-elle. À plus tard.

Quand la porte d'entrée claqua, il secoua la tête avec étonnement. Depuis quand Eira avait-elle une telle assurance ? Il ne se rappelait pas non plus la dernière fois où elle s'était montrée aussi bavarde, aussi affectueuse.

Il retrouvait la petite fille aux boucles rousses tellement pleine de vie qui avait l'insouciance de son père.

— Bonjour.

Il se tourna vers Betty, coiffée, habillée, prête à affronter la journée. En dehors de quelques bleus et du Steri-Strip qui maintenait les bords de sa plaie, elle semblait aller bien.

Et même, vraiment bien !

Il revit quelques images de son rêve. Betty dans ses bras… Ses jolies lèvres pressées contre les siennes… Ses cheveux blonds et soyeux glissant entre ses doigts.

Il s'efforça de chasser ces fantasmes.

— Comment vous sentez-vous ?

— Bien. J'ai un peu mal à la tête, mais je n'ai plus de vertiges et je me demandais si je pourrais retourner travailler, aujourd'hui.

— Mon père vous a prescrit deux jours de repos.

Elle croisa les bras sur sa poitrine.

— J'ai beaucoup de travail, des cours à préparer, des dossiers à remplir, et un rapport opératoire à rédiger.

— Vous pouvez vous acquitter de quelques tâches administratives, mais sans vous fatiguer. Et bien entendu, vous ne bougez pas d'ici.

— Je vois… Eh bien, je ne vous retiens pas, si vous devez aller à l'hôpital.

— J'ai reçu des ordres très clairs.

— Et vous ne vous opposez jamais à votre père ?

Il ne répondit pas.

— Je dois m'assurer que rien ne contreviendra à votre guérison.

— Bon, journée paperasse, alors. Super !

Il devait la laisser se reposer et expédier les corvées qu'il détestait, lui aussi, mais il ne put s'empêcher de déclarer :

— Eira a eu une idée intéressante.

— Ah bon ?

— Elle connaît très bien mon père et d'après elle c'est sans doute votre seule chance d'avoir deux jours de congé pour visiter le pays.

Un éclair de malice traversa le regard de Betty.

— Vous êtes en train de me proposer de jouer les guides touristiques pour moi ?

Le rythme cardiaque d'Axel s'accéléra légèrement.

— Si cela vous tente, répondit-il d'une voix neutre.

— D'accord, à condition que vous n'ayez pas d'ennuis avec votre père.

— Il n'en saura rien, puisqu'il ne quitte jamais l'hôpital.

La dernière fois que son père avait pris un congé, c'était pour les funérailles de Calder, bien qu'il n'y ait pas eu de corps à enterrer puisqu'il était perdu en mer.

Axel chassa de son esprit le monument de pierre en haut de la colline, à l'écart de la ville. Il avait été érigé en mémoire de tous ceux qui étaient morts dans les mêmes circonstances.

— D'abord, vous devez manger quelque chose, dit-il en servant un peu de porridge à Betty.

— Qu'est-ce que c'est ?

— *Hafragrautur*... De la bouillie d'avoine, si vous préférez, dit-il en poussant le sucre brun vers elle. Vous pouvez ajouter ça.

— C'est épais ! dit-elle en regardant le bol.

— Ça vous protégera du froid.

— Cela ressemble au gruau, un plat à base de maïs qu'on sert en Louisiane. Je n'en ai pas mangé depuis la mort de ma grand-mère. Elle vivait dans le sud du Tennessee, à Chattanooga.

— Je ne sais même pas où c'est, répondit-il en riant.

— De mon côté, j'ignore à peu près tout de l'Islande, sauf que vous avez des volcans et des plages de sable noir.

— Il fait trop froid pour y aller, et le Lagon bleu est exclu dans votre état, mais je vous propose une promenade dans Reykjavik.

— Ça me convient tout à fait, je vous demande juste une chose.

— Laquelle ?

— Évitez de me porter à tout bout de champ. Je ne veux pas parcourir Reykjavik sur votre épaule, parce que, en guise de visite de la ville, je ne verrai que votre postérieur.

Toute rouge, elle porta la main à sa bouche tandis qu'il éclatait d'un rire tonitruant.

— Je suis désolée ! Je ne voulais pas dire...

— Il n'y a pas de souci, Betty. Je promets de ne pas vous porter aujourd'hui. Mangez tranquillement votre petit déjeuner et nous sortirons.

Il quitta la cuisine sans cesser de rire.

La journée risquait d'être intéressante.

Malgré la tempête de neige de la nuit précédente, il faisait un peu moins froid que la veille lorsque Axel et Betty se dirigèrent vers la vieille ville. Axel n'habitait pas loin de la Hallgrímskirkja, une église luthérienne située dans le centre.

La marche et le grand air faisaient du bien à Betty, mais elle s'en voulait encore de sa gaffe. Ces mots malheureux lui avaient sûrement échappé à cause des rêves qu'elle avait faits dans la nuit.

Elle aurait pu jurer qu'Axel était entré dans sa chambre et l'avait embrassée. Le rêve était tellement réel qu'elle sentait encore ses lèvres brûlantes contre les siennes, ses mains sur son corps.

Et il avait fallu qu'elle fasse allusion à ses fesses !

Au moins, il a trouvé ça drôle.

C'était d'ailleurs la première fois qu'elle le voyait vraiment rire, mais maintenant qu'ils marchaient côte à côte, il ne lâchait plus un mot.

— Alors, dit-elle enfin, dites-m'en davantage sur Hallgrímskirkja.

— C'est une église impressionnante. Si elle est ouverte, nous pourrons monter tout en haut. Sinon, nous nous contenterons de la statue de Leif Erikson.

— Je devrais sans doute savoir qui c'est ?

Il lui jeta un coup d'œil surpris.

— Tout le monde sait qui c'est ! C'était le fils d'Erik le Rouge et le premier explorateur à avoir découvert l'Amérique du Nord. On dit qu'il a fondé l'Anse aux Meadows, au Canada. Avant lui, son père avait établi la première colonie, au Groenland.

— C'est un personnage important.

— En effet.

— Et moi qui pensais que Christophe Colomb était le premier à avoir découvert l'Amérique du Nord !

— Non. Leif l'avait devancé.

Il lui adressa un clin d'œil, et elle se détendit.

— Que ferons-nous, après avoir rendu hommage au grand homme ?

— Nous déjeunerons dans la vieille ville. Peut-être boirons-nous cette bière dont je vous ai parlé.

— La Viking ?

— Celle-là même, fit-il en riant.

— Je ne sais pas... Votre bière est plus forte que la nôtre et je n'apprécie pas énormément l'alcool.

— On vous trouvera quelque chose.

— Et vous dites que cette excursion est une idée d'Eira ?

— Absolument.

— Rappelez-moi de la remercier.

Il eut de nouveau un petit rire.

— Elle me trouve coincé.

— Elle vous connaît bien.

— Pardon ?

— Lors de notre première rencontre, vous n'avez pas souri une seule fois. Vous avez critiqué mes bottes, puis vous m'avez jetée sur votre épaule et balancée dans votre SUV.

Le cœur de Betty battit plus vite au souvenir de ce Viking morose traversant le hall de l'aéroport comme s'il était en mission.

Elle se rappelait aussi la façon dont il avait posé la main sur son postérieur.

D'habitude, elle n'appréciait pas les mâles alpha. Thomas en avait certains aspects, mais elle ne l'imaginait pas fendre la foule et la soulever littéralement de terre.

Évidemment, cela ne lui était jamais arrivé auparavant. Elle mesurait un mètre soixante-dix et Axel près d'un mètre quatre-vingt-dix. Elle ne put s'empêcher de le parcourir du regard jusqu'à ce qu'elle se sente rougir.

Pas de panique !

C'était sûrement l'effet des antalgiques. Elle avait déjà fantasmé sur Thomas, et voilà où cela l'avait menée !

Un cœur brisé, un amour-propre en morceaux et une douleur si grande qu'elle avait dû traverser l'océan pour se réfugier en Islande.

— Nous y sommes, dit Axel.

Tandis qu'ils entamaient la montée de la colline, Betty leva les yeux vers l'église dont la flèche s'élevait vers le ciel.

— Waouh !

À New York, il y avait aussi des monuments religieux élevés, mais ils étaient noyés parmi les gratte-ciel. Hallgrímskirkja avait été construite au sommet d'une colline et dominait la ville.

Axel se tourna vers elle.

— C'est beau, n'est-ce pas ? J'aime venir ici. Il émane une telle force, une telle fierté, de cette église !

— C'est impressionnant !

— Voyons si nous pouvons grimper au sommet, dit-il en lui prenant la main.

Sur le moment, le contact de cette paume chaude enroulée autour de ses doigts la surprit, mais ce n'était pas déplaisant.

— Vous pensez que je peux le faire, dans mon état ?

— Il y a un ascenseur.

Il paya l'entrée, et ils pénétrèrent à l'intérieur. Elle découvrit un orgue superbe, sans doute le plus imposant qu'elle avait jamais vu. Mais tout était extraordinaire, en ce lieu.

— Prête ? demanda Axel.

— Oui, mais vous devez savoir que j'ai facilement le vertige. Je ne suis jamais montée en haut de l'Empire State Building ou de la statue de la Liberté.

Il lui reprit la main.

— Avec moi, vous êtes en sécurité. Allons-y.

Il y avait peu de touristes, aussi furent-ils les seuls à prendre l'ascenseur. Un instant plus tard, quand les portes s'écartèrent, elle se crispa en constatant à quelle hauteur ils étaient.

— On se détend ! fit-il, léger. Venez.

Elle avança d'un pas, craignant presque d'être emportée par le vent. En réalité, la plate-forme était couverte et l'air ne pénétrait que par les fenêtres.

Quand Axel la guida vers l'une d'elles, Betty frémit, mais il se tint derrière elle et l'enveloppa de ses bras. Elle se sentait en sécurité, mais aussi extrêmement nerveuse. La dernière fois qu'un homme lui avait fait cet effet… Elle ne voulait pas y penser.

— Comment trouvez-vous la vue ?

— Je ne sais pas. Je n'ai pas encore regardé.

— Eh bien, faites-le, répondit-il d'une voix amusée.

La première chose que vit Betty, ce furent les maisons multicolores qui s'étendaient jusqu'à la mer.

— On voit toute la ville ! s'exclama-t-elle.

— Nous sommes orientés vers l'ouest, en direction du Groenland. Il suffit de trois heures en avion pour s'y rendre.

— Vous y êtes allé ? Vous savez comment le père de Leif Erikson, Erik le Rouge, a découvert le Groenland ?

— Et vous disiez ne rien savoir de lui !

— Quelqu'un m'a parlé de lui, un jour.

Il rit.

— Pour répondre à votre question, je suis allé au Groenland.

— Comment est-ce ?

— Glacé.

Elle rit à son tour.

— Vous ne tremblez plus, dit-il à son oreille.

Elle sentit un frisson courir le long de sa colonne vertébrale.

— De quoi parlez-vous ?

— Quand je vous ai prise dans mes bras, vous trembliez comme une feuille.

Que répondre ? Elle rougit, se dégagea de son étreinte, puis s'écarta de la fenêtre. Si elle voulait vraiment que leur relation demeure purement professionnelle, elle devait garder ses distances avec lui.

— J'ai faim, dit-elle, et je me sens un peu vaseuse. Vous aviez parlé de déjeuner.

— Bien sûr. C'est ce qu'on va faire.

Elle hocha la tête. Par sa faute, l'atmosphère était de nouveau tendue, mais c'était mieux ainsi.

Elle n'était pas venue en Islande pour tomber amoureuse mais pour retrouver sa confiance en elle.

9

Il était allé trop loin.

Axel s'en voulait tellement. Pourtant, il savait bien qu'il devait garder ses distances avec Betty, mais il en avait été incapable. Quand il était près d'elle, tout le reste devenait flou.

Il en oubliait ce qu'il était devenu, la tristesse de sa vie.

La prendre dans ses bras lui avait semblé naturel.

Oublie ça ! Tu ne peux pas te le permettre.

De toute façon, elle ne resterait pas longtemps en Islande. Et à la façon dont elle s'était écartée de lui en évitant son regard, elle n'était de toute évidence pas intéressée.

Elle était plus intelligente que lui !

Ils étaient collègues et amis, rien de plus.

Quant à lui, il devait à Calder de se consacrer entièrement à Eira. C'était son frère qui lui avait sauvé la vie en le propulsant hors de l'hélicoptère avant l'explosion.

N'y pense pas.

À partir du moment où Eira était sa priorité, aucune relation amoureuse n'était possible. Sa dernière petite amie l'avait quitté parce qu'il n'était pas question pour elle d'assumer la responsabilité d'un enfant.

Il jeta un coup d'œil à Betty, qui fixait le plafond de l'ascenseur. Dehors, une petite troupe de touristes attendait de monter au sommet de la tour. Quelle chance d'avoir eu la plate-forme pour eux seuls pendant un instant. Cela lui avait fait oublier sa situation actuelle.

Depuis qu'il ne faisait plus partie des gardes-côtes, il était piégé, obligé de supporter l'autoritarisme de son père. C'était sa punition pour avoir survécu à Calder.

— Ça va ? demanda Betty.

Ils avaient quitté l'église et se dirigeaient vers la statue de Leif Erikson.

— Très bien, merci. Où voulez-vous manger ?

Les mains dans les poches, elle haussa les épaules.

— Je ne saurais pas où aller. Vous êtes mon guide pour la journée, je vous laisse choisir.

— Nous allons dans la vieille ville, en ce cas.

Comme ils redescendaient de la colline, il y eut un choc derrière eux, suivi d'un cri strident qui glaça le sang d'Axel.

Ils se retournèrent tous les deux. Un homme était évanoui sur le sol, près de l'église. Axel se mit aussitôt à courir, suivi de près par Betty.

Il s'agenouilla près de l'homme, qui convulsait.

— Que s'est-il passé ? demanda-t-il à la femme qui avait crié.

— Je ne sais pas. Nous hésitions à monter en haut de la tour et il m'a parlé de brûlures d'estomac. La seconde suivante, il s'est effondré. Vous êtes médecin ?

— Oui. Vous avez appelé des secours ?

— Oui.

Axel ôta sa veste et recouvrit le patient pendant que Betty s'agenouillait à son tour. Il examina les pupilles de l'homme, puis il vérifia que ses voies respiratoires n'étaient pas obstruées. À quoi cet évanouissement était-il dû ? Pourquoi ces convulsions ?

— Qu'est-ce qu'elle a dit ? chuchota Betty.

— Qu'il avait des brûlures d'estomac.

Le son d'une sirène retentit, s'accentuant à mesure que l'ambulance approchait. Le conducteur en jaillit et sortit un brancard de l'arrière du véhicule. Betty reconnut l'ambulancier qu'ils avaient rencontré la nuit de l'accident.

— Docteur Sturlusson ? Qu'est-ce qu'on a ?

— Le patient s'est évanoui après s'être plaint de brûlures

d'estomac. Il a une plaie à la tête, consécutive à sa chute. Pouls à soixante, pupilles égales et réactives.

L'ambulancier hocha la tête. Ensemble, ils installèrent l'homme sur le brancard. Axel le perfusa pour l'hydrater et lui mit des lunettes à oxygène.

Lorsqu'ils eurent chargé le brancard dans l'ambulance, le jeune ambulancier se tourna vers Axel et Betty.

— Je suppose que c'est vous qui vous chargerez du patient, quand nous serons à l'hôpital ?

Axel aurait pu dire qu'il était en congé, mais il se sentait responsable de cet homme.

— Nous vous suivons. Prévenez les urgences que le Dr Jacinth et moi-même allons nous occuper de lui.

Il se tourna vers Betty.

— Vous êtes prête à sauter le déjeuner pour opérer un éventuel anévrisme aortique ?

— Ça ne rentre pas dans les attributions d'un chirurgien cardio-thoracique ?

— Vous avez devant vous un chirurgien qualifié, spécialisé en traumatologie. Je l'ai déjà fait dans des situations d'urgence et j'en suis toujours capable.

— Je suis impressionnée.

— Allons-y.

— Je vous suis.

Axel héla un taxi qui les déposa peu après devant les urgences où l'ambulance venait d'arriver. Dès que les roues du brancard heurtèrent le sol, Axel attrapa la barrière de sécurité et le poussa à l'intérieur en lançant des instructions aux internes qui étaient venus à la rencontre de l'ambulance.

Betty était de l'autre côté, réclamant une tenue et prescrivant des examens pour un possible anévrisme aortique.

Un instant plus tard, l'ambulancier repartait avec son brancard et un interne informait l'épouse affolée de ce qui se passait.

Après avoir confié leur patient aux internes en chirurgie, Axel et Betty se dirigèrent vers le vestiaire pour se changer. À cet instant, le père d'Axel sortit d'une salle d'examen.

— Axel, docteur Jacinth, que faites-vous ici ? Docteur Jacinth, vous êtes censée vous reposer.

— Je vais bien, répondit Betty, mais Axel lui coupa la parole.

— Un homme s'est évanoui devant l'église. C'est mon patient, puisque j'ai été le premier sur les lieux. Je vais l'opérer et comme tu m'as demandé de veiller sur le Dr Jacinth, elle va m'assister.

Son père était clairement surpris, mais il ne pouvait pas vraiment discuter en présence de Betty. Axel savait pertinemment que son père ne voulait pas lui faire mauvaise impression. Le Dr Sturlusson s'écarta donc pour les laisser passer, mais il était évident qu'il n'en resterait pas là.

Dès que le patient serait stable, il convoquerait Axel et lui reprocherait d'avoir désobéi à ses ordres. Mais pour l'instant, une seule chose comptait : sauver la vie de cet homme.

Une fois dans le vestiaire, Betty et Axel ôtèrent leurs vêtements de ville et enfilèrent leur tenue. Axel s'efforça de ne pas regarder Betty pendant qu'elle se changeait, mais c'était difficile.

Un sourire aux lèvres, elle se tourna vers lui.

— Vous êtes certaine de pouvoir tenir le coup ? lui demanda-t-il. Je ne veux pas vous contraindre à opérer si vous ne vous sentez pas suffisamment bien.

— Il n'y a pas de problème, Axel. Je n'ai pas subi de traumatisme cérébral et personne ne pourrait me forcer à faire quoi que ce soit.

Il eut un petit rire.

— Parfait. Nos sorties semblent toujours se conclure par un désastre, dit-il.

On aurait dit que le hasard s'acharnait à les faire travailler ensemble, mais cela ne le gênait pas… Bien au contraire !

S'approchant de lui, elle lui tapota l'épaule.

— Allons sauver une vie.

Il finit de se préparer et ils gagnèrent ensemble la traumatologie.

— Docteur Sturlusson, dit un interne, j'ai les résultats du scan de M. Bjorn.

D'après le cliché, il s'agissait d'une déchirure de la paroi de l'aorte.

— Docteur Einnarsson, pouvez-vous préparer le patient ?

Nous allons opérer une dissection aortique. Assurez-vous que le bloc est prêt et inscrivez l'intervention au tableau. C'est vous qui nous assisterez.

— Merci, docteur Sturlusson, dit le jeune homme en s'éloignant rapidement.

Axel alla voir l'épouse de son patient, qui faisait les cent pas devant la porte des urgences. Prenant une profonde inspiration, il informa la pauvre femme de ce qui allait se passer…

— Aspiration, s'il vous plaît, dit calmement Axel tout en retirant la portion endommagée de l'aorte.

L'étape suivante consisterait à installer une circulation extra-corporelle, puis à remplacer la section endommagée par un tube prothétique porteur d'une valve, car à première vue, la déchirure risquait de s'étendre.

L'épouse de M. Bjorn lui avait appris qu'ils étaient des touristes suédois. Son mari avait souffert d'hypertension, ce qui correspondait bien aux symptômes précurseurs d'une dissection aortique. Le pauvre homme s'imaginait souffrir de brûlures d'estomac alors que son problème était beaucoup plus grave.

Axel jeta un coup d'œil à Betty, de l'autre côté de la table. Comme la fois précédente, lorsqu'elle avait effectué une cholécystectomie, leur binôme fonctionnait à merveille.

D'habitude, il évitait de travailler avec d'autres chirurgiens. Son père lui rappelait d'ailleurs souvent qu'il n'avait aucune ancienneté dans l'hôpital, puisqu'il avait préféré s'engager dans les gardes-côtes. C'était la raison pour laquelle il effectuait peu d'interventions cardio-thoraciques alors qu'il excellait dans ce domaine.

En tant que fils du chef du service chirurgie, il était considéré par ses collègues soit comme un espion de son père, soit comme un pistonné, aussi préférait-il opérer seul. De cette façon, il sauvait des vies comme il l'avait fait en mer sans avoir à expliquer les procédures à des confrères.

Mais avec Betty, c'était complètement différent. Elle le comprenait.

— Beau travail, lui dit-elle tandis qu'ils effectuaient ensemble l'intervention.

— Je vous retourne le compliment, répondit-il.

Autour d'eux, les internes en chirurgie les observaient. Il s'adressa au Dr Einnarsson, qui se tenait près de Betty :

— Docteur Einnarsson, pouvez-vous nous exposer le protocole une fois que notre patient sera autorisé à rentrer chez lui ?

Comme Axel enseignait rarement pendant ses interventions, le jeune médecin écarquilla les yeux.

— Il devra se soumettre à des scans réguliers et prendre des hypotenseurs.

— Très bien, parce que si on ne vérifie pas régulièrement sa pression artérielle, le tube peut céder, dit Axel en finissant d'ôter la portion endommagée. Il restera en Islande quelque temps, pour sa convalescence. Nous nous assurerons que sa tension est sous contrôle avant qu'il reprenne l'avion.

Quand ce fut fini, M. Bjorn fut emmené aux soins intensifs. Et Axel revint à ses préoccupations antérieures. Devait-il ramener Betty chez elle ? Il était clair qu'elle allait bien et n'avait plus besoin d'être surveillée.

Il devait prendre ses distances avec elle, ce qui était difficile tant qu'elle était dans la chambre d'amis.

Ils n'avaient pas d'avenir commun.

Il ne méritait pas une femme comme elle.

Betty avait perçu le changement d'humeur d'Axel. Quelle qu'en fût la raison, il avait de nouveau érigé un mur entre eux. Il était redevenu le grand Viking maussade qui avait critiqué ses bottes à l'aéroport avant de la balancer sur son épaule comme un sac de pommes de terre.

Ce n'était plus l'Axel qui l'avait enveloppée de ses bras, en haut de la tour. Celui qui lui avait parlé gentiment, l'avait portée dans son lit, lui avait préparé le petit déjeuner… et qui sentait si bon !

Oui, il sentait vraiment bon !

Lorsque, derrière elle, il lui avait murmuré quelques mots à l'oreille, elle avait perçu une odeur de mer et de terre. Rien que d'y penser, elle en avait des papillons dans le ventre.

Et ce genre de réaction la mettait hors d'elle !

Tu n'es pas là pour tomber amoureuse !

La seule façon de garder les distances entre eux était de rentrer chez elle. Rester chez Axel deux nuits de plus aurait été une très mauvaise idée.

En la rejoignant dans le vestiaire, il lui accorda à peine un coup d'œil.

— Comment va le patient ? demanda-t-elle.

— Il est stable et on l'a emmené aux soins intensifs. Le pronostic est bon, mais je vais passer la nuit ici. Je veux le surveiller.

— Je comprends. Je pensais rentrer chez moi, mais si vous voulez que je reste avec Eira cette nuit, je le ferai volontiers.

— Ce serait vraiment bien. Et demain matin, je vous ramènerai chez vous.

— Parfait.

C'était un vrai soulagement, car elle était épuisée. Même si elle ne souffrait pas de commotion cérébrale, cette longue station debout l'avait fatiguée.

— Merci de m'avoir assisté, dit-il. J'ai beaucoup apprécié votre aide. — Je suis là pour ça.

Il hocha la tête sans croiser son regard.

— À demain matin, dit-il.

Lorsqu'il fut sorti, elle s'assit sur un banc. Laissant échapper un soupir, elle se passa la main dans les cheveux.

Comment faisait-elle pour gâcher toutes ses relations ?

À cet instant, son téléphone sonna.

C'était encore Thomas ! Cette fois, elle décrocha.

— Thomas ! s'exclama-t-elle avec exaspération.

— Je commençais à croire que tu t'étais enfuie à l'autre bout du monde.

— Tu sais où je suis, Thomas. Je t'ai parlé du poste que j'ai accepté quand je t'ai remis ma demande de congé sabbatique.

— L'Islande est au bout du monde.

— Pas vraiment. Elle est entre l'Amérique du Nord et l'Europe.

— Je ne t'ai pas appelée pour jouer sur les mots.

— Alors pourquoi m'appelles-tu ? Tu n'es pas censé être en voyage de noces ?

— Je t'appelle de Mexico.

Des larmes de colère picotèrent les yeux de Betty.

— Thomas, pourquoi m'appelles-tu ?

— J'ai besoin de toi, chuchota-t-il.

— Pourquoi parles-tu tout bas ?

Elle comprit qu'il n'était pas seul… Il était avec *elle*.

— Au revoir, Thomas.

Elle raccrocha et se frotta les yeux. Elle ne pleurerait pas ! Elle était venue ici pour tourner la page, mais comment y parvenir si Thomas ne cessait de l'appeler ou de lui envoyer des messages ?

Pourrait-elle se libérer un jour de lui ?

Après avoir ôté sa tenue, elle remit ses vêtements de ville. Lorsqu'elle prit son jean, son ticket d'entrée dans l'église tomba de sa poche. Elle le ramassa.

Cette journée avait si bien commencé !

Évidemment, au début, tout allait bien aussi, avec Thomas. Cela avait même été magique ! Mais cela n'avait pas duré longtemps et leur liaison s'était terminée de façon horrible.

Cette nuit, elle resterait auprès d'Eira, et demain elle retournerait dans son logement et s'en tiendrait à des relations purement professionnelles avec Axel.

De retour à New York, elle oublierait ce qu'elle avait vécu avec Thomas et reprendrait le cours de sa vie. Elle souhaitait désespérément en avoir la force !

Elle ne se rappelait pas la dernière fois qu'elle s'était sentie forte. La mort de son père l'avait laissée faible et désemparée. Elle ne savait même plus comment elle était avant de le perdre… et avant sa rencontre avec Thomas.

En réalité, elle était perdue, elle ignorait qui elle était vraiment aujourd'hui.

Elle froissa le ticket d'entrée et le jeta dans une poubelle, puis finit de s'habiller et sortit du vestiaire.

— Docteur Jacinth ?

Elle se tourna vers le beau jeune homme qui lui adressait un signe de la main comme s'il la connaissait. Il lui sembla vaguement familier.

— Je peux vous aider ? demanda-t-elle.

— Je suis Stellan, l'ambulancier de la nuit de l'accident. C'est aussi moi qui ai emmené aux urgences l'homme qui a fait un malaise devant l'église.

C'était un blond aux yeux bleus, mais, malgré son indéniable beauté, il ne parvenait pas à la cheville d'Axel.

Arrête de penser à lui !

— Bien sûr ! Je me souviens de vous. Désolée, je ne suis pas très physionomiste.

Il lui sourit.

— Je venais voir comment va le patient, il souffrait d'une dissection aortique, c'est bien ça ? En tant qu'ambulancier, nous ne connaissons pas toujours les suites de nos interventions.

— L'opération a réussi et il est maintenant aux soins intensifs.

— Tant mieux !

Il se frotta la nuque comme s'il hésitait à dire autre chose.

— Oui ? l'encouragea-t-elle.

— Je me demandais si vous accepteriez de boire un verre avec moi.

Elle le fixa avec surprise.

— Je dois m'occuper de la nièce d'un ami. Un autre soir, peut-être ?

Stellan eut l'air déçu.

— Bien sûr. Vous voulez que je vous accompagne ?

— Je peux prendre un taxi.

— J'insiste. Je peux très bien vous emmener avant de déposer l'ambulance au dépôt.

Betty était épuisée et elle ne voulait pas laisser Eira trop longtemps seule. Elle chercha l'adresse d'Axel dans ses SMS, parce qu'elle n'était pas certaine de la prononcer correctement.

— Vous connaissez cette rue ? demanda-t-elle.

Stellan jeta un coup d'œil à l'écran.

— Bien sûr. Ce n'est pas très loin de chez moi. On y va ?

Soulagée, elle suivit Stellan jusqu'à l'ambulance. À un moment, il lui sembla que quelqu'un l'observait, mais lorsqu'elle se retourna, il n'y avait personne.

10

Depuis une semaine, Axel évitait Betty...

Dans la mesure du possible, il s'arrangeait aussi pour ne pas croiser le chemin de son père, depuis la discussion houleuse qui les avait opposés après l'opération.

Betty allait bien. Sa blessure au front était en voie de cicatrisation et il était clair qu'elle n'avait pas subi de commotion cérébrale. Ses cours auprès des internes en chirurgie se passaient très bien et le père d'Axel était visiblement satisfait. Il avait déclaré que Betty était le portrait craché de son père et aussi talentueuse que lui.

Axel continuait de suivre M. Bjorn, dont l'état évoluait dans le bon sens. Même si Axel avait du mal à garder ses distances avec Betty, il parvenait à se fondre dans la masse et à se contenter de faire son travail.

Mais elle lui manquait et il lui était pénible de voir Stellan, l'ambulancier, tourner autour de la jeune femme. Le soir où Betty devait garder Eira, elle avait quitté l'hôpital en compagnie de Stellan. Et il avait vu la façon dont elle lui souriait en lui parlant.

Axel se passa la main sur le visage et but une gorgée de café froid. Il remplissait des dossiers depuis plusieurs heures mais n'avançait guère tant il était préoccupé.

Eira lui en voulait d'avoir renvoyé Betty chez elle. Elle ne comprenait pas pourquoi il ne tentait pas sa chance auprès d'elle et Axel était bien incapable de le lui expliquer sans rouvrir d'anciennes blessures. Depuis quelque temps, sa nièce paraissait plus mûre et il ne voulait pas la faire régresser en réveillant des souvenirs douloureux.

Une chose était certaine : il ne méritait pas une femme comme Betty. Et même s'il avait été digne d'elle, il ne pourrait jamais quitter l'Islande.

Il ferma les yeux.

— Tout va bien ?

Betty se tenait de l'autre côté du comptoir central où il était en train de travailler.

— Je suis un peu fatigué, admit-il.

— Je ne vous ai pas beaucoup vu, ces derniers temps.

— Vous vous occupiez des internes et moi de mes patients.

Elle lui adressa un sourire chaleureux.

— Je sais, mais vous aviez l'air…

— De quoi avais-je l'air ? la coupa-t-il sèchement. Je suis crevé, c'est tout.

— Très bien. Vous êtes crevé. Désolée d'avoir posé la question. Je pensais que nous étions amis, mais j'ai eu l'impression que vous m'évitiez. Je pense ne pas m'être trompée.

— Qu'est-ce qui vous fait penser ça ?

— Pour commencer, vous ne m'avez pas soulevée dans vos bras quand vous m'avez ramenée chez moi, dit-elle sur le ton de la plaisanterie.

Il ne put s'empêcher de sourire à son tour.

— Vous aviez réussi à monter en haut de l'église, malgré votre peur du vide. Je me suis dit que vous pouviez marcher dans les rues verglacées sans danger.

— Comment va Eira ? demanda-t-elle en riant.

— Bien, répondit-il d'une voix maussade.

— Je vois… Ça barde, c'est ça ?

— Elle m'en veut parce que vous êtes partie. À l'écouter, c'est comme si je vous avais fichue dehors.

— Vous voulez que je lui parle ?

— Non. Elle s'en remettra. Je pense juste que…

Il s'interrompit. Eira souhaitait reconstituer un semblant de famille heureuse. Calder et sa femme avaient été le ciment de la famille, mais Axel ne parvenait pas à établir une relation correcte avec son père, ni à faire de la maison un véritable foyer.

À l'époque, Calder ne cessait de répéter qu'Axel et leur père avaient le même caractère, mais il n'était pas d'accord. Lui, il faisait des efforts, alors que son père n'en faisait pas.

— J'ai compris, dit-elle en rougissant. Je vais vous laisser.

Il s'en voulut aussitôt de sa grossièreté.

— Attendez, Betty !

Elle se tourna vers lui.

— Cela ne m'ennuie pas du tout que vous parliez avec Eira, au contraire ! Je crois qu'elle a besoin de discuter avec une femme.

L'expression de Betty s'adoucit.

— D'accord. Je peux le faire.

Lorsqu'elle se fut éloignée, il s'affaissa sur son siège et termina son café froid. Il était furieux contre lui-même.

Il se transformait en robot au cœur froid. Calder avait raison... Il était le portrait craché de son père.

Axel avait passé la journée à travailler sur ses rapports chirurgicaux et postopératoires. Il n'avançait pas, parce que les internes de traumatologie ne cessaient de l'interrompre, surtout quand Betty était occupée avec un patient.

Il avait examiné plusieurs fois M. Bjorn et pris sa tension. Pour sa plus grande satisfaction, son patient supportait bien le traitement.

— Vous lui avez sauvé la vie, dit Mme Bjorn lorsqu'il eut changé le pansement de son mari.

— Il a une grande volonté de vivre.

— Oui, mais si vous n'aviez pas été là, il...

Mme Bjorn se détourna pour s'essuyer les yeux.

— Je m'en réjouis aussi.

— Vous savez quand il pourra rentrer à la maison ?

— Pas avant un certain temps. Je veux être sûr qu'il supportera les éventuels changements de pressurisation pendant le vol. Il y a aussi un risque d'embolie pulmonaire. Je vous promets que nous ferons tout pour que vous rentriez tous les deux chez vous en bonne santé. J'ai contacté votre médecin de famille en Suède ; dès que votre époux pourra voyager, il prendra le relais.

— Merci beaucoup ! répondit Mme Bjorn, visiblement soulagée.

Axel ôta ses gants et jeta le matériel utilisé, puis il se nettoya les mains avec un désinfectant. Alors qu'il quittait la chambre, il reçut un SMS d'Eira.

Elle voulait dîner avec lui dans un restaurant de la vieille ville pour discuter et il lui répondit aussitôt qu'il la rejoindrait à 19 heures. Il glissait son téléphone dans sa poche lorsqu'il se retrouva nez à nez avec la dernière personne qu'il voulait voir.

Son père.

Pas de très bonne humeur, apparemment.

— Comment va le patient que tu as opéré d'une dissection aortique ? demanda-t-il.

— Bien.

— Tu as terminé tes rapports postopératoires ?

— Absolument. Est-ce que tu as reconsidéré ma demande de rejoindre le service de chirurgie cardio-thoracique ? Le chef de la cardio est plus que désireux de m'intégrer dans son équipe. En tant que chirurgien en traumatologie, j'ai déjà acquis les bases et je souhaite approfondir mes connaissances.

— Pourquoi ça ? La trauma ne te suffit pas ?

Axel serra les dents. Son père le maintenait par tous les moyens à son poste actuel pour continuer à le punir.

— J'essaie de progresser, papa.

— Tu es chirurgien en traumatologie. Je n'ai pas besoin de toi en cardiologie.

— Très bien. Si tu veux bien m'excuser, je vais terminer mes visites puis retrouver Eira. Nous avons rendez-vous pour dîner au restaurant. Tu peux te joindre à nous, si tu veux.

Son père réagit comme s'il avait été giflé.

— Quoi ?

— Ta petite-fille. Quand l'as-tu vue pour la dernière fois ?

— Pendant les vacances.

— Je sais qu'elle aimerait te voir davantage.

— Ne me parle pas d'elle, siffla son père entre ses dents serrées. Tu n'en as pas le droit.

— Je me disais simplement que tu pourrais avoir envie de dîner avec nous, c'est tout.

— J'ai à faire, répliqua son père avant de s'éloigner à grands pas.

Si Calder et leur mère avaient encore été là, ils les auraient aidés à réduire l'abîme qui les séparait. Depuis la mort de son épouse, son père ne sortait pas d'une sorte de nuage de colère et d'amertume.

Est-ce que tu n'en fais pas autant ?

Axel chassa cette pensée de son esprit. Il avait ses visites à faire avant de retrouver Eira. Il pourrait peut-être parler avec elle de ce qui était arrivé avec Betty. Peut-être était-ce à *lui* de combler le fossé qui s'était creusé entre sa nièce et lui... Mais comment faire ? Comment s'y prendre ?

— Betty, je suis si contente de vous avoir trouvée !

Betty leva les yeux du dossier dans lequel elle était plongée. Eira se tenait debout devant elle. L'adolescente souriait largement et semblait en meilleure forme que la dernière fois qu'elle l'avait vue.

— Eira ? Qu'est-ce que tu fais ici ?

— On doit me retirer mes points de suture aujourd'hui, répondit Eira en levant le bras. Ça fait juste deux semaines.

— Viens, je vais t'installer dans une salle d'examen.

— Super !

Eira suivit Betty. Elles trouvèrent une salle d'examen vide. Après l'avoir fait asseoir dans le fauteuil utilisé pour les prises de sang et autres examens, Betty trouva ce qu'il lui fallait dans un placard.

— Je pensais que votre médecin de famille retirerait les fils, dit-elle en disposant le matériel sur un plateau.

— Je voulais que ce soit vous. Ça ne vous ennuie pas ?

— Pas du tout.

Betty enfila une paire de gants et imbiba un tampon de ouate avec de l'alcool pour nettoyer la plaie.

— C'est froid !

— Ça ne va pas durer longtemps.

Betty examina la cicatrice et fut satisfaite, il n'y avait plus de signe d'infection.

— Vous êtes sûre ? demanda Eira avec anxiété.

— Absolument. Quand j'avais ton âge, j'avais une plaie à la jambe bien pire que la tienne ; quand on m'a retiré les fils, j'avais peur d'avoir mal, mais je me suis aperçue que ce n'était rien du tout.

— D'accord.

Eira ferma les yeux, mais continua de serrer son poing libre.

— Détends-toi. Tout va bien se passer.

En quelques instants, Betty eut terminé.

— C'est fini ! annonça-t-elle.

— Déjà ?

— Oui.

Elle déposa les instruments chirurgicaux dans un récipient pour qu'ils soient stérilisés.

— Vous aviez raison ! Ce n'est rien du tout.

— Je te l'avais dit.

Comme Eira se mordait la lèvre inférieure, Betty devina que la jeune fille souhaitait lui dire autre chose, mais elle était visiblement nerveuse.

— Eira, tu sais que tu peux me parler si tu en as besoin. Ton oncle est d'accord.

L'adolescente parut soulagée.

— J'ai pensé qu'on pourrait dîner ensemble et discuter de quelque chose qui m'inquiète.

— Bien sûr. Quand ?

— Vous êtes libre, maintenant ?

Betty jeta un coup d'œil à sa montre. Il était 18 h 30 et son service était terminé depuis une heure.

— Oui. Il faut juste que je me change, ensuite nous irons au restaurant ensemble.

— D'accord ! Je connais un endroit super.

— Je te fais confiance.

Un instant plus tard, Betty retrouva Eira aux urgences. La

jeune fille paraissait nerveuse et regardait autour d'elle comme si elle craignait que son oncle ou son grand-père ne la voient.

— Eira, tu es sûre que ton oncle ne m'en voudra pas ? Je veux dire... Il veut bien que nous discutions, mais...

— Mais quoi ? S'il a dit qu'on pouvait se voir, tout va bien.

— On dirait que tu es prête à déguerpir, fit Betty d'un ton léger.

— J'ai peur de tomber sur mon grand-père. Il n'aime pas que les enfants traînent aux urgences.

Cette précision surprit Betty.

— Ah ! En ce cas, dépêchons-nous.

Pendant un court trajet sous la neige, elles parlèrent du temps et du lycée. Eira les conduisit dans un restaurant sympathique, installé au rez-de-chaussée d'un immeuble ancien. La jeune fille commanda deux cafés.

— D'habitude, dit Betty, les ados de quatorze ans ne boivent pas de café.

Eira la fixa avec incrédulité.

— D'abord, je vais en avoir quinze et presque tous mes amis en boivent.

Betty réprima un rire. Cette gamine était adorable !

— Alors ? De quoi voulais-tu me parler ? demanda-t-elle en croisant les mains sur la table.

— J'ai l'impression de passer un entretien d'embauche, dit Eira en riant.

— Ce n'est pas le cas, évidemment. C'est juste la façon dont je m'assois au restaurant. La plupart du temps je n'y vais que pour le travail.

— Vous êtes jeune, célibataire, et vous habitez New York. Vous ne devriez pas sortir avec quelqu'un, comme dans les téléfilms de là-bas ?

Betty, très gênée, se tut un instant.

— Les chirurgiens n'ont pas beaucoup le temps de sortir. Tu ne regarderais pas trop la télévision, Eira ?

Eira ignora la question.

— Je crois que c'est pour ça que les médecins se marient souvent entre eux. C'est parce qu'ils sont tout le temps ensemble.

— Ta maman était médecin ?

— Elle était infirmière chez les gardes-côtes... Elle est morte d'un cancer, après ma naissance.

Il n'y avait pas de tristesse, dans la voix d'Eira, simplement de la fierté.

— Le cancer a été diagnostiqué quand elle était enceinte de toi ? demanda Betty, atterrée.

— C'est ça. Elle a refusé le traitement. J'ai toujours eu peur que mon père m'en veuille, mais... il m'aimait, assura Eira, les larmes aux yeux. Et il a fait en sorte que je sache combien maman m'aimait.

— Et ton oncle ? Parle-moi de lui.

— Il m'aime, répondit Eira avec un grand sourire. Mais il... il se reproche la mort de mon père. Il repousse les gens, parce qu'il se croit moins bien qu'eux.

Betty connaissait bien ce sentiment. Thomas lui avait souvent fait comprendre son infériorité et chaque fois qu'elle retrouvait un peu d'assurance, il l'attirait de nouveau dans le cercle vicieux, toxique, de leur relation. Pourquoi l'avait-elle laissé faire ?

— Il ne voulait pas vous renvoyer chez vous, dit Eira, l'arrachant à ses souvenirs.

— Il ne m'a pas renvoyée chez moi, Eira. Je n'avais pas de commotion cérébrale et j'étais de nouveau prête à travailler. Il était donc normal qu'il me ramène chez moi. Je n'étais pas censée m'installer chez vous.

— Pourquoi pas ?

— Eira, je ne pense pas...

Betty s'interrompit. Une silhouette familière fendait la foule des clients et se dirigeait vers elles.

Axel.

Très nerveuse, elle croisa son regard. Il resta impassible, mais à un certain raidissement elle devina qu'il n'était pas très content de la voir.

— Betty, dit-il en inclinant brièvement la tête.

Puis il se tourna vers sa nièce.

— Je croyais que nous devions dîner en tête à tête ?

— Je me suis dit que vous vous étiez un peu embrouillés, tous les deux, et j'ai voulu arranger les choses, répondit Eira en rougissant.

— Tu te trompes, Eira, protesta Betty.

Mais l'adolescente avait raison.

Depuis l'opération de la dissection aortique, une semaine auparavant, quelque chose n'allait plus. Et ils n'étaient apparemment pas les seuls à s'en être rendu compte.

— Oncle Axel, tu as besoin de te distraire et je sais que vous vous entendiez très bien, avant. C'était vraiment génial, quand Betty était à la maison. Je suis sûre que ça vous manque à tous les deux.

Abasourdie, Betty resta muette, et Axel ne répondit pas.

— Mes copines m'attendent, dit gaiement Eira en désignant un groupe de jeunes filles devant la porte.

Se levant d'un bond, elle se dressa sur la pointe des pieds et embrassa son oncle sur la joue.

— Je dors chez Janetje, cette nuit. S'il vous plaît, parlez-vous, tous les deux. Faites-le pour moi.

Betty était trop prise de court pour répondre. Quant à Axel, il regarda sa nièce disparaître avec ses amies. Il resta encore debout une minute, puis s'assit en face de Betty.

— Je suis désolé, dit-il.

— De quoi ?

— De la façon dont Eira nous a manipulés.

Un petit sourire aux lèvres, il continua :

— Enfant, elle s'arrangeait toujours pour parvenir à ses fins et mon frère lui pardonnait tout.

Betty se mit à rire.

— Je comprends ça. Elle est vraiment adorable.

La serveuse leur apporta les deux cafés et, visiblement surprise par la disparition d'Eira, fixa Axel d'un air interrogateur.

— Ce sera tout ?

Betty regarda Axel.

— Je mangerais bien quelque chose. Et vous ?

Comme il ne répondait pas, elle pensa un instant qu'il allait se lever et partir.

— Moi aussi, dit-il finalement.

Se tournant vers la serveuse, il passa une commande. Quand la jeune femme fut partie, Betty se pencha par-dessus la table.

— Qu'est-ce que vous avez commandé ?

Une lueur de malice dans les yeux, il expliqua :

— Du *hangikjöt*. C'est de l'agneau et c'est très goûteux.

— D'accord. Si ça ne me plaît pas, attendez-vous à des reproches.

Il sourit. C'était rare et elle se réjouit de la réapparition des délicieuses fossettes qui lui creusèrent les joues. C'était le plus bel homme qu'elle avait jamais vu, mais ce n'était pas uniquement ce qui l'attirait, en lui. Il y avait quelque chose, chez Axel, qui la faisait fondre.

Quelque chose qui lui faisait oublier qu'il n'était pas pour elle.

— Tout va bien, dit-il. J'aurais dû me douter qu'Eira préparait un coup de ce genre. Comme je vous l'ai dit, elle m'en voulait que vous ayez quitté la maison.

— Aux urgences, je croyais qu'elle était nerveuse parce qu'elle ne voulait pas que son grand-père la surprenne. Je comprends maintenant qu'il s'agissait de vous.

Il cessa de sourire.

— C'était sans doute une combinaison des deux. Mon père n'aime pas que des enfants traînent dans l'hôpital. Si ce sont des patients, pas de problème. Mais selon lui, les gamins du personnel médical devraient rester chez eux. Eira et moi n'échappons pas à la règle.

— Je suis navrée de l'apprendre. Votre père est gentil avec moi et...

— Il respectait votre père, dit gentiment Axel. Mais après la mort de Calder, Eira avait peur de perdre à nouveau un proche, alors je l'ai amenée une fois avec moi à l'hôpital. Ce jour-là, lorsque j'ai voulu partir au travail, elle pleurait, elle s'agrippait à moi, si bien que je n'ai vu aucun inconvénient à ce qu'elle m'accompagne dans la mesure où je n'avais qu'un seul patient à voir. Mon père avait un autre point de vue.

— C'est triste, répondit-elle, le cœur serré. Dans la plupart des hôpitaux, ça ne pose pas de problème.

— J'ai fait mon possible pour que mon père s'intéresse à Eira, mais il ne sait pas s'y prendre avec les enfants.

— Ni avec vous...

Il lui jeta un regard qui lui fit aussitôt regretter d'avoir parlé à cœur ouvert.

— Vous n'avez pas tort, répondit-il finalement. Mon père et moi ne nous sommes jamais très bien entendus, même quand j'étais plus jeune. Mais après la mort de ma mère, puis de mon frère, notre relation n'a fait que se dégrader.

— Il pleure encore la perte de ses proches. Le deuil affecte les gens de différentes façons. Quand mon père a disparu, je me suis lancée dans une liaison destructrice.

— Avec Thomas Welling ?

— Mon père m'avait déconseillé de tomber amoureuse d'un autre médecin avant d'être moi-même titulaire. Il m'avait dit de me concentrer sur un seul but : devenir la meilleure chirurgienne possible. Mais après mon internat, son décès soudain a détruit mon univers. Il a été victime d'une dissection aortique dans son bureau, à l'hôpital, et il est mort avant que ses collègues s'en aperçoivent.

— Je suis désolé.

— Merci.

— Et ensuite, vous êtes sortie avec Thomas ?

— Environ un an après l'enterrement, j'étais devenue la chirurgienne prometteuse dont on suivait le parcours avec intérêt. Thomas est entré dans ma vie et je l'ai laissé m'écraser. Il récoltait toutes les félicitations pour notre travail. Mais ça m'était égal parce que je l'aimais.

— Je peux le comprendre. Ma dernière relation amoureuse m'a brisé le cœur.

Elle ressentit un pincement de jalousie.

— Ah bon ?

— Freya et moi étions ensemble depuis trois ans. Quand je suis devenu le tuteur d'Eira, pour elle c'était à mon père de s'occuper de sa petite-fille, elle ne supportait pas que je sois écrasé par le chagrin et le choc post-traumatique. Selon elle je n'avais pas le droit de lui demander de partager ce fardeau, et elle m'a quitté.

— Waouh ! C'était un sacré numéro !

— Oui, répondit-il en riant, et votre Thomas m'a l'air d'un beau salaud.

— C'est vrai. Il a contrôlé ma vie pendant trop longtemps, au point que j'ai fini par me fondre dans le décor. Chaque fois que je tentais d'en sortir, il s'arrangeait pour m'y reléguer. C'est pour ça que je suis ici, à Reykjavik, à manger du... *hangikjöt.*

— Bravo pour la prononciation !

— Au moins, j'apprends quelque chose.

— Vous êtes toujours la chirurgienne dont on suit le parcours avec intérêt.

Sous son regard intense et grave, elle sentit son cœur battre plus vite. Le compliment l'avait prise par surprise et elle rougit sans savoir quoi répondre.

Par bonheur, la serveuse choisit cet instant pour les servir.

Mais Betty savait bien qu'elle ne suscitait plus aucun intérêt, sur le plan professionnel.

D'ailleurs, elle n'en avait pas envie. Elle voulait simplement disparaître quelque temps, redevenir elle-même... Alors seulement, elle pourrait tourner la page et reprendre le cours de sa vie.

Axel avait du mal à croire qu'Eira ait fait preuve d'un tel machiavélisme. Il avait failli s'en aller, mais comment se montrer aussi grossier envers Betty ?

Et elle lui manquait.

Elle avait encore un peu le rose aux joues suite au compliment qu'il lui avait adressé, mais elle ne semblait pas aussi flattée qu'il l'aurait voulu.

— Je ne voulais pas vous mettre mal à l'aise, Betty, dit-il doucement en tendant le bras pour lui prendre la main. Et je suis désolé de m'être comporté comme...

— Un abruti, marmonna-t-elle.

Pris au dépourvu, il éclata de rire.

— C'est ça. Je pensais seulement qu'il valait mieux, pour votre réputation dans cet hôpital, qu'on ne vous associe pas à moi. C'est pour cela que j'ai gardé mes distances. Je suis la brebis galeuse. Soit on voit en moi une menace, parce que je suis le fils du Dr Sturlusson, et on m'en veut, soit on a pitié de moi à cause de Calder. Dans tous les cas je ne suis pas très apprécié.

— Ils sont jaloux, répondit-elle d'une voix pleine d'assurance en lui pressant légèrement la main. Pour ma part, je vous trouve très talentueux. Mais changeons de sujet ! Je voulais vous poser une question sur les noms de famille en Islande. Votre père s'appelle bien Sturla Sturlusson ?

Il sourit.

— Son propre père se nommait Sturla. Chez nous, le nom de famille est formé à partir du nom du père. Sturlusson signifie « fils de Sturla ». Ma mère a souhaité modifier la coutume, elle m'a appelé Axel et mon frère Calder. Le nom de famille d'Eira est donc Calderdottir, parce que c'est une fille. Mes fils devraient s'appeler Axelsson et mes filles Axeldottir.

— Aux États-Unis, nous héritons simplement du patronyme paternel. Jacinth est d'origine française, je crois. En tout cas, notre famille vivait dans le Tennessee.

— Votre pays vous manque ?

— Non. Depuis la mort de ma grand-mère puis de mon père, je n'ai plus de maison de famille, pas d'attaches. New York me manque parfois, mais je ne sortais plus vraiment de l'hôpital, après...

Il devina qu'elle pensait à Thomas.

— Oubliez-le, dit-il gentiment.

— Je ne pense pas à lui, répondit-elle sèchement.

— Parlons d'autre chose. Pourquoi avez-vous choisi la traumatologie et la chirurgie laparoscopique ?

— Pourquoi avez-vous choisi la traumatologie et la chirurgie thoracique ? demanda-t-elle en écho.

— C'est moi qui ai posé le premier la question, fit-il, espiègle.

Lorsqu'elle souriait, ses beaux yeux bruns étincelaient.

— J'aimais le rythme soutenu des urgences, mais encore plus la cœlioscopie. C'est une chirurgie délicate, lente et méthodique, et moins invasive, comparée à la trauma. À votre tour, maintenant.

— Je voulais depuis toujours me spécialiser en chirurgie cardio-thoracique, mais mon frère s'est engagé chez les gardes-côtes pour pratiquer une médecine d'urgence, et je l'idolâtrais. Je l'ai donc suivi, ce qui m'a permis de travailler avec des chirurgiens cardio-thoraciques extraordinaires. J'ai emmagasiné tout ce que je pouvais apprendre sur le terrain. Si c'était possible, c'est ce que je ferais tous les jours. Peu de gens sont capables d'apprécier la beauté d'un cœur.

— Pourquoi n'avez-vous pas intégré l'équipe de chirurgie cardio-thoracique après avoir quitté les gardes-côtes ?

— Parce que mon père me punit.

— De quoi ?

— Quand notre hélicoptère a entamé sa chute, il y a eu une explosion. Mon frère m'a attrapé et jeté dans l'eau le premier. Son dos a été criblé de pièces métalliques propulsées par le souffle de la déflagration. Il était gravement blessé, probablement paralysé, et il est mort. Je m'en suis sorti indemne. Mon père préférait Calder, qui savait le calmer, un peu comme ma mère. Il m'en veut d'avoir survécu à la place de Calder, et il me le fait payer.

— Vous en êtes sûr ?

— Il me l'a dit.

— Quelle cruauté !

— C'est sa façon d'être, avec Eira et avec moi. Je pense qu'elle lui rappelle ma mère et Calder, alors il la repousse.

— Peut-être parce qu'il a peur de la perdre.

— Moi aussi. J'ai promis à mon frère de prendre soin d'elle, mais j'ai l'impression de ne pas être à la hauteur.

— Vous l'êtes ! dit-elle dans un cri du cœur en lui touchant de nouveau la main.

Il aurait voulu la lui prendre et l'embrasser, mais la serveuse vint lui apporter une bière.

— Vous avez commandé de la bière ? demanda Betty.

— Ce n'est peut-être pas moi.

— Je sais qu'Eira ne l'a pas fait.

— Je vous dois le repas que nous nous apprêtions à prendre après la visite de l'église.

— Je me réjouis de ne pas travailler demain, répondit-elle en avalant une gorgée. Elle est forte.

— Vous êtes une petite nature, non ?

— Comme je vous l'ai dit, j'étais une étudiante studieuse, à la fac. Je sortais à peine. Tout ce que je voulais, c'était sauver des vies.

Tandis qu'elle commençait à manger, le cœur d'Axel battit plus vite.

Sauver des vies… C'était son but depuis toujours. Il avait travaillé dur pour suivre l'exemple de son frère dans l'espoir de rendre son père fier de lui.

Et Betty était comme lui.

Elle mangea une bouchée d'agneau.

— C'est délicieux ! Vraiment !

— Je suis content que ça vous plaise.

— Vous savez que votre père m'aime bien. Je pourrais peut-être…

Il leva la main pour l'interrompre.

— Je ne veux pas vous impliquer là-dedans.

— Mais vous voulez être chirurgien cardio-thoracique. Vous avez les connaissances et les capacités nécessaires pour l'être. Votre père doit vous écouter.

— Non, Betty, ne faites rien.

— Je n'irai pas contre votre volonté, mais je trouve cela injuste ! Vous devriez faire ce que vous aimez, Axel. La vie est trop courte.

Il se tut. Ce n'était que trop vrai… La vie était trop courte. Il était bien placé pour le savoir.

Betty et Axel terminèrent leur repas en discutant de tout et de rien, de leur quotidien à l'hôpital. Elle se sentait bien. Elle appréciait ces moments passés avec lui, elle avait l'impression de redevenir elle-même, de se rappeler qui elle était avant Thomas, avant la perte de son père.

La bière n'était pas pour rien dans sa bonne humeur.

Heureusement, le plat d'agneau avait été servi avec des pommes de terre, elle ne buvait pas le ventre vide.

Axel l'observait, ses yeux bleus brillant de malice.

— Tout va bien ?

— Bien sûr.

— Il se fait tard. Je vais vous raccompagner chez vous.

Il régla la note, puis ils se frayèrent un chemin parmi les gens qui se réfugiaient dans le restaurant pour fuir la température extérieure, en ce vendredi soir.

Lui passant un bras autour de la taille, il la guida vers la sortie. Le froid était plus mordant qu'à sa sortie de l'hôpital et elle frissonna.

— Vous avez froid ?

— Un peu.

Il ôta sa veste et la lui posa sur les épaules. Elle protesta, elle ne voulait pas qu'il tombe malade.

— Mon pull-over est épais et ma voiture est tout près, fit-il en haussant les épaules.

Tout en marchant, elle leva les yeux vers le ciel et aperçut une faible lueur verte, au nord de la ville.

— Oh ! Elles sont revenues.

Il tendit le cou.

— Il paraît qu'elles seront particulièrement puissantes, ce soir.

— Quel dommage qu'elles se confondent avec les lumières de la ville !

— Vous voudriez les voir mieux ?

— Évidemment, mais comment ?

— Je connais un endroit, à environ une heure d'ici. Eira dort chez une copine et vous ne travaillez pas demain. Je peux vous y emmener, si vous voulez.

— Volontiers.

Elle avait beau savoir qu'elle n'aurait pas dû accepter ce trajet nocturne en voiture avec lui, elle n'avait pu s'empêcher d'accepter. Elle saisissait cette chance unique de voir une aurore boréale. Cela ne lui arriverait qu'une fois dans la vie !

Il l'aida à s'installer dans le SUV, qui avait été réparé depuis l'accident, et se glissa derrière le volant.

Un instant plus tard, il se garait devant chez lui.

— Je vais vous chercher un vêtement chaud, dit-il.

Quelques minutes plus tard, il sortait de la maison avec non seulement une veste, mais un affreux bonnet tricoté et une couverture.

— Voilà ! dit-il en déposant le tout sur la banquette arrière.

— Merci, dit-elle avec une pointe d'ironie.

— Prête pour une aurore boréale ?

— Prête.

Ils sortirent de Reykjavik en direction du nord-ouest et longèrent la côte. Bientôt, les lumières de la capitale et d'agglomérations plus petites furent derrière eux. Le reste du monde était plongé dans l'obscurité et uniquement éclairé par les phares du SUV ou de véhicules qui se dirigeaient vers Reykjavik.

Après un long moment, Axel se gara sur une aire de repos, près de l'eau. Il éteignit les phares et sortit de la voiture, imité par Betty. Il faisait sombre et elle percevait le bruit des vagues, sur le rivage, mais elle ne les voyait pas.

— Il n'y a pas d'aurore boréale, chuchota-t-elle.

— Pourquoi parlez-vous à voix basse ?

— Je n'en sais rien, répondit-elle en riant.

— Soyez patiente, attendez que votre vision s'ajuste et vous serez récompensée. Regardez bien au-dessus de vous.

— Vous voulez dire au nord ?

— Non. L'Islande est située au-delà du soixante-sixième parallèle, ce qui veut dire que nous pouvons voir les aurores boréales au-dessus de nous.

Elle ferma les yeux et les rouvrit. Lorsqu'elle commença à s'habituer à l'obscurité, elle perçut la première explosion de couleurs. C'était une bande verte et violette qui dansait dans un ciel noir.

— Vous pleurez ? demanda Axel.

— C'est vraiment émouvant.

— Je suis content que vous pleuriez.

— Ah bon ? Les chirurgiens ne sont pas censés être émotifs. C'est ce que m'a appris mon père.

Il essuya du pouce une larme qui coulait sur la joue de Betty.

— Je pense au contraire que c'est une preuve d'humanité.

Le cœur de Betty cognait dans sa poitrine à la façon d'un marteau-piqueur. Elle sentait le sang battre à ses oreilles tandis qu'il la fixait avec intensité. Ils étaient seuls dans la nuit froide, un ruban de couleurs scintillantes illuminant la voûte céleste au-dessus d'eux.

Il l'enveloppa de ses bras et elle se sentit apaisée, en sécurité et redevenue elle-même.

À sa grande surprise, il prit son visage entre les mains et l'embrassa, d'abord tendrement, puis avec une passion qu'elle n'avait jamais ressentie auparavant.

C'était à la fois effrayant et exaltant.

— Désolé, dit-il dans un souffle, hors d'haleine, lorsqu'il s'écarta d'elle.

— Ne le soyez pas. Oh ! l'aurore boréale a disparu !

Il leva la tête.

— Ah ! C'est le problème, avec les aurores. Il faut un ciel sans nuages et ils sont en train de l'envahir. Ça peut annoncer un orage et je crois que nous ferions bien de rentrer.

— Bonne idée.

Elle aurait voulu lui dire qu'elle ne regrettait pas ce qui venait de se passer. Au contraire, elle aurait voulu davantage qu'un baiser sous les aurores boréales, mais son séjour en Islande ne durerait pas longtemps.

Elle ne pouvait pas se laisser emporter dans une autre vie que la sienne avant de s'être retrouvée elle-même.

11

Dans des moments comme celui-ci, Betty aurait aimé pouvoir se confier à quelqu'un.

Après qu'Axel l'avait déposée chez elle, le vendredi soir, elle n'avait pas dormi de la nuit. Ce n'était pas grave, puisqu'elle était de congé et censée se reposer. Au lieu de cela, elle se retrouvait assise dans sa maisonnette du bord de mer, à fixer les murs. Se sentant devenir folle, elle décida d'aller à l'hôpital se débarrasser de ses tâches administratives… ou peut-être convaincre le Dr Sturlusson de la laisser effectuer quelques interventions.

En tout cas, elle ne pouvait pas rester là à ne rien faire, obsédée par les bras d'Axel autour d'elle, ses doigts dans ses cheveux et le goût de leur baiser.

Jamais aucun homme ne lui avait fait un tel effet… Elle avait littéralement fondu dans ses bras.

Elle entra dans l'hôpital par la porte principale au lieu de celle des urgences.

— Betty !

C'était Stellan, ce qui ne la réjouit pas outre mesure. Stellan était beau, séduisant, mais lorsqu'elle avait pris un café avec lui elle s'était mortellement ennuyée. Stellan était quelqu'un de merveilleux, mais pour une autre femme.

— Salut, Stellan.

— Je ne pensais pas que vous seriez ici, aujourd'hui, dit-il, visiblement ravi de la voir.

— Eh bien, je ne devrais pas, mais j'ai un peu de paperasse qui m'attend.

— Écoutez... Si vous n'êtes pas trop occupée, ce soir, j'aimerais vous inviter à dîner.

— C'est très gentil, Stellan, mais je ne suis pas ici pour trouver un chevalier servant. Je ne reste que trois mois, j'ai l'intention de les consacrer à travailler et à faire cours aux internes.

Serrant les dents, Stellan devint très rouge.

— Je vois... Désolé.

— J'aimerais rester votre amie. Vous êtes un type bien.

— Je le souhaite aussi, répondit-il avec un faible sourire.

Sur ces mots, il s'approcha d'elle et la prit dans ses bras avant de l'embrasser sur les lèvres. Prise par surprise, elle le repoussa.

— Stellan, je ne peux pas.

— Ça valait le coup d'essayer, dit-il en haussant les épaules avant de s'éloigner.

Choquée, elle mit une minute à retrouver son sang-froid puis se tourna vers l'escalier et la passerelle qui reliait les deux parties de l'hôpital. Axel se tenait sur le palier et la regardait.

Super !

Elle commença à gravir les marches tandis qu'il les descendait. Lorsqu'ils se rejoignirent à mi-parcours, il arborait une expression impassible.

— Qu'est-ce que Stellan voulait ? demanda-t-il.

— M'inviter à dîner.

Axel resta silencieux.

— J'ai dit non, précisa-t-elle en le dépassant.

Elle l'entendit monter derrière elle.

— Je n'ai pas eu l'impression que vous disiez non, quand il vous embrassait.

— C'était son initiative, pas la mienne, et franchement, en quoi cela vous regarde-t-il ? Nous ne sommes pas ensemble, que je sache.

Elle regretta ses paroles dès qu'elle les eut prononcées.

— En effet. Je vous ai juste embrassée dans un moment de...

— Faiblesse ? suggéra-t-elle.

Le visage d'Axel se détendit.

— Qu'est-ce que vous faites ici ?

— Je devenais folle, chez moi. Alors je suis venue m'acquitter de mes tâches administratives. Et si on avait besoin de moi au bloc, ce serait une bonne nouvelle.

— C'est ce que vous espérez ? fit-il en riant.

— Je suis chirurgien, ma place est en salle d'opération.

— En tout cas, si on a besoin de vous aux urgences, je ne manquerai pas de vous le faire savoir.

Elle s'arrêta devant la porte de son bureau.

— Merci, n'hésitez pas non plus à m'attribuer deux internes. J'aimerais les envoyer au labo effectuer les analyses que j'ai demandées après mes interventions. De toute façon, je pense que je passerai voir mes patients, alors envoyez-les-moi.

— D'accord. Mon père ne sera pas content parce qu'il les veut tous aux urgences. Même s'ils s'entassent les uns sur les autres, en bas.

— Vous voulez que je lui demande moi-même ?

— Non. Je vous les envoie.

Il se glissa derrière elle dans le bureau et ferma la porte pendant qu'elle retirait son manteau et posait son sac.

— Il y a autre chose dont vous vouliez parler ? demanda-t-elle.

— Non, mais je dois faire un test.

— Ah ?

De nouveau, elle fut dans ses bras. Lorsqu'il l'embrassa, ce baiser était à des années-lumière de celui que Stellan lui avait imposé.

Axel seul pouvait ainsi enflammer ses sens. Sa bouche était chaude et gourmande, sur la sienne. L'attirant contre lui, il posa les mains sur ses fesses et elle ne put réprimer un gémissement.

Lorsqu'il s'écarta, elle eut du mal à retrouver sa respiration.

— Qu'est-ce que c'était que ce test ? demanda-t-elle, hors d'haleine.

— Ça.

— Quoi ?

— Je voulais être sûr que ce n'était pas l'aurore boréale ou la bière qui vous avaient fait de l'effet.

Elle éclata de rire et il rit avec elle sans relâcher son étreinte.

— Et quel est le verdict ? demanda-t-elle.

— Ce n'était pas seulement l'aurore boréale, répondit-il d'une voix enrouée.

Il lui déposa un simple baiser sur les lèvres, qui suffit pourtant à lui faire oublier tout le reste.

— Je ferais bien d'y aller, dit-il à regret. Vous voulez toujours que je vous envoie ces internes ?

Elle attendit quelques secondes que son cœur cesse de battre la chamade.

— Oui, dit-elle, ce serait génial.

Il referma en riant la porte derrière lui. Après son départ, elle s'adossa au mur et se laissa glisser au sol. Elle était plus troublée que jamais, mais secrètement ravie que l'aurore boréale n'y soit pour rien. Axel et elle étaient visiblement faits pour s'entendre, sur le plan sexuel, mais si elle ne mettait pas rapidement un terme à leur relation, elle le regretterait.

Elle ne voulait pas faire de mal à Axel.

Mais elle ne voulait pas non plus risquer son cœur.

Elle avait déjà donné...

Toute la nuit, Axel avait été obsédé par Betty. Le goût de sa peau, la douceur soyeuse de ses cheveux et la façon dont son corps s'accordait parfaitement au sien. Rien que de penser à ses courbes, pressées contre lui, il sentait son sang bouillonner.

N'arrivant pas à dormir, il était venu à l'hôpital de bonne heure. Il ne pensait qu'à Betty, au lit avec lui. Ensuite, il s'imaginait avec elle sous la douche. Elle était partout à la fois.

Quand il avait vu Stellan l'embrasser, la jalousie avait pointé sa vilaine tête.

Elle est à moi.

C'était l'unique pensée qui lui avait traversé l'esprit. Il était furieux, pourtant il savait bien que Betty et lui ne s'étaient rien promis.

Mais il la désirait de tout son être.

Même si le séjour de Betty en Islande était limité, il voulait passer le plus de temps possible avec elle. Il voulait connaître cet instant fugace de joie pure. Et quand elle retournerait à New York, la vie reprendrait son cours normal.

Tu le crois vraiment ?

Il chassa cette idée de son esprit.

En arrivant aux urgences, il envoya deux internes à Betty avant de passer voir M. Bjorn.

— Bonjour, dit-il gaiement en entrant dans sa chambre. Comment vous sentez-vous ce matin, monsieur Bjorn ?

— J'ai mal.

— Au niveau de l'incision ?

— Non, pas plus qu'avant, mais la douleur se propage dans mon bras et j'ai du mal à respirer.

Axel enfila des gants.

— Depuis quand ?

— Une demi-heure, environ.

La tension de son patient était basse. Il eut du mal à trouver un pouls au niveau du bras dont M. Bjorn se plaignait. À travers son stéthoscope, il écouta sa respiration laborieuse et comprit très vite que son patient faisait une embolie, qui pouvait se situer dans les poumons ou au niveau de l'intervention chirurgicale. Pour le moment c'était difficile à dire, mais il fallait au plus vite trouver le caillot.

— Je vais vous faire faire un angioscanner thoracique. Je crois que vous faites une embolie pulmonaire et je dois m'en assurer le plus vite possible. Je ne veux pas que quelque chose compromette la réussite de votre opération.

— D'accord. C'est vous qui vous en occuperez, docteur Sturlusson ? J'ai confiance en vous.

— Bien entendu. Des internes vont vous préparer et moi je demande l'angioscanner. D'accord ?

M. Bjorn hocha la tête.

Axel quitta la pièce et appela le Dr Einnarsson, qui avait participé à la première intervention mais ne semblait pas ravi d'être réquisitionné par la brebis galeuse de l'hôpital. Axel n'en avait cure.

— J'ai besoin de vous pour préparer M. Bjorn pour un angioscanner thoracique. Ensuite, je chercherai les symptômes d'une embolie pulmonaire et vous m'assisterez.

— Bien, docteur Sturlusson.

Axel se dirigea vers l'imagerie médicale, située de l'autre côté de l'hôpital. En chemin, il croisa Betty, qui venait d'envoyer ses internes dans la direction opposée.

— Que se passe-t-il ? demanda-t-elle en fronçant les sourcils dès qu'elle le vit.

— M. Bjorn fait probablement une embolie pulmonaire. Sa tension est basse et sa respiration difficile.

— Oh non ! C'est terrible !

— Je vais lui faire faire un angioscanner thoracique, mais je suis aussi censé être en traumatologie pour superviser les internes.

— Je vous remplace. Occupez-vous de votre patient.

— Merci, Betty.

Ils poursuivirent leur chemin, chacun dans une direction opposée, quand elle se retourna et l'appela.

— Oui ?

— Qu'est-ce que je dis à votre père, quand il me verra avec vos internes ?

Pour l'instant, la seule chose qui comptait pour Axel, c'était de sauver la vie de son patient.

— Dites-lui la vérité.

L'angioscanner confirma le diagnostic d'Axel, qui pouvait désormais traiter le problème. Il hésitait cependant à prescrire des anticoagulants à M. Bjorn, qui avait subi une intervention sur un vaisseau sanguin majeur. S'il y avait une fuite au niveau de la cicatrisation, ce serait une catastrophe.

Axel allait devoir passer plus de temps à l'hôpital pour surveiller la situation de plus près. En tout cas, une chose était certaine : le retour de M. Bjorn en Suède allait être retardé.

Lorsqu'il regagna les urgences, le service était en proie à une activité débordante. Son père se tenait au centre de l'arène, jetant des ordres, et les internes qui n'étaient pas au tri étaient en train d'emballer du matériel.

— Que se passe-t-il ? demanda Axel.

— Où étais-tu ? aboya son père.

— Je faisais faire un angioscanner à un patient.

— Les chirurgiens cardio-thoraciques sont là pour ça.

— C'est ce que je suis.

— Non. Dans cet hôpital, tu es chirurgien en traumatologie.

Axel serra les poings.

— Il s'agit de mon patient. D'ailleurs, le Dr Jacinth me remplaçait aux urgences.

— C'est ce que j'ai constaté. J'admire son dévouement.

Au moins, il admire quelque chose.

Axel réprima la réplique mordante qui lui venait aux lèvres.

— Que s'est-il passé ? demanda-t-il encore.

— Il y a eu un tremblement de terre et un tsunami à Kulusuk, au Groenland. Ils ont besoin de notre aide, j'envoie une équipe en avion.

Le sang d'Axel se glaça. Fermant un instant les yeux, il entendit le bruit des rotors qui s'interrompait. L'explosion, le jaillissement des flammes et la morsure de l'eau glacée après qu'il avait été poussé hors de l'hélicoptère par Calder.

— Qui part ? demanda-t-il calmement.

Pas Betty ! Dieu fasse que ce ne soit pas Betty !

— Le Dr Jacinth et deux internes partent pour Keflavik, où un avion les attend.

— Tasiilaq est proche de Kulusuk. Pourquoi n'envoient-ils pas de l'aide ?

— Ils manquent de chirurgiens.

— Je comprends, dit sèchement Axel.

Il aperçut Betty qui enfilait un anorak de l'hôpital et vérifiait le contenu de sa trousse. Il ne supportait pas l'idée qu'il lui arrive quelque chose. Enfonçant les ongles dans ses paumes, il tenta de chasser de son esprit le hurlement du vent, les vagues et le corps sans vie de Calder.

Mais à la place de Calder, il vit Betty dans l'eau glacée.

Et cette image lui transperça le cœur.

Betty avait cherché Axel avant de partir pour l'aéroport. Elle espérait qu'il ne s'inquiéterait pas pour le trajet en avion.

Pourquoi s'inquiéterait-il ? Ce n'est pas lui qui prend l'avion.

Par bonheur, il y avait eu peu de victimes à Kulusuk. Malgré tout, les habitants avaient subi un tremblement de terre et un tsunami. Ceux qui n'avaient pas été blessés au cours du séisme l'avaient été pendant le déferlement d'eau et de glace.

L'avion avait atterri à Tasiilaq, puis l'équipe avait embarqué sur un bateau pour Kulusuk. D'autres secours étaient déjà arrivés et une aire de tri avait été installée sur le point culminant du village. Ce fut dans cette tente que Betty effectua le travail le plus dur de sa vie, dans des conditions qu'elle n'avait jamais connues.

Habituée à l'environnement rassurant de l'hôpital, elle avait dû s'adapter aux circonstances, soumettant son corps à un effort épuisant tandis qu'elle soignait autant de gens qu'elle le pouvait. Une fois les derniers patients traités, l'équipe avait repris le bateau pour Tasiilaq, puis un avion pour l'Islande.

Les deux internes qui l'accompagnaient dormirent bientôt, blottis au creux de leur siège, mais Betty ne parvint pas à trouver le sommeil.

Elle avait accompli un travail énorme sans Thomas !

Désormais, elle s'en savait capable.

Elle pouvait se libérer de son emprise.

L'opération de sauvetage avait été exaltante. Elle comprenait pourquoi Axel avait rejoint les gardes-côtes à la suite de son frère aîné et pourquoi il avait aimé exercer son métier de chirurgien dans des situations d'urgence.

Elle ne pouvait s'empêcher de se demander si cela lui manquait.

Elle repensa aux baisers qu'ils avaient échangés…

Le soir de l'aurore boréale, elle avait failli se pâmer dans ses bras. Mais dans le bureau qui lui avait été attribué à l'hôpital… il l'avait embrassée comme s'il voulait la dévorer. Elle n'avait jamais ressenti une telle intensité, une telle faim, une telle chaleur !

Rien que d'y penser, elle sentait son corps se tendre de désir. Un désir comme on en parlait dans les romans. À l'époque, elle s'esclaffait à l'idée qu'un baiser puisse enflammer quiconque.

Thomas s'était toujours plaint qu'elle ne soit pas à la hauteur, question sexe. C'était sans doute une bonne excuse pour la tromper avec la femme qu'il avait épousée. Apparemment, ses ébats avec elle le comblaient.

L'avion atterrit en douceur. Un minicar les attendait pour les ramener à l'hôpital. Contrairement à ce qu'elle espérait, Axel n'y était pas.

C'est bizarre.

Elle déposa son équipement et rédigea son rapport sur ce qui s'était passé à Kulusuk, puis rentra chez elle.

Elle avait l'intention de prendre une bonne douche et de se coucher. Mais en sortant de la salle de bains, elle s'habilla et décida de rendre visite à Axel pour s'assurer qu'il allait bien.

Elle commanda un taxi et, une demi-heure plus tard, elle était devant la porte d'Axel. Son SUV était dans l'allée, il était donc chez lui.

Le cœur battant la chamade, elle se sentit soudain très nerveuse. La bouffée de désir qui l'avait submergée dans l'avion revenait en force.

Prenant une grande inspiration, elle frappa à la porte.

Axel lui ouvrit. Des cernes sombres soulignaient ses yeux, il n'était pas rasé et semblait fatigué. Comme s'il manquait de sommeil, lui aussi.

— Salut…

Elle se tut, car il la prenait dans ses bras, s'emparait de sa bouche et l'embrassait comme si sa vie en dépendait. Elle glissa les doigts dans les cheveux d'Axel et se pressa contre lui.

Il l'attira à l'intérieur et ils s'embrassèrent de longues minutes.

— Ouille ! marmonna-t-elle soudain.

Il se redressa aussitôt.

— Désolé ! Je vous ai fait mal.

Elle lui montra le coin d'un petit buffet qui se trouvait dans l'entrée.

— Non. C'est juste cette chose qui s'enfonçait dans mes reins.

— Pardonnez ma fougue, dit-il en riant, mais j'étais mort d'inquiétude.

— Vous avez l'air épuisé. Vous êtes resté debout toute la nuit ?

— Quand vous êtes montée dans cet avion, je suis devenu fou.

Elle caressa le visage ombré par une barbe naissante.

— On meurt moins en avion qu'en voiture.

Il laissa échapper un grognement. Ce n'était visiblement pas la première fois qu'il entendait cet argument.

— Je ne supportais pas que vous soyez dans le ciel et moi en bas... Je ne prends plus l'avion, Betty. Pas depuis l'accident. Et à l'idée qu'il puisse vous arriver quelque chose...

— Je suis en pleine forme. Ça n'a été qu'un aller-retour.

Il lui prit le visage entre les mains.

— Sans doute, mais... je suis content que vous soyez ici.

Elle ferma les yeux, le corps brûlant de désir pendant qu'il l'embrassait.

— Axel, murmura-t-elle, je ne vais pas rester en Islande. Vous savez que je dois rentrer à New York.

— Oui. Et je ne peux rien vous promettre non plus. Ma vie ne m'appartient pas. J'ai Eira et mon travail.

Elle hocha la tête.

— Tant que nous sommes d'accord, tout va bien.

— Qu'est-ce que vous dites ?

— Eira est à la maison ? demanda-t-elle, écarlate.

Les yeux d'Axel s'assombrirent. L'intensité de son regard la fit trembler.

— Non. Elle est chez une amie. Vous êtes sûre de vouloir ?

— Non... On m'a dit que j'étais une piètre partenaire, mais, pour une fois, j'aimerais profiter de la vie.

Il sourit avant de murmurer à son oreille :

— Juste un moment volé ?

— Je veux que tu me fasses l'amour, Axel.

Jamais elle n'avait proféré une telle demande. Auparavant elle aurait été horriblement gênée, mais pas cette fois. Elle avait envie de lui et elle espérait qu'il ressentait la même chose.

Elle n'eut pas besoin d'en dire plus. Aussitôt, il la souleva dans ses bras. Elle cria avant de rire avec lui.

— C'est la première fois que je m'envole, dit-elle en l'embrassant.

— Je te porte tout le temps !

— Mais cette fois, c'est différent.

— Pas pour moi, dit-il dans un murmure.

Un frisson d'anticipation la traversa. Au lieu de la porter dans la chambre d'amis qu'elle avait occupée, il longea le couloir et poussa la porte de sa propre chambre. Le grand lit était recouvert d'une couette épaisse, chaude et duveteuse.

Après avoir posé Betty à terre, il caressa son visage et ses cheveux.

— Tu es si belle ! dit-il.

Le cœur de Betty cessa une seconde de battre. Ne sachant que répondre, elle n'utilisa pas de mots. Posant la main sur la nuque d'Axel, elle le contraignit à baisser la tête pour l'embrasser. Elle voulait qu'il sache combien elle le désirait.

— J'ai envie de toi, Betty. J'ai eu envie de toi dès que je t'ai vue dans l'aéroport, avec tes bottes sexy.

Elle eut un petit rire.

— Sexy. Tu disais qu'elles étaient ridicules.

— Une façon de ne pas dire sexy, répondit-il avant de lui mordiller le lobe de l'oreille, tandis que ses mains pressaient ses fesses.

— J'ai pensé la même chose de toi, mais aussi que tu étais maussade et…

Il la fit taire d'un baiser. De toute façon, elle n'avait pas vraiment envie de parler. Elle voulait qu'il s'enfonce profondément en elle, qu'il lui fasse oublier ses peines de cœur et son deuil. Qu'il efface son passé, pour qu'elle puisse, tel un phœnix, renaître de ses cendres.

— Je te veux nue, dit-il d'une voix rauque.

Elle frémit délicieusement. Soudain, elle se sentait un peu

timide. Elle ne s'était jamais déshabillée en pleine lumière devant un homme. Cela s'était toujours passé la nuit, dans l'obscurité. Avec Axel, rien n'était planifié et tout était spontané.

C'était exaltant.

Comme s'il devinait sa réserve, il ôta son pull. Aussitôt, elle caressa son large torse nu. Lorsqu'elle descendit jusqu'à sa ceinture et passa un doigt en dessous, elle sentit son sexe dressé. Il l'attira contre ses hanches.

— Tu me tortures, Betty.

Elle ôta sa veste et la jeta près du pull d'Axel. Il la fixait de son regard bleu comme s'il cherchait à l'hypnotiser.

— Maintenant, ton chemisier, dit-il d'un ton sans appel.

Elle l'enleva, contente de porter son soutien-gorge de dentelle noire plutôt que l'article de sport qu'elle mettait toujours sous sa tenue d'hôpital. Ensuite, elle ôta ses bottes, puis fit lentement glisser son jean le long de ses jambes.

Soudain, elle n'éprouvait plus aucune timidité.

Il tendit le bras pour frôler son visage. Fermant les yeux, elle s'abandonna à cette main forte qui réveillait ses sens. Il la désirait autant qu'elle le voulait. La faim qu'il lui inspirait était réciproque et jamais elle n'avait ressenti une telle connexion.

— Bon sang, Betty, j'ai besoin de toi.

S'écartant, elle s'assit au bord du lit pendant qu'il enlevait son pantalon et son caleçon. Le rouge monta aux joues de Betty. Il s'approcha à son tour du lit et l'allongea sur la couette avant de se placer au-dessus d'elle.

— Tu es si belle ! dit-il de nouveau.

Il lui caressa la joue avant de faire courir ses doigts sur tout son corps, suscitant de délicieux picotements dans leur sillage. Elle se cambra, habitée par un feu inconnu. Elle aurait voulu que cela ne finisse jamais.

Il posa les lèvres sur son cou, puis descendit plus bas, sur ses seins, son ventre et encore plus bas. Lorsqu'il embrassa l'intérieur de ses cuisses, elle laissa échapper un cri.

— Détends-toi, murmura-t-il.

Lorsqu'il lui ôta son slip, elle frissonna longuement. Et quand il promena de nouveau ses lèvres à l'intérieur de ses cuisses, une chaleur intense se déversa dans ses veines. Enfin, au moment où il pressa les lèvres sur son clitoris, elle se mit à crier.

Seigneur !

Le plaisir la traversait en un doux supplice. Elle le voulait en elle, elle voulait qu'il l'aide à chasser les fantômes du passé.

Elle voulait être libérée.

— Betty, j'ai envie de toi. Tu es si humide, si chaude ! dit-il en la caressant.

— Moi aussi, j'ai envie de toi. Tu as des préservatifs ?

— Oui.

Se redressant, il prit un sachet dans un tiroir de sa table de chevet. Elle le lui arracha des mains.

— Qu'est-ce que tu fais ? demanda-t-il.

— Je veux t'aider.

Elle sortit le préservatif et le déroula le long du sexe dressé d'Axel. Il ferma les yeux et gémit.

— Betty, murmura-t-il.

Elle ouvrit les jambes pour l'accueillir. Il se plaça entre elles, appuyé sur un bras pour ne pas l'écraser. Sans cesser de la caresser, il pressa son sexe en érection contre le ventre de Betty.

Elle souleva les hanches, le suppliant en silence de la prendre. Elle le voulait maintenant !

Il s'enfonça lentement en elle tandis qu'elle ondulait des hanches pour l'encourager à aller plus vite.

En cet instant, elle lui appartenait.

Elle aurait voulu accélérer le rythme, mais il contrôlait le mouvement, la guidant pour qu'elle vienne à sa rencontre jusqu'à ce qu'elle jouisse et se mette à crier. Alors seulement, les va-et-vient se firent plus rapides et il ne tarda pas à la rejoindre.

Il tomba sur le côté, près de Betty et glissa un bras autour de ses épaules. Elle était encore parcourue par des ondes de plaisir et ses jambes tremblaient légèrement.

Du bout des doigts, il traça de petits cercles sur son bras.

Dans la chambre le silence régnait, uniquement troublé par le bruit de leurs respirations.

Les mots étaient inutiles. Morte de fatigue, elle sentit ses paupières s'alourdir. Axel désirait-il qu'elle reste ? Comme il ne disait rien, elle ne bougea pas et s'endormit dans ses bras.

Cela faisait longtemps qu'elle n'avait pas éprouvé un tel sentiment de sécurité.

12

Axel regardait Betty endormie.

Pendant tout son séjour à Kulusuk, il avait tourné comme un lion en cage, mort d'inquiétude. Et quand elle s'était présentée sur le pas de sa porte, il n'avait pas pu réprimer le désir qu'elle lui inspirait.

Pourtant, il savait qu'il ne la méritait pas et que leur temps était compté. Elle lui avait dit qu'elle ne pouvait pas rester en Islande, qu'elle devait retourner à New York.

Tu le savais depuis le début.

Sauf qu'il était tombé amoureux fou !

Il dégagea doucement son bras. Elle frissonna dans son sommeil et il remonta la couette sur elle. L'équipe avait travaillé vingt-quatre heures d'affilée, à Kulusuk ; Betty devait être épuisée. Pas question de la réveiller, mais il devait s'habiller avant le retour d'Eira.

Eira !

Comment allait-il lui expliquer la situation ? Sa nièce adorait Betty, mais il ne fallait pas qu'elle nourrisse de faux espoirs et s'imagine que sa collègue allait rester en Islande.

Il venait de descendre au rez-de-chaussée quand la porte d'entrée s'ouvrit.

— Oncle Axel ? cria Eira.

— Chut ! Betty est en haut, elle dort.

— Ah bon ? fit l'adolescente avec un petit sourire.

— Elle revient tout juste de Kulusuk.

— Elle a secouru les victimes du tremblement de terre ? demanda Eira en déposant son sac par terre.

— C'est ça.

— Il faudra que je lui pose quelques questions. J'ai un exposé à faire sur les séismes et les tsunamis, en SVT. J'aimerais avoir son témoignage sur les besoins médicaux après...

En suspendant sa veste au portemanteau, Eira fit la grimace.

— Tout va bien ? demanda Axel.

— Des trucs de femme, dit Eira, très pâle. Ça fait déjà un mois, j'imagine, et ça recommence.

— Tu veux une bouillotte ?

— Je veux bien.

À la vue de sa nièce pliée en deux par la souffrance, une sonnette d'alarme retentit dans la tête d'Axel. Une fois installée sur le canapé, une bouillotte sur le ventre, elle parut aller mieux, mais il restait convaincu que cette douleur n'était pas normale.

— Je suis sûr que Betty répondra volontiers à tes questions, dit-il.

— Tant mieux.

La laissant devant la télévision, il monta dans sa chambre. Betty était assise au bord du lit, serrant la couette contre elle.

— J'ai dormi longtemps ?

— Pas très. Peut-être une heure. C'est Eira qui t'a réveillée ?

— Je crois... Mais c'est tant mieux. Il faut que je rentre chez moi.

— Je vais te raccompagner, mais auparavant Eira voudrait te parler.

Betty était en train de se rhabiller.

— Ah bon ?

— À propos d'un exposé sur les séismes et leurs conséquences. Je lui ai dit que tu étais à Kulusuk.

Un silence gênant s'installa.

— Qu'est-ce qui va se passer, maintenant ? demanda finalement Betty.

— Nous reprenons le cours de nos vies. Je dois rester en Islande et tu es obligée de repartir pour New York. Pas d'engagement... Pas d'attaches.

— Bon. J'espère que nous continuerons d'être… amis, pour le reste de mon séjour.

— Je le voudrais aussi, répondit-il doucement en lui caressant la joue.

Je voudrais bien plus que ça !

Mais il ne pouvait pas le dire à voix haute. Il devait se faire à l'idée que c'était tout ce qu'il aurait avec Betty.

— Qu'est-ce qu'Eira t'a dit, en arrivant ?

— Je pense qu'elle a tout deviné, mais j'ai prétendu que tu dormais ici parce que tu revenais de Kulusuk. C'était juste avant qu'elle se torde de douleur. Elle a de nouveau ses règles, apparemment.

Betty fronça les sourcils.

— Elle s'est tordue de douleur ?

— Elle dit que ça a commencé il y a un jour ou deux. Elle est en bas, avec une bouillotte sur le ventre. Tu pourrais l'examiner ?

— Bien sûr.

Ils descendaient l'escalier quand Axel perçut des gémissements et des hoquets. Dévalant les dernières marches, il trouva Eira en position fœtale, sur le sol.

Betty s'agenouilla près d'elle.

— Regarde-moi, ma chérie.

— J'ai mal !

— Je sais, mais tu dois me dire quand ça a commencé.

— Depuis quelques jours. Comme des crampes dans le ventre. Envie de vomir.

Betty prit le pouls de l'adolescente.

— Il est faible. Appelle une ambulance, Axel. Je crois que c'est une torsion ovarienne.

— Elle est trop jeune pour ça ! dit-il, le ventre noué par l'angoisse. Elle commence tout juste à avoir ses règles.

— C'est rare, mais ça peut arriver au tout début. J'ai besoin de l'emmener à l'hôpital pour lui faire une échographie.

Il appela immédiatement les urgences. L'ambulance ne tarda pas à arriver et il ouvrit aux ambulanciers. Stellan et son équipier.

— Docteur Sturlusson…

Le visage du jeune homme s'illumina lorsqu'il aperçut Betty.

— Docteur Jacinth ? Quel est le problème ?

— Souffrance aiguë au niveau du quadrant inférieur gauche, nausées, tension basse. Je vous accompagne dans l'ambulance. C'est ma patiente.

Betty s'écarta pendant que les deux hommes installaient Eira sur un brancard. Ils la perfusèrent pour lui administrer, selon les indications de Betty, une combinaison de sérum physiologique et d'antalgiques.

Elle grimpa dans l'ambulance avec Eira.

— Je vous suis de près, dit Axel en refermant les portières.

Des voisins étaient sortis, dont Mme Ingborn, qui avait les larmes aux yeux.

— Ce n'est sans doute rien, dit Axel d'un ton rassurant, mais elle aura les meilleurs médecins pour s'occuper d'elle.

— Tenez-moi au courant, s'il vous plaît.

Hochant la tête, il monta dans son SUV. Il roula le plus vite possible mais lorsqu'il arriva, l'ambulance était déjà garée devant les urgences.

En franchissant la porte, il trouva son père qui faisait les cent pas en maugréant.

— Où étais-tu, quand Eira est arrivée avec une suspicion de torsion ovarienne ?

Sans répondre, Axel passa son chemin et trouva la salle d'examen où Eira avait été emmenée. Son père le rattrapa.

— Comment as-tu pu rater les symptômes ?

Axel se tourna vers lui.

— La ferme !

— Pardon ?

— Tu m'as bien entendu.

Il planta là son père, qui postillonnait d'indignation. Axel aurait eu bien d'autres choses à lui dire, mais ce n'était pas le moment. Pas quand Eira était malade !

Il ne pouvait s'empêcher de penser à l'épouse de Calder, décédée d'un cancer de l'ovaire. Elle avait refusé tout traitement pour protéger la vie de son enfant et Eira était née. Magdalene avait eu le temps de serrer sa fille dans ses bras avant de mourir.

Betty, le visage sombre, sortit de la salle d'examen.

— C'est bien une torsion ovarienne, dit-elle. Il y a une grosseur, mais je ne saurai ce que c'est que lorsque je l'aurai enlevée. En tant que tuteur, tu dois signer l'autorisation pendant que je la prépare pour une intervention laparoscopique.

— Très bien.

Elle entra de nouveau dans la salle.

Axel ne parvenait pas à réfléchir. Il espérait simplement que la tumeur était bénigne. Il avait déjà perdu Calder, il ne pouvait pas perdre la fille de son frère !

Lorsqu'il eut rempli le formulaire de consentement, il gagna à son tour la salle d'examen pour être avec Eira en attendant qu'on vienne la chercher.

Betty était déjà partie pour le bloc.

Il se tint un instant sur le seuil de la pièce. Les larmes aux yeux, il contempla celle qui était son dernier lien avec son frère bien-aimé. Très pâle, elle grimaçait de douleur dans son sommeil. On l'avait sédatée pour calmer son anxiété et atténuer sa souffrance.

Il s'assit près d'elle et prit la main qui ne portait pas le cathéter. Soudain, il eut le sentiment d'être observé. Levant les yeux, il vit son père.

— Grand-père ? fit Eira.

Au lieu de répondre, le père d'Axel tourna les talons et disparut.

— J'ai peur, grand-père ! cria Eira.

— Je suis là, murmura Axel en s'allongeant près d'elle.

Encore assommée par les drogues, elle s'agrippa à lui.

— J'ai peur, oncle Axel. Je ne veux pas mourir. Ne me laisse pas.

— Je suis là, je serai toujours là.

— Papa disait ça ! répondit-elle en pleurant, mais ce n'était pas vrai.

— Je le sais. Mais je te promets de ne jamais te quitter et que tu vas guérir.

Les pleurs d'Eira s'atténuèrent.

— Je t'aime, oncle Axel, dit-elle dans un souffle avant de se rendormir.

Il l'étendit de nouveau et, écartant les boucles rousses qui barraient son front, il essuya ses larmes.

— Je t'aime aussi, Eira.

— Nous sommes prêts, dit Betty en ouvrant la porte.

— Prends bien soin d'elle.

— C'est promis. En tant que chirurgiens, nous ne faisons jamais de promesses aux familles des patients, mais tu as ma parole qu'elle va s'en sortir, Axel.

— Merci, dit-il d'une voix à peine audible.

Les aides-soignants entrèrent à leur tour pour emporter le lit d'Eira et sortirent, suivis de Betty.

Axel resta seul, aussi impuissant qu'il l'avait été quand Calder lui avait échappé pour s'enfoncer dans les eaux glacées.

Une fois de plus, il s'en voulut d'avoir survécu à la place de son frère.

Betty se lavait vigoureusement les mains. Ce n'était pas la première fois qu'elle opérait une torsion ovarienne. Souvent, elle avait dû ôter des tissus nécrosés, mais avait pu sauver l'ovaire.

Elle espérait seulement que la tumeur d'Eira était bénigne, car, dans le cas contraire, il faudrait pratiquer une ovariectomie. Et consulter un oncologue pour la suite du traitement.

Eira était trop jeune !

Les larmes montèrent aux yeux de Betty, qui réprima l'émotion pour se concentrer sur sa patiente.

Tu peux le faire.

Elle entra dans la salle d'opération où une infirmière de bloc l'aida à enfiler sa tenue et ses gants. Le Dr Einnarsson, l'interne en chirurgie, l'attendait près de la table avec le matériel de laparoscopie.

Levant les yeux vers la galerie, Betty vit Axel qui se tenait dans l'ombre. Leurs regards se croisèrent, et elle lui adressa un léger signe de tête pour lui faire comprendre que tout allait bien se passer.

— Eira Calderdottir, quatorze ans. Elle va subir une laparoscopie exploratrice pour une suspicion de torsion ovarienne. L'échographie a révélé une grosseur d'environ quatre millimètres. Docteur Einnarsson, vous voulez bien procéder à l'incision pour cette procédure au niveau de l'ovaire gauche ?

— Oui, docteur. Scalpel.

Betty jeta un coup d'œil à Axel, qui surveillait l'interne de près. Dès que ce dernier eut terminé, Betty introduisit le tube équipé d'une caméra dans l'abdomen d'Eira de façon à voir clairement les ovaires.

Merci, mon Dieu !

Il n'y avait pas de tissu nécrosé, mais l'ovaire était tordu et présentait en effet une petite grosseur à sa surface. Le Dr Einnarsson orienta la caméra pendant que Betty détordait l'ovaire avant d'exciser la grosseur.

C'était une intervention délicate, mais qui fut couronnée de succès. Dès que Betty eut soigneusement emballé la tumeur, elle la tendit à l'interne.

— Emportez-la en anapath. C'est urgent ! J'ai besoin des résultats pour savoir ce que je vais faire. Et j'en ai besoin tout de suite !

— Oui, docteur Jacinth.

L'interne se rua hors du bloc. Le moment le plus difficile commençait... L'attente.

La tumeur était-elle bénigne ou maligne ?

Betty mit les bras en l'air pour ne pas les contaminer et leva les yeux vers la galerie. Le front appuyé contre la vitre, Axel avait fermé les yeux et murmurait quelque chose pour lui-même. La gorge serrée, Betty se détourna pour regarder Eira.

Elle était tellement jeune...

L'attente lui parut durer un siècle.

— C'est bénin ! claironna l'interne en entrant dans le bloc.

Betty réprima ses larmes. En haut, Axel était tombé à genoux et pleurait, le visage enfoui dans ses mains.

— Très bien. On referme.

Eira allait vivre. Désormais, elle serait surveillée au cas où cela se reproduirait, mais elle n'avait pas de cancer et pour Betty, c'était la meilleure nouvelle possible.

Quand on eut emmené Eira, Betty ôta sa tenue chirurgicale, ses gants et son masque. Un instant plus tard, assise devant un ordinateur, elle tapait son rapport opératoire.

Axel était sans doute en salle de réveil avec sa nièce. Elle les rejoindrait dès qu'elle aurait terminé.

— Docteur Jacinth ?

Le Dr Sturlusson se tenait devant elle.

— Vous souhaitez avoir des nouvelles d'Eira ? demanda-t-elle.

Le médecin eut une expression étrange.

— Pourquoi pas, dit-il.

Cette froideur ébahit Betty.

— La tumeur était bénigne et l'ovaire a été sauvé. Je n'ai pas eu à effectuer d'ovariectomie.

— Tant mieux, dit le père d'Axel, toujours impassible.

— Donc, ce n'est pas pour cette raison que vous êtes ici ?

— Non. Un chirurgien vient d'arriver de New York pour vous voir. Le Dr Welling vous attend dans votre bureau.

— Le Dr Welling ? répéta Betty, l'estomac soudain noué.

— Je crois qu'il dirige la chirurgie générale et la trauma de votre hôpital, c'est ça ?

— En effet.

— Nous l'avons informé que vous étiez en train d'opérer et que vous le rejoindriez dès que ce serait fini.

— Très bien, dit Betty, horriblement mal à l'aise.

Pourquoi Thomas venait-il d'aussi loin ?

Ne pouvait-il pas la laisser tranquille ?

Le Dr Sturlusson la salua d'un signe de tête avant de s'éloigner. Un instant plus tard, elle se dirigea vers son bureau alors qu'elle aurait souhaité se rendre en salle de réveil. Malheureusement, elle devait d'abord se débarrasser de Thomas.

Elle ignorait ce qu'il voulait, mais il n'était pas le bienvenu.

Respire !

Elle ouvrit la porte de son bureau et la referma derrière elle. Thomas arpentait la pièce de long en large et, lorsqu'il se tourna vers elle, le cœur de Betty cessa un instant de battre. Mais au lieu de l'euphorie qu'elle ressentait auparavant, elle n'éprouva que de l'ennui.

— Thomas, je suis surprise de te voir ici !

Il lui adressa le sourire qui autrefois la faisait fondre.

— Tu n'es pas contente de me voir ?

— Non, répondit-elle en croisant les bras sur sa poitrine. Tu n'es pas censé être en lune de miel ?

— Oui, mais il y a eu un problème à l'hôpital, j'ai dû rentrer plus tôt que prévu.

— En ce cas, je comprends encore moins ta présence ici.

— Allez, Betty, ne sois pas comme ça !

— Va droit au but, Thomas. Une patiente m'attend en salle de réveil.

— Une patiente importante, dont nous nous sommes occupés tous les deux, a été hospitalisée et j'ai besoin de toi parce que tu es la meilleure en laparoscopie.

C'était la première fois qu'il le reconnaissait !

— Tu parles de Jemina Whiting, la fille du sénateur ?

— Oui.

Jemina était une petite fille de dix ans qui avait survécu au cancer. À sept ans, elle avait fait une colite ulcéreuse et une partie du côlon lui avait été retirée. On lui avait installé une poche. Ensuite, elle avait guéri d'un cancer de l'estomac. Betty l'avait suivie pas à pas. La première opération de Jemina avait aussi été pour Betty la première fois qu'elle utilisait un laparoscope.

Betty adorait cette petite fille et ses parents. Le sénateur Whiting avait construit son programme électoral autour de la gratuité des soins médicaux et il continuait de lutter dans ce sens. Chaque fois que Jemina était hospitalisée, les médias étaient au courant. Betty était pratiquement certaine que les journalistes campaient déjà devant l'hôpital et, puisqu'elle était la meilleure spécialiste en laparoscopie, Thomas était venu la chercher.

Mais bien entendu, il en tirerait toute la gloire, comme d'habitude.

S'il s'était agi d'un autre patient, elle aurait refusé d'intervenir, mais elle aurait parié que le sénateur l'avait personnellement demandée.

— D'accord, j'opérerai Jemina parce que c'est elle, mais ensuite je reviendrai ici.

— Le Dr Sturlusson a accepté de te dégager de ton contrat.

— Quoi ?

— Je lui ai dit que j'avais besoin de toi pour lancer le nouveau programme de chirurgie laparoscopique à l'hôpital. Par ailleurs, le chirurgien que tu remplaces souhaite revenir à Reykjavik. Le Dr Sturlusson a compris que tu ne pouvais pas laisser passer une telle opportunité.

La proposition était tentante, mais le Dr Sturlusson et Thomas n'avaient pas le droit de prendre cette décision à sa place.

— Quelle opportunité ?

Betty se tourna vers Axel, qui se tenait sur le seuil de la pièce.

— Qui êtes-vous ? demanda grossièrement Thomas.

— Dr Axel Sturlusson, répondit froidement Axel. Et vous ?

— Dr Thomas Welling. Je suis chef de la trauma et de la chirurgie générale dans l'hôpital new-yorkais où Betty travaille.

Axel se tourna vers Betty.

— Et tu pars ?

— Oui, mais...

— Bonne chance, en ce cas, dit sèchement Axel en tournant les talons.

— Axel !

Thomas prit Betty par le bras.

— On doit partir. Notre avion ne va pas tarder à décoller.

Elle s'arracha à son étreinte.

— Fiche-moi la paix, dit-elle en courant dans le couloir. Axel, attends !

Il tourna vers elle un visage comme sculpté dans la pierre.

— J'allais te le dire, plaida-t-elle en s'approchant de lui.

— Que tu repartais ? C'est inutile, puisque je l'ai entendu de la bouche du Dr Welling, dit-il rudement.

— Je dois aider une de mes patientes. Ensuite, je comptais revenir.

— Jusqu'à ce qu'on t'offre une opportunité que tu ne peux refuser, j'ai compris. Quand Thomas te siffle, tu cours. Tu m'avais dit que tu voulais reprendre le contrôle de ta vie, mais il a toujours la même emprise sur toi.

Elle eut l'impression qu'il venait de la gifler. Elle voulait lui dire que son père l'avait dégagée de son contrat sans qu'elle ait eu son mot à dire. Mais elle doutait qu'il la croie et ses paroles l'avaient blessée.

— C'est faux, dit-elle d'une voix tremblant d'une colère teintée de tristesse.

Soudain, elle prit conscience qu'elle était tombée amoureuse d'un autre homme qui allait lui faire du mal.

— Tu devrais accepter ce poste. C'est une occasion unique et je te souhaite de réussir.

— Tu pourrais venir avec moi.

— J'ai Eira. C'est impossible.

— Dis plutôt que tu as peur ! Tu laisses le syndrome post-traumatique, la mort de ton frère et la charge d'Eira te retenir. Et je ne parle pas de ta culpabilité d'avoir survécu. Toutes les femmes ne sont pas Freya ! Toutes les femmes ne voient pas ton passé comme un fardeau.

— Au moins, j'ai une bonne raison d'être retenu ici. Mais ce que tu fais est pathétique.

Elle le gifla. Puis, choquée par son propre geste, elle lui tourna le dos et s'éloigna.

Elle aurait dû savoir qu'il ne fallait pas tomber amoureuse d'un autre chirurgien, lui ouvrir son cœur et le laisser en prendre possession.

De toute façon, elle était mieux seule.

13

Axel souffrait.

Il regrettait ce qu'il avait dit à Betty mais, lorsqu'il avait entendu Thomas lui proposer un poste aussi prestigieux, il avait pensé devoir la pousser à partir. Il n'y avait rien pour elle ici, en Islande.

Sa vie à lui n'était pas un cadeau.

Et son cœur, même s'il aimait Betty, n'en était pas un non plus.

Tu es un lâche.

Il se redressa. Il devait être fort, pour Eira, qui dormait encore sous l'effet de l'anesthésie. Il lui prit doucement la main. Au moins la tumeur était bénigne, et c'était la meilleure nouvelle de la journée !

Lorsqu'il avait voulu voir Betty pour lui dire qu'il l'aimait, il avait surpris sa conversation avec Thomas.

Il avait compris qu'il devait la laisser partir.

— Comment va-t-elle ?

Axel leva les yeux vers son père, qui se tenait sur le seuil de la pièce. Constatant qu'il évitait de les regarder, Eira comme lui, Axel sentit une rage incontrôlable monter en lui. Son père n'était même pas capable d'entrer voir sa propre petite-fille sur son lit d'hôpital.

— La tumeur était bénigne, dit-il.

— C'est ce que m'a dit le Dr Jacinth.

— Tu n'es pas soulagé ?

— Comment oses-tu insinuer que ça m'est égal ?

— Comment j'ose ? Et toi, comment oses-tu ? J'ai accepté que tu me reproches la mort de Calder, puisque je le fais moi-même. Mais tu traites Eira avec la même froideur que tu me témoignes. Tu n'es qu'un salaud.

Les yeux écarquillés, son père ne répondit pas.

— Je suis désolé d'avoir survécu, papa. Et aussi que ton fils préféré soit mort, mais il a perdu la vie en sauvant la mienne. Je l'aimais, moi aussi, et je paie cher son sacrifice. Tu lui en veux d'être mort comme tu en veux à maman pour la même raison, mais je ne les ai pas tués.

Soudain, son père se mit à pleurer.

— C'est vrai, je leur en veux de nous avoir quittés. Comment ont-ils pu nous faire ça ?

Très ému, Axel le prit dans ses bras.

— Pardonne-moi, mon fils, continuait ce dernier. Je... Je ne supporte pas l'idée de vous perdre aussi, Eira et toi, alors j'ai trouvé plus facile de m'endurcir, de vous repousser. Je me disais que, si vous disparaissiez, je souffrirais moins. Aucun parent ne devrait avoir à supporter la mort d'un enfant.

— Je sais, mais Calder est mort en héros. Il faisait ce qu'il aimait. J'aurais préféré que ce soit moi, mais...

— Non, l'interrompit vivement son père. Ne dis plus jamais ça. Je ne regrette pas que tu sois vivant, Axel, et j'ai eu tort de te retenir à cause de ma stupide peur de te perdre. Je croyais que la meilleure solution était de te garder près de moi, sous ma tutelle, mais j'avais tort.

Axel se sentit soulagé d'un énorme poids. Son père ne le détestait pas, il masquait seulement sa terreur sous de l'indifférence. Exactement ce que lui-même avait fait avec Betty...

— Grand-père ? fit Eira d'une voix ensommeillée.

Les deux hommes se tournèrent vers l'adolescente.

— Vous êtes en train de vous embrasser ?

Axel rit pendant que son père s'asseyait près de sa petite-fille.

— Pardonne-moi de m'être montré aussi distant avec toi après la mort de ton père, Eira. Je t'aime de tout mon cœur.

Eira se mit à pleurer.

— Je t'aime aussi.

Le Dr Sturlusson se pencha pour la prendre dans ses bras.

— Tout va changer, désormais, je te le promets.

— Tu m'as manqué, grand-père.

Axel caressa le front de sa nièce.

— Je suis heureux que tu ailles bien, Eira.

— Qu'est-ce qui s'est passé ?

— Tu avais un problème à l'ovaire, une torsion ovarienne, et il y avait une grosseur.

— Un cancer ? demanda Eira en pâlissant.

— Non. La tumeur était bénigne et le Dr Jacinth t'a opérée de façon que tu ne perdes pas ton ovaire. Tu devras faire une échographie tous les ans et être attentive aux symptômes, mais pas de cancer et plus de grosseur.

La jeune fille laissa échapper un soupir de soulagement.

— Où est Betty ?

— Elle est repartie pour New York, répondit le Dr Sturlusson.

Eira jeta un coup d'œil contrarié à son oncle.

— Pourquoi ?

— On lui a offert un poste qu'elle ne pouvait pas refuser, dit Axel.

— Tu veux dire que tu l'as repoussée ! s'écria Eira. Tu dois aller la chercher !

— Ton oncle n'a rien fait de tel, dit le père d'Axel. C'est moi qui ai libéré le Dr Jacinth de son contrat pour qu'elle puisse saisir cette opportunité, alors qu'elle avait l'intention de revenir. S'il y a quelqu'un à blâmer, c'est moi.

— Oncle Axel, dit Eira, il faut que tu ailles la chercher.

— Je ne comprends pas, dit le Dr Sturlusson.

— Il n'y a rien à comprendre, répondit Axel d'une voix lasse.

— Tu l'aimes, dit Eira.

— Je ne peux pas aller à New York. Je t'ai et...

— Grand-père est là pour s'occuper de moi et je vais rester deux jours à l'hôpital. Il faut que tu affrontes ta peur de l'avion et que tu la ramènes.

— C'est impossible, Eira. Et si...

— Oncle Axel, tu as peur de tout, tu ne peux pas continuer comme ça. Et si tu crois te protéger en repoussant une femme que tu aimes, tu te trompes complètement. Tu es amoureux de Betty, alors va la voir. Je ne te reproche pas la mort de papa, tu le sais très bien. C'était un héros, je l'aimais, mais je t'aime aussi et tu n'as pas à sacrifier ta vie parce que tu as survécu. Papa ne voudrait pas que tu fasses ça.

Le visage d'Axel ruisselait de larmes.

— Tu es plus mûre qu'on ne l'est à ton âge, Eira.

— Je sais, répondit sa nièce avec un sourire.

Le Dr Sturlusson approuva d'un hochement de tête.

— Vas-y et ramène-la. Si elle veut revenir, il y aura un poste permanent pour elle, puisque tu vas me quitter pour le service de chirurgie cardio-thoracique.

Axel ne bougeait pas. Quelle que fût la peur que lui inspiraient les avions depuis la mort de Calder, il devait la surmonter s'il voulait reconquérir le cœur de Betty.

Le trajet jusqu'à New York était long. Thomas bavardait gaiement, comme il l'avait toujours fait avec elle, mais son papotage n'intéressait plus Betty. Elle savait qu'elle avait parfaitement fait son travail à Reykjavik, mais le Dr Sturlusson l'avait libérée de son contrat sans la moindre hésitation, sans même lui demander son avis.

Après l'atterrissage, Thomas la raccompagna chez elle à Manhattan, et l'aida à porter ses bagages. Elle n'eut pas le temps de se reposer, ils repartirent pour l'hôpital.

Dehors, une grappe de journalistes les attendait, tous voulaient connaître l'état de santé de Jemina.

— Le sénateur ne voulait que toi, dit Thomas, mais je sais combien tu détestes la presse. Je m'en occuperai après l'opération.

— Parfait, répondit-elle froidement.

Peu lui importait.

Elle ne pensait qu'à Axel et aux derniers mots qu'il lui avait lancés au visage. Elle qui croyait qu'il l'aimait, elle qui avait même envisagé de quitter New York pour vivre avec Eira et lui.

Elle aurait eu de nouveau une famille.

Des gens à aimer.

Des proches dont elle aurait pris soin autant qu'ils auraient pris soin d'elle.

Un homme qui l'appréciait en tant que chirurgienne et en tant que femme.

Avant de passer du temps avec Eira et Axel, elle n'avait pas eu conscience de sa solitude. Sans eux, sa vie était vide de sens, mais Axel ne voulait pas d'elle.

Elle avait été stupide !

Thomas et elle empruntèrent une porte devant laquelle il n'y avait pas de journalistes, à l'arrière de l'hôpital.

— Soyez la bienvenue, docteur Jacinth, lança une infirmière depuis l'accueil des urgences.

Betty sourit et adressa un signe à tous ces collègues qui avaient eu pitié d'elle quand Thomas la trompait. Des collègues qui savaient ce qu'elle avait enduré, sans jamais la soutenir.

Cette fois, au moins, ils ne la regardaient pas avec pitié.

— Je vais passer ma tenue, dit-elle. Jemina est dans quelle chambre ?

— La 32B, dans la partie privée du service de chirurgie générale.

— D'accord. Dis-lui que j'arrive.

— Bien sûr. Je te retrouve en haut.

Une fois dans le vestiaire, Betty trouva une tenue et sa collection de coiffes colorées. Elle en prit une turquoise ornée de flocons de neige.

Cela lui rappela le jour où elle s'était promenée sous la neige dans la vieille ville, avec Axel… Elle avait été si heureuse ! Grâce à lui, elle s'était sentie libre.

Elle attacha ses cheveux et mit la coiffe, puis enfila sa tenue et gagna le service de chirurgie générale. Elle franchit les portes la tête haute au lieu de fixer le sol comme autrefois.

— Puis-je avoir le dossier de Jemina Whiting ? demanda-t-elle à la surveillante.

— C'est la patiente du Dr Welling, c'est lui qui a le dossier.

— Depuis quand est-il son chirurgien ? J'ai toujours suivi cette patiente.

L'infirmière parut gênée.

— Le Dr Welling vous a repris ce cas. Désolée, docteur Jacinth.

— Ce n'est pas votre faute, dit gentiment Betty. Je vais récupérer ce dossier moi-même.

Il était temps de mettre un terme à l'emprise de Thomas. Elle était la chirurgienne que le sénateur et Mme Whiting avaient réclamée.

Elle pouvait affronter la presse.

Elle pouvait prendre elle-même les décisions concernant sa carrière. Et elle savait une chose : elle ne travaillerait plus dans cet hôpital ! Elle trouverait un poste ailleurs, même si Reykjavik lui était interdite parce qu'elle avait laissé deux hommes décider à sa place.

C'était terminé !

Thomas était dans son bureau. Il parcourait le dossier de Jemina avec la chargée de communication de l'hôpital.

— Je peux vous parler, docteur Welling ?

Thomas leva les yeux.

— Bien sûr. Barbara, vous vous souvenez du Dr Jacinth ?

— Comment allez-vous, docteur Jacinth ? Vous avez apprécié l'Islande ?

— C'est un endroit merveilleux. Vous voulez bien nous laisser seuls, Barbara ?

La jeune femme acquiesça et sortit en refermant la porte derrière elle.

— Barbara prépare la conférence pour après l'intervention, dit Thomas.

— D'après la surveillante, tu es dorénavant le chirurgien de Jemina ?

— Évidemment, puisque tu étais en Islande.

— Pourtant tu es venu me chercher, tu m'as même suppliée de revenir.

Thomas soupira.

— Betty, on ne va pas jouer sur les mots.

— Ce n'est pas moi qui vais l'opérer, c'est ça ? Tu vas me remplacer et en tirer toute la gloire. Pourquoi suis-je ici, en ce cas ?

— Très bien, dit sèchement Thomas. Tu es la meilleure chirurgienne en laparoscopie, surtout en ce qui concerne les enfants qui ont survécu au cancer. Le sénateur Whiting t'a réclamée. Jemina ne m'a même pas permis de l'examiner. Je leur ai dit que tu étais en Islande, mais ils s'en foutaient. Une fois que la petite sera anesthésiée, ça n'aura plus d'importance. Je compte sur toi pour les convaincre que c'est toi qui vas opérer Jemina.

Betty fixa Thomas avec un étonnement qu'elle n'aurait pas dû ressentir. Il n'avait pas changé… Il continuait de l'utiliser comme il l'avait toujours fait.

— Je vais le leur dire, en effet, parce que c'est exactement ce qui va se passer.

— Quoi ?

— Tu m'as bien entendue. Je vais opérer Jemina et tu ne mettras pas un pied dans mon bloc. Si tu le fais, je mettrai le conseil d'administration au courant de tes mensonges.

Thomas devint écarlate.

— Tu n'oserais pas.

— Tu crois ? Vraiment ? Nous pouvons faire ça de façon civilisée. Ou bien tu souhaites conserver ta réputation, ou bien j'informe le sénateur. Il y a énormément de journalistes, en bas.

Thomas lui tendit le dossier sans un mot.

— Tu peux oublier la direction du programme de laparoscopie. C'est moi qui t'ai proposée pour le poste.

— Je ne l'ai jamais accepté et je n'en veux pas. Au revoir, Thomas.

Elle sortit du bureau et, un petit sourire aux lèvres, referma doucement la porte derrière elle. À l'intérieur, elle bondissait de joie.

Elle était libérée de Thomas ! Sa vie lui appartenait. Elle était une excellente chirurgienne et elle s'apprêtait à sauver Jemina. La tête toujours aussi haute, elle gagna la chambre de la fillette et frappa à la porte.

— Entrez, fit la voix du sénateur Whiting.

À la vue de Betty, son visage s'éclaira, comme celui de Jemina, qui avait le teint jaune et respirait difficilement grâce à des lunettes à oxygène. Betty, le cœur serré, se félicita d'être revenue pour sa patiente préférée.

— Il était temps que vous arriviez, docteur Jacinth, dit le sénateur. J'ai dit au Dr Welling qu'il n'opérerait pas ma fille et qu'il ferait bien d'aller vous chercher.

Il prétendait plaisanter, mais Betty devina son soulagement au ton de sa voix.

— Il l'a fait et je suis là, maintenant, dit-elle en ouvrant le dossier. Jemina a été préparée pour l'intervention ?

— Oui, mais je m'inquiétais de ne pas vous avoir encore vue. Qu'est-ce que vous faisiez en Islande ?

Je me retrouvais.

— Je travaillais à l'hôpital de Reykjavik, et je formais des internes. J'ai même participé à une mission de sauvetage.

Le sénateur parut impressionné.

— Vraiment ? Vous parlez du tremblement de terre et du tsunami, au Groenland ?

— C'est cela.

— Tant mieux ! J'ai toujours pensé qu'on sous-estimait vos talents, ici. Vous comptez repartir pour Reykjavik ?

— Je n'en sais rien, mais je quitte en tout cas cet hôpital. Je m'engagerai peut-être chez Médecins sans frontières ou quelque chose comme ça. Je veux aller là où on aura besoin de mon aide.

— Si je peux appuyer votre demande, n'hésitez pas à me le faire savoir.

— Merci, Sénateur.

Betty se tourna vers Jemina, qui lui adressa un grand sourire bien qu'elle ait l'air de souffrir beaucoup.

— Maintenant, ma chérie, on va voir ce qui se passe.

Betty était épuisée. Elle n'avait pas dormi depuis... Eh bien, elle n'aurait pas pu le préciser. Les deux derniers jours, elle avait été emportée dans un tourbillon. D'abord, il y avait eu la catastrophe de Kulusuk, puis la torsion ovarienne d'Eira, ensuite le trajet en avion jusqu'à New York et enfin, une longue résection de la tumeur qui s'était installée sur le foie de Jemina.

Par bonheur, il ne s'agissait pas d'une métastase. C'était un cancer différent du précédent. Jemina subirait de nouveau une chimiothérapie, mais elle avait du cran et c'était une battante.

Betty, après avoir affronté la presse à qui elle avait transmis ces bonnes nouvelles, avait hâte de rentrer chez elle et de décider de son avenir.

Dans le vestiaire, elle se changea et mit ses coiffes dans son sac. Cette fois, elle ne les laisserait pas derrière elle ! Elle tria aussi le reste de ses affaires personnelles et laissa sa blouse et sa tenue chirurgicale dans son casier.

En quittant le vestiaire, elle eut une surprise. M. Crisp, le directeur de l'hôpital, Thomas et le Dr Vero, patron de la chirurgie, l'attendaient dans le couloir.

— Je voudrais vous parler, docteur Jacinth, dit M. Crisp.

— Que puis-je pour vous, messieurs ?

— Nous souhaitions vous féliciter après cette intervention réussie, docteur Jacinth, dit le Dr Vero. Et nous voudrions vous proposer de diriger le service de chirurgie laparoscopique.

Thomas arborait une mine maussade.

— C'est une proposition généreuse, répondit Betty, mais j'ai l'intention de démissionner.

Le Dr Vero sembla tomber des nues et M. Crisp menaçait d'exploser.

— Ne fais pas l'idiote, Betty, s'écria Thomas.

Elle le foudroya du regard.

— Je ne suis pas idiote, Thomas. Je ne tromperai jamais un patient en lui faisant croire que le chirurgien qu'il a demandé va l'opérer alors que c'est un autre qui va le faire parce qu'il veut attirer l'attention. Je suis restée dans l'ombre assez longtemps, dans cet hôpital.

— Mais ce ne serait plus le cas, docteur Jacinth, dit le Dr Vero.

— Malheureusement, ce serait toujours le cas si je restais ici. Merci pour la proposition, mais je me vois contrainte de la décliner. Bonne journée, messieurs.

Tournant les talons, elle s'éloigna, le cœur battant et les paumes moites. Elle n'arrivait pas à croire qu'elle l'avait fait !

Finalement, elle avait relevé la tête et pris sa vie en main.

Elle ignorait encore ce qu'elle allait faire, mais elle ne resterait pas à New York. Son appartement était situé dans un quartier très recherché de Manhattan. Dès le lendemain, elle contacterait un agent immobilier pour le mettre en vente. Elle héla un taxi qui la déposa au bout de sa rue.

En chemin, elle remarqua un homme de haute taille qui se tenait devant les marches de son immeuble.

Cessant un instant de respirer, elle s'immobilisa. Ça ne pouvait pas être lui ! Il ne serait jamais venu à New York... Mais à mesure qu'elle s'approchait, elle dut reconnaître que c'était bien Axel. Ce n'était pas une hallucination due à l'épuisement.

Axel ?

À cet instant, il se tourna vers elle. Un bouquet de fleurs à la main, il lui sourit. Il était habillé comme lorsqu'il était venu la chercher à l'aéroport de Keflavik. Mais cette fois, il n'était ni maussade ni agacé.

— Betty, je suis content de ne pas m'être trompé d'adresse. Je croyais que c'était ta maison, je n'avais pas réalisé qu'il y a plusieurs appartements, dans cet immeuble. Et puis toutes ces rues qui portent des numéros ! Il y en a trop.

Elle réprima un rire. Ces numéros étaient autrement plus faciles à déchiffrer que les noms à rallonge des rues de Reykjavik.

— Tu m'attendais dans le froid ?

— Tu plaisantes ! Chez nous, ce serait le printemps.

Comme pour le contredire, la neige se mit à tomber.

— Qu'est-ce que tu fais ici ? demanda-t-elle finalement.

— Je crois que c'est évident, dit-il en lui tendant le bouquet. Je suis désolé.

Elle ne prit pas les fleurs.

— Axel, tu m'as dit... Attends ! Comment es-tu venu ?

— J'ai pris l'avion.

Une grosse boule se forma dans la gorge de Betty.

— Pourtant, tu disais que tu ne le ferais plus jamais.

— Pour toi, j'ai affronté mes démons. Je ne peux pas vivre sans toi, Betty. Je ne veux pas vivre sans toi.

Abasourdie, elle resta sans voix.

— Je t'ai repoussée parce que j'avais peur de te perdre. Je ne voulais pas t'imposer le fardeau de ma vie. Elle s'est brisée quand Calder est mort. Je me le suis reproché et je ne pensais pas mériter le bonheur. Alors je t'ai blessée et j'en suis navré. Je t'aime.

— Je… Je t'aime aussi, dit-elle d'une voix tremblante. Je suis revenue ici pour aider une patiente, c'est tout. Je ne veux pas du poste qu'on m'a proposé, et encore moins de Thomas. J'avais l'intention de repartir en Islande.

— Je sais. Mon père me l'a dit.

— Tu as parlé avec ton père ?

— Oui. À ton avis, qui s'occupe d'Eira, en ce moment ? C'est elle qui m'a supplié de te rejoindre.

Des larmes jaillirent des yeux de Betty.

— Elle va bien ?

— Oui, et elle voudrait que tu rentres à la maison.

— Ton père m'a dégagée de mon contrat.

— Il m'a demandé de te dire qu'un poste t'attend, si tu reviens à Reykjavik et fondes une famille avec Eira et moi.

— Est-ce que tu me demandes ce que je crois ?

— Je veux t'épouser, Betty. Eira et moi, nous viendrons à New York si c'est ce que tu souhaites. Nous t'aimons tous les deux, et pour ma part, plus que je ne le croyais humainement possible. Je crois que je t'ai aimée au premier regard.

— Malgré mes bottes ?

— Absolument ! Tu veux bien m'épouser ?

Elle répondit en l'embrassant. L'enveloppant de ses bras il lui rendit son baiser tandis que la neige tombait mollement autour d'eux.

Dorénavant, elle ne serait plus jamais seule…

— Ça veut dire oui ? demanda-t-il lorsqu'ils s'écartèrent l'un de l'autre.

— Oui ! C'est un oui !

Il rit et la souleva pour la faire tourner avec lui.

— Rentrons à la maison, dit-elle dans un souffle.
— En Islande ?
— Oui, mais il y a quelque chose que nous devons faire d'abord.
— Quoi ?
— Je vais devoir m'acheter une meilleure paire de bottes.

Il l'embrassa en riant et elle répondit avec ardeur.

Finalement, elle avait trouvé un mari, un amant et un meilleur ami… Elle avait trouvé une famille.

Épilogue

Un an plus tard

— Tu peux y arriver, oncle Axel.

Axel s'arrêta en haut des marches qui menaient aux eaux géothermiques du Lagon bleu. Il trouvait cette idée absurde, mais Eira et Betty avaient voté pour et il avait dû jouer le jeu.

Eira était déjà dans l'eau. Betty avait pensé que cette station thermale célèbre en Islande l'aiderait à surmonter sa peur de l'eau. C'était la raison pour laquelle elle était près de lui, l'incitant à descendre les marches.

L'environnement était calme, chaud, propice à la détente.

— Tu vas y arriver, murmura Betty.

— Si tu le dis, grommela-t-il.

— Je ne vais tout de même pas être toute seule pour apprendre à nager à nos enfants.

Il sourit à sa femme. Elle était toujours aussi fougueuse que lors de leur première rencontre, lorsqu'il l'avait balancée sur son épaule à l'aéroport de Keflavik.

— Je ne suis pas trop sûr, dit-il sur le ton de la plaisanterie.

— Moi si. Tu as vaincu tes craintes en prenant l'avion pour venir me chercher. J'ajoute que cette eau est chaude et thérapeutique.

Elle fit un pas et chancela légèrement. Axel tendit aussitôt les bras pour la soutenir.

— Tu devrais faire plus attention, Betty. Les marches sont glissantes et ton équilibre instable.

— La faute à qui ?

Un large sourire aux lèvres, il caressa le ventre arrondi de son épouse. Elle était enceinte de cinq mois et cela commençait tout juste à se voir. Certes, elle était un peu plus gauche, mais cela ne l'empêchait pas de faire son travail à l'hôpital et de prodiguer son enseignement aux internes.

Cela ne l'empêchait pas non plus d'aider Axel à élever Eira, très excitée à l'idée qu'un petit cousin ou une petite cousine allait naître dans quatre mois. Le père d'Axel se réjouissait d'avoir un autre petit-enfant. Axel et Betty étaient d'accord pour l'appeler Calder si c'était un garçon.

— Viens, Axel, dit Betty en lui tendant la main, ne fais pas attendre la mère de ton bébé.

Il prit la main tendue et descendit lentement les marches. Lorsqu'il entra dans l'eau tiède, il reconnut que la sensation n'était pas la même que dans l'océan et somme toute, agréable. Il prit Betty dans ses bras.

— Bravo, oncle Axel !

Eira les embrassa avant de nager en direction d'un groupe d'amis.

— Merci, murmura Axel.

— Merci de quoi ? De t'avoir épousé ? De porter ton enfant ? De t'amener dans l'eau ?

— Merci pour tout. Oui, pour m'avoir épousé, mais aussi parce que tu es une formidable deuxième maman pour Eira et une chirurgienne fantastique. Et enfin, merci de m'avoir sauvé.

— Pareil pour moi. Je ressens exactement la même chose pour toi. Tu m'as aidée à me retrouver, tu m'as rendue plus forte et je t'aime.

Elle l'embrassa avant de continuer :

— Et maintenant, flottons un peu. J'ai envie de me sentir légère avant de m'alourdir.

Axel caressa de nouveau le ventre de Betty. Il sourit, car le bébé venait de lui décocher un coup de pied.

Il n'était plus un homme amoindri.

Il était guéri.

Il était de nouveau lui-même… Un homme complet.